Trautes Heim

*Für meinen vierköpfigen Kleinstaat.
Danke für Recht.
Danke für Ordnung.
Danke für eure Liebe.
Danke für alles.*

Sandra Schwarz

Trautes Heim

Lina Starks erster Fall

Bibliografische Information der Deutschen Nationalbibliothek:
Die Deutsche Nationalbibliothek verzeichnet diese Publikation in der
Deutschen Nationalbibliografie;
detaillierte bibliografische Daten sind im Internet über
http://dnb.d-nb.de abrufbar.

© 2011 Sandra Schwarz
Umschlagbild © Fotolia (www.fotolia.de)
Satz, Umschlaggestaltung, Herstellung und Verlag:
Books on Demand GmbH, Norderstedt
ISBN: 978-3-8448-8185-1

Prolog

Die Wohnung war vollkommen still. Keine Musik, kein Geflüster, keine knarrende Tür. Unheimlich, wie Stille manchmal in den Ohren wehtun konnte. Vor allem wenn sie nur die Ruhe vor dem nächsten Sturm war. Dass dieser Sturm kommen würde, war für Clarence so klar wie Kloßbrühe. Er lebte jetzt seit vier Jahren in dieser Wohnung und in den letzten sechs Monaten hatte es jeden Tag Stress gegeben – manchmal sogar mehrmals täglich. Oder war das alles vielleicht eine einzelne große Apokalypse, die sich nur als viele kleine Streitereien tarnte? Er hatte den Überblick verloren. Aber zum Glück stand der Umzug kurz bevor.

Leise zog er seine Runde durch die Wohnung, schaute in jedes Zimmer hinein, das nicht abgeschlossen war. Nun gut, das waren nach den jüngsten Ereignissen nur noch zwei von fünf. Trotzdem war er sich sicher, dass er allein in der Wohnung war. In seinem eigenen Zimmer herrschte absolutes Chaos: An der Stehlampe hingen jede Menge Klamotten, da der Schrank schon ausgeräumt und abgebaut war. Alte Zeitungen stapelten sich noch immer die halbe Zimmerwand hoch und das, obwohl schon alles Brüchige verpackt war. Da hatte es Lina mal wieder ein bisschen zu gut gemeint mit ihrer Vorsorge. Die rund 1.000 Bücher waren in 84 Supermarkt-Tragetüten verpackt – das war der einzig vernünftige Weg, wenn man beim Transport seinen Rücken schonen wollte. Die Beschaffenheit des Bodens konnte man nur noch erahnen, da jeder Quadratzentimeter mit Zeitschriften, CDs, Besteck, Bettwäsche, DVDs, Gürteln, Ordnern, Taschentuchpackungen, Handschuhen, Bildern und anderem Krimskrams bedeckt war.

»Das werde ich alles heute Abend wegräumen, versprochen«, hatte sie ihn vorhin zu beruhigen versucht, nachdem er auf einer besonders hochglanzglatten alten Ausgabe von »modern living« ausgerutscht war. Abwarten, dachte er sich. So gescheit das Mädel auch war, sie ließ sich einfach zu leicht ablenken. Mit Sicherheit würde ihr heute wieder ein Fotoalbum, eine Kiste mit alten Briefen oder ein Poesiealbum in die Hände fallen und dann wäre es vorbei mit dem Großreinemachen.

Lina war losgegangen, um noch ein paar Umzugskartons zu kaufen. Hoffentlich brachte sie auch etwas Leckeres zum Abendbrot mit.

Da ihm die Wohnung nun ganz allein gehörte, ging er in das Zimmer von Thomas und schnüffelte etwas in seinen Sachen herum. Aber Thomas war die Ordnung in Person und daher war Clarence schnell klar, dass er hier nichts Interessantes finden würde, wenn er nicht vorher alle geheimen Verstecke aufbrechen und dadurch Spuren hinterlassen wollte. Er ging zurück in die Küche, wo er die letzten paar Bissen seines Mittagessens vertilgte. Als hätte er geahnt, dass es mit dem Abendbrot heute etwas später werden würde, hatte er sich extra etwas aufbewahrt. Das kam ihm nun gerade recht. Während er kaute, schaute er sich in der Küche um.

Der Architekt dieser Wohnung muss besoffen gewesen sein, schoss es ihm durch den Kopf. Wie kann man eine Küche mitten in die Wohnung setzen? Egal, wohin man wollte, man musste immer durch die Küche durch. Bad, Ausgang, Klo, Abstellkammer, eines der anderen Zimmer. Eine Küche statt eines Flurs – wie selten dämlich und unpraktisch. Immer musste man sich an mal mehr, mal weniger köstlichen Gerüchen vorbeimogeln und seinen Hunger im Griff behalten. Aber bei den Streitigkeiten, die in dieser Wohnung tobten, lief man in letzter Zeit nicht Gefahr, dass einem das ein oder andere Schmankerl angeboten wurde. Jeder für sich, nichts der Allgemeinheit! Für die schlanke Taille war das selbstverständlich besser.

Ein Schlüssel drehte sich in der Tür und ließ ihn herumfahren. Vorsichtshalber machte er sich schon einmal auf den Weg in sein Zimmer. Auf die Anfeindungen der Mitbewohner hatte er keine Lust. Doch es war Lina, die schwerbepackt mit weiteren zehn Umzugskisten und einer verheißungsvollen Plastiktüte zurück in die Wohnung stolperte.

»Ah«, schallte es durch die Küche, als sie mal wieder mit dem Knie an den Türrahmen knallte. Was für ein Tollpatsch, dachte Clarence.

Mit schmerzverzerrtem Gesicht blickte sie auf, sah ihn in der Tür stehen und grinste augenblicklich über beide Backen.

Was für ein Sonnenschein, war sein nächster Gedanke.

Sie schubste die Umzugskartons in ihr Zimmer und scheuchte auch ihn hinein. »Unten habe ich Stella-Claire gesehen. Wird Zeit, dass wir uns verbarrikadieren.«

Lina schloss die Zimmertür ab, wie immer in den letzten Wochen, und verstaute Salami, Schinken, Käse, Toast, Milch, Oliven, Marmelade, Schokolade und Fertiggerichte in ihrem kleinen roten Kühlschrank. Den hatte sie vorsorglich aus der Küche in ihr Zimmer geräumt – sie wollte keine

Blutflecken darauf haben, falls sich die anderen draußen doch noch irgendwann die Köpfe einschlugen. Nachdem sie auch noch jeweils eine Tüte Gummibärchen, Chips und Salzstangen aus der Tasche ans Tageslicht befördert hatte, zog sie die kleine Tüte hervor, auf die Clarence so inständig gehofft hatte: »Käselettis. Der neue Käse-Snack von Katlove. Für den kleinen Hunger zwischendurch. Der mit dem echten Käserand«, flötete die Werbestimme in seinem Ohr. Sie zwinkerte ihm zu und ließ es kurz rascheln. Doch ein bisschen musste er sich noch gedulden. Sie öffnete eine Flasche Weißherbst und bastelte sich ein Schinken-Käse-Sandwich, auf welches sie großzügig Salat, Mayonnaise, saure Gurken und Chips verteilte. Wein, Sandwich und eine Schokolade zum Nachtisch richtete sie zu einem kleinen Picknick auf dem Couchtisch an. Sie ließ sich auf die Couch plumpsen und schneller als sie gucken konnte, war Clarence auf ihren Schoß gehüpft und bettelte um sein erstes Käseletti. Sie blickte ihn liebevoll an, streckte ihm ein Leckerli hin und gab ihm einen dicken Kuss auf seine schwarzbefellte Stirn. Clarence rollte sich zusammen und begann zu schnurren. Draußen hörten sie gedämpft, wie die Wohnungstür ins Schloss knallte.

»Lärmschutztüren sind ein Segen«, sagte sie und stellte den Fernseher an, in der Hoffnung, dass er alle restlichen Geräusche verstummen lassen möge.

Eins

»Ich lasse mir von diesem hässlichen Frettchen nicht vorschreiben, wie oft ich meinen Freund sehen darf«, polterte Stella-Claire in die Wohnung. Sie war wieder einmal shoppen gewesen und ihre Einkaufstüten blockierten ihr den Weg durch die Eingangstür. Sie war groß gewachsen, an die 1,80 Meter, schlank und ihre blonden Haare spielten leicht um die Schultern. Ihre Augen saßen nicht ganz so tief in den Höhlen, wie es vielleicht wünschenswert gewesen wäre, was sie jedoch durch ihre betont lässige Haltung geschickt zu kaschieren wusste. Im Normalfall war sie eine recht attraktive 29-Jährige. Ihre momentane Rage entstellte ihre Gesichtszüge jedoch mehr, als ihr bewusst war, und ließ ihr Gesicht an das eines wilden Stiers erinnern.

»Nur weil sie ihren angeblichen Freund nie sieht, muss sie nicht auch noch das Glück anderer zerstören. Gibt's den Typen überhaupt? Hat den schon einmal jemand gesehen? Ingmar? Was ist das überhaupt für ein Name? Den hat sie mit Sicherheit selbst erfunden: Ihr ingmarginärer Freund! Ich kann mir nicht vorstellen, dass die irgendjemand auch nur mit der Kneifzange anfassen würde. Was denkt diese Kuh eigentlich, wer sie ist? Die kann froh sein, dass sie dich hat, sonst müsste sie unter der Brücke pennen.«

»Dann wäre sie eben in eine andere WG gezogen. Oder sie hätte sich eine eigene Wohnung genommen«, gab ihr

Freund Tobias etwas kleinlaut zurück. »Geld genug hat sie ja.«

»Was sie auch bei jeder sich bietenden Gelegenheit raushängen lässt.«

»Dass sie einen neuen Kühlschrank gekauft hat, war doch nun wirklich nett von ihr.«

»Klar! Und im gleichen Atemzug verbietet mir die Schlampe, ihn zu benutzen. Wie nobel!«

Stella-Claires Gesicht war im Laufe der Unterhaltung immer röter geworden. Um ihren Worten die richtige Würze zu verleihen, hatte sie die Wohnungstür zugeknallt, ihre Einkaufstüten quer durch die Küche geschmissen und in ihrem Übereifer den siebten Teller in dieser Woche kaputt geschlagen.

Ob ich Dunja bitten kann, mal wieder neue Teller zu kaufen?, schoss es Tobias durch den Kopf. Vielleicht ließe sie sich darauf ein, wenn er behauptete, sie wären ihm selbst aus Versehen heruntergefallen. Sie war zwar nicht doof, aber sie war harmoniebedürftig. Ob sie ihm ein weiteres Mal seine Beteuerungen abnehmen würde, dass er Stella-Claires Aufenthalte in dieser Wohnung begrenzen würde? Wie oft hatte er ihr das bisher versprochen? Einhundert Mal? Wie oft hatte er Stella-Claire diesen Vorschlag gemacht? Das eine Mal hatte ausgereicht, um ihm zwei Wochen Sexentzug einzuhandeln. Er war auch nur ein Mensch aus Fleisch und Blut. Selbst Dunja konnte nicht erwarten, dass er solche Opfer brachte!

»Ich sage ja nicht, dass sie dich nicht besuchen darf«, hatte ihm Dunja erst letzten Mittwoch erklärt. »Ich sage nur, dass es sich wie bei jedem anderen Paar verteilen sollte. Mal bei dir, mal bei ihr. Aber was momentan abgeht, ist einfach eine Zumutung! Sie kann hier nicht so ohne weiteres komplett einziehen und denken, dass wir das alle toll finden und für sie mitbezahlen. Vom Finanziellen mal abgesehen: Wir sind eine WG mit fünf Bewohnern und einem einzigen Bad. Das ist so schon schwer genug und wird nicht besser, wenn wir tagein, tagaus zu sechst sind. Und davon, dass sie nie ihre Sachen abspült, ihr Zeug quer über die ganze Wohnung verteilt und noch nicht ein einziges Mal geputzt hat, will ich gar nicht erst anfangen. So geht es nicht weiter! Sie ist hier zu Besuch. Und von einem Besuch verlange ich, dass er ab und an mal wieder verschwindet.«

Tobias hatte wieder eine verzweifelte Gegenargumentation zu starten versucht: »Aber wo soll die Arme denn hin? Eine eigene Wohnung ist zu teuer. Und wenn sie wieder zu ihrer Mutter zieht, muss sie täglich eine halbe Stunde zur Uni fahren.«

An Dunjas Reaktion erinnerte er sich noch genau: »Ach du meine Güte! Ganze 30 Minuten? Wie soll das das Porzellanpüppchen nur durchstehen? Es ist mir völlig egal, wie ihr das regelt. Sie muss verschwinden. Du weißt, dass ich mit meiner Meinung nicht allein dastehe. Max will auch, dass sie auszieht. Also kümmere dich darum! Sonst kann ich für nichts mehr garantieren.«

»Und jetzt hetzt diese Schabracke auch noch die anderen gegen mich auf.« Stella-Claires Worte holen Tobias in die Gegenwart zurück. Sie hatte sich während seiner Gedankenspiele immer weiter in Rage geredet. »Diese verblödete Dorfpomeranze! Unseren Herrn Vonundzu hat sie schon auf ihre Seite gezogen. Der hetzt ja auch mehr, als dass er sich richtig unterhält. Lina wird auch immer komischer mir gegenüber. Aber die soll mal schön die Klappe halten.

Ihre Meinung will hier eh keiner mehr hören. Schließlich zieht die nächste Woche aus, da muss sie nicht auch noch Gift verspritzen.«

»Lina hat sich bislang aus allem rausgehalten«, verteidigte Tobias die einzige Person, die ihn in letzter Zeit nicht auf die eine oder andere Weise gequält hatte.

»Statt sie in Schutz zu nehmen, versuche das lieber mit mir! Alle Welt schlägt auf mich ein und mein werter Herr Freund zieht den Kopf ein, statt für mich zu kämpfen. Du bist vielleicht ein Weichei!«

Sie musterte ihn von oben bis unten: Was tat sie sich da eigentlich Tag für Tag an? Rote Haare, zwei Zentimeter kleiner als sie, abgewetzte Klamotten, schwammiges, viel zu blasses Gesicht, leicht nach innen eingedrehte Beine, Karrierechancen gleich null. Warum er mit ihr zusammen war, war ihr klar: Sie war jung, attraktiv, vorzeigbar. Und er liebte sie – na ja, zumindest konnte er nicht ohne sie. Aber warum suchte sie sich nicht endlich einmal einen Neuen? Na ja, es war ja nicht so, als ob sie es nicht versucht hätte. Aber hier konnte sie kostenlos wohnen, das war doch schon einmal ein Grund. Und niemand konnte sie vor die Tür setzen. Da konnten sie alle noch so laut zetermordio schreien. Es würde ihnen nichts bringen, denn ihr Freund war der alleinige Mieter und alle anderen hatten Verträge mit ihm. Er konnte also tun und lassen, was er wollte. Und damit auch sie. Ja, sie war vor allem wegen der kostenfreien Logis mit ihm zusammen. Und aus Prinzip! Allein, um den anderen eins auszuwischen!

Dieser Gedanke schien ihre Laune zu verbessern und da sie gerade Lust auf Streit hatte, legte sie noch eins nach: »Na, wenigstens musst du mich nicht gegen Thomas verteidigen. Der ist der Einzige, der nett zu mir ist. Und gegen den hättest du ja sowieso keine Chance.« Sichtlich zufrieden mit sich und ihrer Schlagfertigkeit verzog sich ihr Mund zu einem selbstgefälligen Lächeln.

Tobias ließ den Kopf hängen und seine Ohren färbten sich dunkelrot – ein deutliches Zeichen dafür, dass er vor Wut kochte. Er presste etwas zwischen seinen zusammengekniffenen Lippen hervor, das sich schwer nach »Fang nicht davon an!« anhörte, wurde jedoch von einem Schlüssel unterbrochen, der sich im Schlüsselloch drehte. Dunja war nach Hause gekommen.

Zwei

»Das WG-Promipaar in trauter Zweisamkeit«, murmelte Dunja mehr für sich als für die Anwesenden.

»Das ist ja nun wohl vorbei«, stellte sich Stella-Claire sofort zum Gegenangriff auf. Tobias Ohren leuchteten immer noch purpurn. Und da er keine Lust hatte, hinter die eine oder die andere Linie im bevorstehenden Stellungskrieg zu geraten, sammelte er Stella-Claires Einkaufstaschen ein und verkrümelte sich in sein Zimmer.

Für einen Moment herrschte Stille. Dunja war allem Anschein nach entschlossen, das unliebsame Insekt in der Küche zu ignorieren und verstaute ihre Einkäufe in ihrem Kühlschrankabteil und dem ihr zugeteilten Oberschrank. Sie wusch sich die Hände, entsorgte die Umverpackungen ihrer Joghurts vorschriftsgemäß und würdigte Stella-Claire keines Blickes. Diese hatte die Arme in die Hüften gesetzt, die Beine schulterbreit auseinandergestellt und beobachtete jeden Schritt und Handgriff ihrer Gegnerin. Die schien heute aber überhaupt nicht kämpfen zu wollen. Sie bereitete sich einen Obstteller und schnappte sich eine Flasche Wasser. Sie hatte gerade ihre Handtasche gegriffen und wollte sich in ihr Zimmer zurückziehen, als Stella-Claire den Anfang machte:

»Redet das werte Fräulein nicht mehr mit mir? Hält sich wohl für etwas Besseres?«

Dunjas Gesichtsmuskeln strafften sich. Sie wollte sich

dieses Mal nicht provozieren lassen. Doch ihre Kontrahentin hatte Lust auf Streit. Sie wusste, dass Wortgefechte nicht Dunjas Stärke waren und dass sie sich hinterher wieder zu Tode ärgern würde, weil ihr alle guten Antworten erst eine halbe Stunde später einfielen.

»Ich habe vorhin neue Vorhänge für Tobias' Zimmer gekauft. Die alten gingen ja nun wirklich gar nicht mehr. Außerdem will ich mich ja auch wohlfühlen. Wo ich doch so viel Zeit hier verbringe. Und nein, die alten Vorhänge hätten mich fast in die Flucht geschlagen.«

Dunja dachte sich ihren Teil, ließ aber immer noch keine Reaktion erkennen. Stella-Claire musste etwas schwerere Geschütze auffahren.

»Die Küche werde ich auch umdekorieren. Ich denke, ich werde zwei Wände streichen und ein paar neue Bilder aufhängen. Bei den alten bekommt man ja Depressionen.« Selbstverständlich wusste sie, dass die »alten« Bilder erst vor einem Monat von Dunja gekauft und aufgehängt worden waren. Doch die gewünschte Reaktion blieb weiterhin aus.

»Außerdem müssen wir eine neue Aufteilung finden. Ich habe gar kein eigenes Fach.«

Bingo!

»Du hast auch kein eigenes Fach zu haben«, platzte es auch Dunja heraus. Im nächsten Augenblick hätte sie sich ohrfeigen können. Auch ohne sie anzusehen, wusste sie, dass Stella-Claire ein boshaftes Grinsen auf dem Gesicht hatte. Doch nun war es zu spät. Also konnte sie auch weitermachen.

»Besorg dir eine eigene Wohnung, dann kannst du dir so viele Fächer bauen, wie du willst!«

»Aber warum sollte ich das tun? Mir gefällt es hier doch

so gut. Immer ist schön geputzt, immer hat irgendjemand irgendetwas Leckeres zu essen im Haus. Und das Leben ist so wunderbar preiswert und unterhaltsam hier: Ständig will einen einer loswerden. Das ist spaßig. Das Einzige, was mich jedoch etwas stört, ist der Geruch. Aber wenn ich dich erst einmal rausgeekelt habe, wird sich das mit Sicherheit legen. Hat dir schon einmal jemand gesagt, dass du stinkst?«

»Tja, das hat die Natur wunderbar eingerichtet. Das ist ein natürlicher Abwehrmechanismus. Ein Stinktier wehrt sich schließlich auch, wenn es angegriffen wird!« Dunja wurde noch wütender. Leider auf sich selbst. Was war denn das für eine bescheuerte Antwort? Seit wann bezeichnet man sich denn selbst als Stinktier? Stella-Claire musste nicht zweimal gebeten werden, diese Vorlage aufzugreifen:

»Nein! Du bist doch kein Stinktier! Wie kannst du nur so etwas Gemeines sagen? Stinktiere sind wunderschöne und wohlproportionierte Geschöpfe.« Sie machte eine kleine Pause. »Und du bist halt leider weder das eine noch das andere! Aber dafür bist du eine fette, bescheuerte, hässliche Kuh, die chronisch untervögelt und deshalb auf andere eifersüchtig ist.«

Dieser Schlag hatte seine Wirkung nicht verfehlt. So weit war sie bisher noch nie gegangen. Dunja holte Luft, wollte etwas sagen, war hin- und hergerissen, ob sie eine ähnlich fiese Bemerkung machen sollte, entschied sich für eine politisch korrekte Retoure, doch die wollte und wollte ihr einfach nicht einfallen. Sie schloss den Mund wieder und drehte sich von Stella-Claire weg. Diese war vollauf mit sich zufrieden, drehte ihr den Rücken zu und verschwand in Tobias' Zimmer.

Nachdem die Tür betont leise ins Schloss geglitten war, drehte sich Dunja wieder von der Küchenzeile weg, hin zum Esstisch und zu den Türen der angrenzenden Zimmer. Ihr Gesicht war scheckig. Bei einem herkömmlichen Mitteleuropäer wären die Flecken rot gewesen. Doch sie war die Tochter eines deutschen Vaters und einer persischen Mutter und ihre Hautfarbe ließ rote Flecken dunkelbraun aussehen. Abgesehen von den bei Stress auftretenden Flecken hatte sie einen schönen Teint, wundervolle große schwarze Augen und tolles schwarzes Haar. Aber sonst konnte man partout nichts weiblich Hübsches an ihr entdecken. Wenn sie die Haare hochgesteckt hatte, sah sie aus wie ein Mann: breite Schultern, 1,80 Meter groß, kantige, maskuline Gesichtszüge, wenig Brust, dafür doppelt so starker Haarwuchs an Armen und Beinen wie eine Durchschnittsfrau. Dennoch hatte sie es irgendwie geschafft, sich einen Freund zu angeln. Was sie an männlichen Genen jedoch zu viel mitbekommen hatte, hatte er zu wenig geerbt. Neben ihr wirkte er immer sehr verloren, wenn er einen seiner wenigen Besuche abstattete. Er war Meeresbiologe und arbeitete auf einem Forschungsschiff. Oft war er mehrere Monate lang auf hoher See. Und wenn er einmal frei hatte, musste er diese knapp bemessene Zeit zwischen Dunja und seiner Familie in Schweden teilen. Alles in allem sahen sie sich zwei bis drei Wochen im Jahr. Selbst Dunja wusste, dass das niemals als »Beziehung« bezeichnet werden konnte. Aber ihr gefiel es, ab und an eine Geschichte von »ihrem Freund« erzählen zu können. Das Gefühl, nicht allein auf der Welt zu sein, ließ sie sogar die zweifelnden Blicke ertragen, die für gewöhnlich auf eine solche Geschichte folgten.

Sie wusste, dass sie nicht gut aussah, war sich darüber im Klaren, dass sie die meisten Männer nur als Kumpel sahen. Doch hatte sie es nötig, sich das auch noch von diesem Modepüppchen Stella-Claire sagen zu lassen? Sie war wütend – auf Stella-Claire und noch mehr auf sich selbst. Warum hatte sie ihr keine passende Antwort gegeben? Warum hatte sie ihr nicht geantwortet, dass sie sich ihr Leben wenigstens selbst finanziert und nicht für ihr Essen und ihre Kleider rumhuren muss? Und eine Hure war sie in Dunjas Augen weiß Gott: Jemand, der mit einem Mann ins Bett steig, den er offensichtlich nicht liebte, einfach weil es schön praktisch war und den Rubel rollen ließ, konnte als nichts anderes bezeichnet werden. Außerdem schmarotzte sie durch ihre kostenlose Anwesenheit auch bei allen anderen. Ja, wenn ihr Freund und diese WG nicht wären, würde sie schon längst in der Gosse liegen und die Abfälle schwer arbeitender Leute fressen und Klamotten aus der Altkleidersammlung tragen.

Das wäre eine gute Antwort gewesen. Damit hätte ich sie richtig schocken können. Altkleidersammlung! Das Schimpfwort Nummer eins! Typisch, dass mir das erst jetzt einfällt!

Ihre Wut wurde noch größer und sie spürte Tränen aufsteigen. Sie wollte nur noch schnell in ihr Zimmer und sich ihren ganzen Kummer von der Seele schreiben. Manchmal kam es ihr vor, als ob ihr Tagebuch die einzig verlässliche Instanz in ihrem Leben war. An der Wohnungstür kündigte sich einer der anderen Mitbewohner an. Glücklicherweise war es Max. Doch sie wollte ihn nicht schon wieder mit ihren Problemen belästigen und versuchte daher, sich und ihre Tränen schnell in ihrem Zimmer zu verstecken. Doch er hatte sie schon gesehen und ihren Zustand sofort erkannt.

»Was hat die Kuh schon wieder angestellt?«

Drei

Dunja musste unwillkürlich lachen. Max hatte wirklich ein erstaunliches Gespür für die Emotionen anderer Menschen. Und eine noch erstaunlichere Menschenkenntnis. Bereits an dem Abend, an dem sie ihre »sechste Mitbewohnerin« kennengelernt hatten, hatte er Dunja zugeflüstert: »Bei der können wir uns warm anziehen.« Lina hatte wohl ein ähnliches Gefühl gehabt, denn einen Tag später sahen die beiden, dass sie eine Sperrmüll-Zeitung zwischen ihren Innenarchitektur- und Kochmagazinen in ihr Zimmer schmuggelte. Max und Dunja konnten sie verstehen. Sie selbst hätten auch lieber gestern als morgen ihre Koffer gepackt. Nur wurde Max von seinem allzu schmalen Geldbeutel abgehalten. Und Dunja wollte nicht allein leben. Außerdem waren sie zuerst da gewesen und wollten nicht kampflos das Feld räumen.

»Unsere ›Lieblingsmitbewohnerin‹ hat ein neues Kapitel aufgeschlagen: unerlaubte Tiefschläge und persönliche Beleidigungen!«

»Ja, endlich! Ich will diesem mit Weißwurstpelle überzogenen Zahnstocher schon lange ein paar pfeffrige Ansagen machen! Was hältst du davon: Albino-Karpfen …?«

»Was ist denn bitte ein Albino-Karpfen?«

»Wasserstoffblonde Haare, Glupschaugen und gekünstelter Schmollmund. Wie würdest du so etwas nennen?«

Dunja gluckste: »Albino-Karpfen!«

»Sag ich doch! Und Stöckelschuhe trägt sie auch gerne. Also ist sie noch dazu ein Spargel auf Zahnstochern. Hopp, mach mit!«

»Fiese, blöde Kuh.«

»Na, na, na, das geht doch besser. Magersüchtige Möchtegern-Marilyn.«

»Streitsüchtige Schlampen-Sau.«

»Knallköpfige Kotz-Kuh.«

»Breitbeinige Bums-Blondine.«

»Falsches Fick-Frettchen.«

»Stella Claire-Grube«

Und so ließen sie eine Beleidigung nach der anderen über Stella-Claire herabregnen. Sie kicherten und prusteten und hatten doch die ganze Zeit Angst, dass ihr Lachen die Besagte wieder aus ihrem Zimmer hervorlocken könnte. Auf einen erneuten Schlagabtausch hatten beide keine Lust. Also ermahnten sie sich immer wieder und glucksten mehr, als dass sie tatsächlich lachten. Nachdem ihnen keine neuen Schimpfwörter und Kreuzungsmöglichkeiten mehr einfielen, wurde es wieder ernster und Max fragte, was denn nun genau geschehen sei. Sie erzählte ihm die komplette Geschichte und ließ dabei auch ihr Eigentor und ihre Selbstvorwürfe nicht aus. Als sie endete, war sie schon wieder den Tränen nahe.

»Da macht und tut man, und arbeitet hart und kauft sämtliche Neuanschaffungen für die WG und lädt alle zum Essen ein und bäckt Muffins und Kuchen, weil man will, dass einen die Leute mögen. Und dann traut man sich nur einmal zu fragen, ob die Dame denn auch mal wieder ausziehen wird und ist gleich die doofe Kuh und der Staatsfeind Nummer eins. Ich habe noch nie einen Menschen gehasst. Aber die hasse ich wirklich! Warum darf so etwas Fieses eigentlich auf dieser schönen Welt weiterleben? Zum Glück habe ich dich! Und Thomas. Wenn ihr beide nicht auf meiner Seite wärt, würde ich das alles nicht mehr aushalten.«

»Auf mich kannst du dich auf jeden Fall verlassen!«

Dunja war zu sehr mit ihrem Taschentuch beschäftigt. So entgingen ihr der bissige Unterton in seiner Stimme und sein finsterer Blick. Sie zupfte an ihrem Taschentuch herum und brachte nur noch ein gehauchtes »Danke« hervor.

»Ach, meine Süße, du bist einfach zu lieb für diese Welt. Lass dir von diesem Glupschauge bloß nicht einreden, dass du stinkst und hässlich bist!« Jetzt musste Dunja wieder glucksen und ein Lächeln kam zum Vorschein. Meine Süße. Niemand nannte sie so, nicht einmal ihr Freund. Nur Max.

»Genau! Ich stinke nicht! Das ist Dolce & Gabbana. Die ist nur neidisch, weil ihr Macker ihr das nicht kauft und ich ihr keine Gelegenheit gebe, meins kaputt zu machen!«

»Das ist die richtige Einstellung. Die ist der letzte Dreck, ein ekelhafter Schmarotzer, der in seinem ganzen Leben nicht den Unterschied zwischen Recht und Unrecht gelernt hat und wahrscheinlich noch in 30 Jahren versuchen wird, andere Leute auszunutzen und zu verarschen. Aber in 30 Jahren wird sie richtig Scheiße aussehen. Und keiner lässt sich von einer hässlichen Schabracke aufs Kreuz legen. Lach nicht! Das ist erwiesen: Von zu viel Make-up wird die Haut schlecht und man sieht nach ein paar Jahren aus wie ein Elefant. Also selbst wenn du dich momentan nicht so fühlst: Langfristig betrachtet bist du der Gewinner. Du bist die, die für ihr Leben selbst aufkommt und sich nicht an eine kleine Witzfigur verkaufen muss, um ein Dach über dem Kopf zu haben. Du kannst erhobenen Hauptes und gestärkt aus dieser Sache hervorgehen. Es spielt überhaupt keine Rolle, wie dieser kleine Zwischenkampf ausgegangen ist. Du bist der Gewinner! Also Kopf hoch, Süße! Wir sind die bestimmt schneller los, als du glaubst.«

Vier

Dunja hatte sich in ihr Zimmer zurückgezogen. Sie wollte noch etwas aufräumen, bevor sie Besuch von ihrer Schwester bekam. Max hatte sie wieder etwas beruhigen können und als sich ihre Wege trennten, war sie schon fast wieder von einem guten Ausgang des ganzen Dramas überzeugt gewesen.

»Ihr mache ich Hoffnung und für mich selbst bleibt keine mehr«, murmelte er, während er sich ein Bier eingoss und die Flyer der verschiedenen Pizza-Lieferanten studierte. Oder sollten sie mal wieder Sushi bestellen? Im Grunde genommen hätte er selbst kochen müssen. Tütensuppe und Trockenbrot. Das war zumindest die Meinung seines Kontos. Aber in dieser Küche wollte er sich nicht länger als nötig aufhalten. Er fischte das Prospekt des seiner Meinung nach besten Lieferdienstes aus dem Stapel, schnappte sich sein Bier und wollte gerade in sein Zimmer verschwinden, als es an der Tür klingelte. Für einen Augenblick hielt er inne und war sich nicht sicher, ob er die Tür öffnen sollte. Doch dann schaltete sich wieder sein Gehirn ein: Thomas hatte einen Schlüssel. Warum sollte er klingeln? Es musste also Damian sein. Einigermaßen beruhigt, ging er zur Wohnungstür und öffnete sie seinem Kumpel Damian. Doch zu seiner Verblüffung – und seinem Entsetzen – stand weder Damian noch Thomas vor der Tür. Es war Mike, Thomas' ständiger Begleiter, seine graue Eminenz im Hintergrund, sein unheimlicher Schatten.

»Thomas ist nicht da.«

»Dann warte ich.«

Max wollte protestieren, doch Mike hatte ihn schon unsanft zur Seite gestoßen und stapfte nun zum Küchentisch. Unbeholfen setzte er sich auf einen der Stühle. Sein gequälter Gesichtsausdruck verriet seine Angst, eines seiner Kleidungsstücke könnte bei einer abrupten Bewegung aufplatzen. Vielleicht das weiße Feinripp-Unterhemd, das er trotz der einstelligen Gradzahl an diesem Apriltag trug? Oder seine viel zu enge Hose? Dieser Mensch war der geborene Türsteher: gefühlte 1,40 Meter groß, genauso breit, Stiernacken und kurzer Bürstenschnitt. Und tatsächlich arbeitete er auch für einen Wachdienst.

Max machte sich keinerlei Illusionen: Alles, was an Thomas abstoßend, niederträchtig und ekelhaft war, wurde von diesem kleinen Bullterrier noch gefördert. Jedes seiner grauen Haare verdankte Max diesen beiden Schlägern. Und nun hörte er auch noch, wie ein Schlüssel ins Schlüsselloch geschoben wurde. Alle anderen Mitbewohner waren in ihren Zimmern. Es blieb nur einer übrig.

Jede Chance, noch schnell unauffällig in seinem Zimmer zu verschwinden, war durch den Gorilla am Esstisch zunichtegemacht. Max versuchte es trotzdem. Sehr ungelenk drehte er sich zu seiner Zimmertür und sprintete los. Er vergaß sogar sein Bier, dass er auf dem Küchentisch geparkt hatte, bevor er die Tür öffnete. Doch in der nächsten Sekunde kroch eine gequälte, gelangweilte, sadistische Stimme aus der Kehle des Boxers hervor:

»Bleib da!«

Unfähig auch nur einen Schritt weiterzugehen, verharrte

Max mitten in der Bewegung. Er drehte sich langsam um und versuchte entspannt und cool auszusehen. Die Tür öffnete sich und herein kam Thomas. Sein Blick streifte Max, was ihm ein flüchtiges Grinsen entlockte, und blieb dann an Mike haften.

»Was willst du hier?«, war seine einzige Begrüßung.

»Mit dir reden.«

»Na, mit Sicherheit nicht hier in der Küche, oder?« Thomas deutete mit einem Kopfzucken in Richtung seines Zimmers, sagte jedoch kein Wort mehr. Auch er hatte seinen Wochenendeinkauf auf dem Nachhauseweg erledigt und räumte seine Vorräte an die dafür vorgesehenen Plätze. Er würdigte Mike keines weiteren Blickes, so dass sich dieser in die gezeigte Richtung davontrollte. Max sah seine Chance gekommen und wollte sich ebenfalls in sein Zimmer verdrücken. Doch Thomas schien das zu spüren. Ohne sich nach ihm umzudrehen, fragte er:

»Hast du es?«

»Nein. Ich habe dir gesagt, dass ich dafür etwas Zeit brauche. Ich will nicht, dass er Verdacht schöpft. Ist das so schwer zu verstehen?«

»Nein, nein, absolut nicht. Schließlich tun wir das ja alles, damit er eben keinen Verdacht schöpft, oder? Trotzdem. Ich will es. Und zwar bald.«

»Ich sehe ihn morgen. Da werde ich es versuchen.«

»Nicht versuchen – machen! Morgen also? Heute ist Freitag. Dann will ich es Sonntagmittag haben.«

»Wie stellst du dir das vor? Meinst du, das Zeug wächst auf den Bäumen und ich muss es nur pflücken?«

Thomas erstickte dieses plötzliche, mutige Aufbäumen seines Mitbewohners sofort im Keim.

»Meinst du, ich verarsche dich? Glaubst du, dass ich mich

nicht traue. Oder dass ich keine Beweise habe? Dann habe ich eine Neuigkeit für dich.«

Er zog einen Umschlag unter seiner Jacke hervor und knallte ihn auf den Küchentisch.

»Wenn du wirklich denkst, dass du mich mit einem leisen Lächeln abtun kannst, würde ich vorschlagen, dass du dir das einmal ansiehst!«

Max zögerte.

»Nun mach schon, du Weichei«, fuhr ihn Thomas an.

Mit zitternder Hand ergriff Max den Umschlag. Er war nicht verschlossen. Er drückte die Öffnung auf und lugte kurz hinein. Eine plötzliche Atemnot überkam ihn. Kurz nur, eine Sekunde. Doch er dachte, dass er in Ohnmacht fallen müsste. Schnell klappte er den Umschlag wieder zu. Noch bevor er einen klaren Gedanken fassen konnte, sprach Thomas schon weiter.

»Du siehst, alles Leugnen ist zwecklos. Ich kann es beweisen. Den Umschlag kannst du gerne behalten, ich habe das alles noch in hundertfacher Ausfertigung.«

In Max Blick lag alles Flehen dieser Welt. Seine Stimme war zu einem nervösen Zittern verkommen, als er endlich den Mut hatte, zu sprechen.

»Bitte, Thomas. Das geht nicht so schnell. Wenn ich morgen mit ihm rede, bekomme ich es frühestens am Mittwoch. Da habe ich keinen Einfluss drauf. Wenn es nach mir ginge, würde ich es dir sofort geben.«

»Na, das hört sich doch schon viel kooperativer an. Mittwoch ist der letzte Termin. Wenn ich du wäre, hätte ich die Sache bis dahin geregelt. Sonst wird es für dich sehr ungemütlich werden. Ich an deiner Stelle würde nicht auf meine Gnade oder Einsicht hoffen.«

Wie auf Bestellung ertönte ein zaghaftes Klopfen an der

Wohnungstür. Thomas grinste dreckig: »Wenn's nicht klappt: Frag doch ihn, ob er einspringen will!« Und er folgte Mike in sein Zimmer.

Fünf

»War das wirklich nötig?«

Stella-Claire hatte Tobias alle Einzelheiten ihres epochalen Triumphzuges geschildert. Die Eloquenz, mit der sie Dunjas Vorwürfe abgeschmettert hatte. Die Blödheit, die ihr Gegenüber in seinen eigenen Antworten an den Tag gelegt hatte. Die Tränen, die sie in Dunjas Augen zu sehen geglaubt hatte. Ihre Augen waren vor lauter Enthusiasmus noch ein kleines bisschen weiter aus den Höhlen gekrochen und hatten ein Funkeln bekommen, das Tobias nur zu gut kannte und das ihn immer wieder erschreckte. Und dieses Funkeln war bei seinem letzten Satz noch etwas stärker geworden.

»Was soll das heißen? Stellst du dich etwa auf die Seite dieses Nilpferds? An deiner Stelle würde ich mir einmal überlegen, wem ich hier Loyalität schulde? Ich bin immerhin deine Freundin und sollte daher naturgemäß einen höheren Stellenwert für dich haben als diese bescheuerte Kuh.«

»Ja, solltest du.« Tobias hatte es geschafft, sämtlichen Sarkasmus und alle Ironie aus dieser Antwort herauszuhalten. Doch das schien Stella-Claire nicht im Mindesten zu besänftigen. Sie wollte, dass er sich schlecht fühlte. Mindestens genauso schlecht wie sie, weil er ihren Sieg über die Nachbarin nicht ausreichend gewürdigt hatte. Also holte sie zu einer erneuten Attacke aus.

»Bei Thomas hätte ich diesen Stellenwert.«

Seine Ohren wurden mit einem Schlag dunkelrot.

»Was du nicht sagst. Und was bringt dich zu dieser Erkenntnis? Hat er dir das vielleicht gesagt?«

»Das muss er nicht sagen. Das fühle ich durch seine Blicke. Und seine Berührungen.«

»Der hat dich angefasst!« Diese Worte hatte Tobias so laut geschrien, dass er selbst über seinen Ausbruch erschreckte. Etwas gedämpfter fuhr er fort: »Eines Tages bringe ich diesen Kerl um.«

Stella-Claire gluckste angesichts solcher Theatralik. Doch Tobias schien das nur noch mehr zu erzürnen. Seine Ohren hatten sich mittlerweile schwarzrot gefärbt und sein Blick war wild. Solch einen Blick hatte sie noch nie zuvor an ihm gesehen. Er trat einen Schritt auf sie zu. Sie wich zurück. Doch die Wand war direkt hinter ihr.

»Und dich werde ich auch töten.«

Stella-Claire sagte kein Wort mehr. Das konnte unmöglich wahr sein! Tobias? Der Tobias, der noch nicht einmal eine Spinne totschlagen konnte? Der Tobias, der bei Bambi immer heulte wie eine Vierjährige? Der Tobias, der in den letzten Monaten freudig sie und ihren aufwändigen Lebensstandard finanziert hatte, ohne auch nur einmal eine Gegenleistung zu verlangen? Ja, es war derselbe Mensch. Und dieses Weichei drohte gerade, sie umzubringen? Das konnte doch nur ein schlechter Scherz sein. Der war doch überhaupt nicht zu so etwas in der Lage! Oder doch? Etwas in seinen Augen sagte ihr, dass sie sich über diesen »Scherz« lieber nicht amüsieren sollte.

Tobias legte seine Hände um ihren Hals. Aus ihrem Blick sprach die pure Angst.

»Ich werde euch beide umbringen, wenn ihr mich zum Narren haltet.«

Er hatte ihren Hals nun noch fester im Griff und machte keine Anstalten, ihn wieder loszulassen. Stella-Claire traute sich kaum zu atmen. Tränen flossen über ihre Wangen und dann weiter über seine Hand. Er führte sein Gesicht noch etwas näher an das ihre heran.

»Ich hoffe, ich habe mich klar ausgedrückt. Wenn ihr mich verarscht, seid ihr tot. Zuerst er, dann du.«

Dann brach auf einmal wieder die Sonne durch den Gewitterhimmel. Er ließ sie los. Grinste sie an und zwitscherte in einem heiteren Ton: »Aber das wird ja nie passieren. Schließlich liebe ich dich und du liebst mich, oder?«

Sie wischte sich hastig die Tränen ab und versuchte ein unbekümmertes Lächeln. Es gelang ihr nicht. Trotzdem versicherte sie ihm, dass sie ihn natürlich liebe und dass das alles doch nur dumme Sprüche seien, mit denen sie ihn nur aufziehen wollte. Selbstverständlich würde niemals etwas mit Thomas laufen. Weder mit ihm noch mit sonst irgendjemandem. Nicht in einhundert Jahren würde sie den Mann ihrer Träume gegen so einen windigen Casanova eintauschen.

So ging es noch einige Minuten weiter. Doch nachdem Stella-Claires Vorrat an Süßholz aufgebraucht war, breitete sich eine unheimliche Stille zwischen ihnen aus. Tobias schaltete den Fernseher an und machte es sich auf der Couch bequem. Nachdem er ihr den Rücken zugedreht hatte, brach sie auf dem Bett zusammen. Sie war bis ins Mark erschüttert. Eigentlich hatte sie ihm ein schlechtes Gefühl beibringen wollen. Stattdessen hatte sie zum ersten Mal in ihrem Leben Todesangst erlebt.

»Vergiss das nur nicht«, murmelte Tobias kaum hörbar. »Es wäre wirklich besser, wenn du das nicht vergisst.«

Sechs

»Bist du dir ganz sicher?«

Dunjas Schwester Samira war keine drei Minuten in der Wohnung und schon war ein Weltuntergangsszenario entstanden, wie es selbst die Zeugen Jehovas nicht besser hätten basteln können. Das konnte einfach nicht wahr sein. Ihre kleine Schwester? Schwanger? Obwohl Dunja gerade einmal elf Monate älter war, hatte sie sich immer als Samiras Beschützer gesehen. Das lag wohl vor allem an der körperlichen Beschaffenheit der beiden ungleichen Schwestern. Eine gewisse Familienähnlichkeit konnte man den beiden nicht absprechen. Aber das konnte auch daher kommen, dass sie durch die Gene ihrer Mutter von jedem Mitteleuropäer als »nicht ganz europäisch« abgestempelt wurden. Dunklere Haut, schwarze Haare: Das war wohl Ähnlichkeit genug. Die große, kräftige Dunja mit ihren breiten Schultern, ihren leicht zusammengewachsenen Brauen und herben Gesichtszügen gegen die 1,57 Meter große, 50 Kilo schwere Samira mit ihrem wallenden Haar, ihrem sinnlichen Schmollmund und ihrer zierlichen, aber dennoch weiblichen Figur. Auch in ihrer Art waren die beiden grundverschieden. Dunja hatte ihr Pharmaziestudium in Rekordzeit durchgezogen und arbeitete schon viele Jahre in einer kleinen Apotheke. Sie sparte fleißig und hatte das (stattliche) Erbe ihres iranischen Großvaters sicher angelegt. Ihr Traum war es, noch vor ihrem 30. Geburtstag, ihre eigene kleine Apotheke und ihre eigene kleine Eigentumswohnung zu haben. Sie hatte noch drei Jahre Zeit und so, wie sich die Dinge bisher entwickelten, würde sie ihr Ziel wohl erreichen. Samira war hingegen aus einem anderen Holz geschnitzt. Sie hatte keinerlei Ambitionen, ihrem Studentenleben ein schnelles Ende zu setzen. Die Partys, die netten Jungs und das Dolce Vita waren Bestandteile ihres Lebens, das sie am liebsten bis zur Rente so weitergelebt hätte. Wie oft hatte ihr Dunja schon in den Ohren gelegen, dass sie doch ihren Abschluss machen und endlich auf eigenen Beinen stehen sollte. Papa würde sich das bestimmt nicht mehr lange ansehen und irgendwann den Geldhahn abdrehen. »Dann geh ich halt an Opas Erbe«, war die Standardantwort der »kleinen Prinzessin«, wie sie Dunja insgeheim gerne nannte. Tief in ihrem Inneren bewunderte sie ihre kleine Schwester für ihre Einstellung, ihre Verehrer und ihre Lockerheit. Sie beneidete sie auch ein bisschen, aber missgönnt hatte sie ihr noch nie etwas. Nein, ihre kleine Schwester war der Wirbelwind und sie der Fels in der Brandung. Daher wunderte es sie nicht, dass sie sich auch bei diesem Problem wieder als Erstes an sie gewandt hatte. Trotzdem: Der Schock saß noch tief.

»Schwanger? Wie ist das möglich? Ich denke, du nimmst die Pille?«

»Ja, schon. Und ich denke auch wirklich oft daran. Aber auch ein Gummi kann schließlich versagen.«

»Schwanger trotz Pille und Gummi. Nimm es mir nicht übel, Schwesterlein, aber das bekommst auch wirklich nur du hin. Und was hast du nun vor? Willst du es behalten?«

»Was ist denn das für eine Frage? Natürlich!«

Die Antwort traf Dunja vollkommen unvorbereitet.

Wenn sie hätte eine Wette auf ihr Leben abschließen müssen, sie hätte exakt auf das Gegenteil gesetzt.

»Was? Echt? Aber dein Studium, du bist noch gar nicht fertig. Und was denkst du überhaupt, wie das laufen soll: Party und Baby! Meines Wissens verträgt sich das nicht so gut.«

»Dann muss ich wohl endlich einmal verantwortungsvoll und erwachsen werden.«

»Du kannst doch nicht einfach so beschließen, jetzt verantwortungsvoll und erwachsen zu werden. Dazu ist man bereit oder man ist es nicht. Und bei aller Liebe: Du bist dazu bereit?«

»Manchmal wird man eben dazu gezwungen. Wenn ich nicht schwanger geworden wäre, wäre ich es bestimmt noch nicht. Aber jetzt ist es nun einmal passiert. Und ich denke, dass das nun meine Chance ist, die Kurve zu kriegen.«

Das hörte sich alles recht vernünftig an. So erwachsen. Doch es war Samira, die das gesagt hatte, deswegen zweifelte Dunja noch immer etwas an der Beständigkeit dieser Aussage: »Und was ist, wenn dieses Experiment nicht klappt?«

»Hallo? Ich bin doch kein Unmensch. Ich weiß, was ich wann zu tun habe und bin bei weitem nicht so verantwortungslos, wie du mich gerade darstellst. Ich mache Party, okay! Aber habe ich jemals eine Trümmerparty veranstaltet? Nein! Mich jemals ins Koma gesoffen und nicht mehr gewusst, wen ich abschleppe? Nein! Habe ich jemals mein Konto überzogen oder andere Geldschwierigkeiten gehabt? Nein!«

»Wie auch, wenn von Papa jeden Monat die Überweisung kommt.«

»Ja, und? Na schön, ich muss nicht arbeiten für mein

Geld. Aber du weißt, dass mich der alte Herr ziemlich kurzhält und trotzdem habe ich immer gut gehaushaltet.«

Das stimmte. Samira mochte eine Spaßsüchtige sein. Aber sie hatte sich trotzdem immer im Griff. Dunja war nun schon nicht mehr ganz so skeptisch.

»Gut, vielleicht könnte das doch was werden ...« Samira strahlte über beide Backen.

»Du wirst sehen, das wird großartig, Tante Dunja!«

Tante Dunja. Das war ein hübscher Gedanke. Aber eine Frage blieb nun doch noch: »Was sagt denn eigentlich der Vater zu der ganzen Sache. Weißt du überhaupt, wer es ist?«

»Hallo? Hörst du mir ab und an einmal zu? Ich sagte doch eben, dass ich über meine Bettgeschichten Buch führe und alles im Griff habe.«

»Also?«

»Ja, ich weiß selbstverständlich, wer es ist. Und nein, er hat dazu noch nichts gesagt, weil er es noch nicht weiß.« Das Lächeln war aus ihrem Gesicht verschwunden und sie biss sich nervös auf der Unterlippe herum.

»Was ist denn los? Wer ist es denn?«

»Das könnte jetzt etwas schwierig werden. Und es tut mir auch voll leid! Das musst du mir glauben!«

»Meine Güte, was kann schon so schlimm sein, dass du dir die Lippe blutig beißt?«

»Ich hätte dich vorher um Erlaubnis fragen sollen. Ich wollte dir ganz sicher keine Probleme machen. Wir dachten, dass wir es ja mal miteinander versuchen könnten und wenn alles gut läuft zwischen uns, hätten wir es dir schon gesagt.«

»Mir was gesagt? Wovon redest du? Und von wem? Und wieso bekomme ich jetzt Probleme? Ich verstehe kein Wort!«

»Ich weiß, er ist dein Mitbewohner, und ich weiß auch, was du für einen Stress hier hast. Ich hatte bestimmt nicht vor, mich in die WG zu drängen und alle gegen mich aufzubringen – noch dazu, weil ich weiß, was ihr für Probleme miteinander habt. Bitte glaube mir, ich wollte das alles nicht, aber er ist wirklich süß und lieb und wenn er erst einmal weiß, dass er Vater wird, dann wird er sich mit Sicherheit ändern. Glaub mir, wir werden eine glückliche Familie. Das weiß ich.«

Dunja war kreidebleich geworden. »Mein Mitbewohner? Sag mir bitte, dass du Tobias dieser Schlampe Stella-Claire ausgespannt hast!«

Samira zog eine Schnute. »Bäh. Was soll ich denn mit dieser Pfeife? Nein. Ich rede von selbstverständlich von Thomas.«

Alles Blut war aus Dunjas Gesicht gewichen. Das war doch nicht möglich, dass sich ihre Schwester, ihre kleine Schwester, mit Thomas eingelassen hatte. Er war ein Draufgänger, jede Woche hinter einem neuen Rock her. Erst letzte Woche hatte sie eine blonde Bohnenstange halbnackt aus seinem Zimmer huschen sehen. Nein! Dunja brachte kein Wort heraus. Ihre Gesichtsfarbe hatte von Grau auf Hellgrün gewechselt. Mittlerweile war Samira in heller Aufregung: Sie hüpfte um ihre Schwester herum, versuchte ihr Wasser einzuflößen, klatschte ihr mehrere Male auf die Wangen. Vergebens. Dunja stand regelrecht unter Schock. Erst als Samira anfing, laut und jammernd loszuheulen, kam sie langsam wieder zu sich. Sie trank ein paar Schlucke Wasser. Dann fand sie ihre Stimme wieder.

»Von allen möglichen Männern auf diesem Erdball: Warum ausgerechnet Thomas?«

»Ich weiß, was du sagen willst. Ich weiß, er ist ein Weiberheld. Aber er wird sich ändern. Ich fühle es.«

»Samira! Erst letzte Woche hat er mit einer anderen geschlafen. Wie kannst du glauben, dass gerade du ihn umerziehen kannst?«

Samira schmollte. Man sah es an ihrem Mund – und den kleinen senkrechten Falten, die sich über ihrer Nase bildeten. Trotzig meckerte sie zurück:

»Ich weiß, dass er sich noch mit anderen trifft. So fest war die Sache bisher ja gar nicht zwischen uns. Und es war nicht nötig, dass du einer Schwangeren so etwas an den Kopf knallst! Alles, was ich wollte, waren ein paar aufmunternde Worte. Mehr wollte ich nicht. Und selbst das ist zu viel, was? Was bist du nur für eine Schwester?«

Was war diese Göre doch für ein Trotzkopf!

»Okay, okay, ist ja schon gut! Wir werden uns etwas überlegen.«

»Du bist eben doch mein Schatz! Und du wirst sehen: Er wird ausflippen vor Freude!«

Plötzlich schien es Dunja sehr wichtig, ihr Kopfkissen aufzuschütteln. Während sie geräuschvoll Luft in das Kissen boxte, murmelte sie: »Ja, ausflippen wird er mit Sicherheit!«

Sieben

Max hatte Damian nach dessen Klopfen schnell die Tür geöffnet und ihn in sein Zimmer geschoben. Bloß raus aus dieser Küche! Dieser Raum schien nach all den Querelen und Streitereien eine eigene böse Aura bekommen zu haben. Wie eine Spinne thronte er inmitten dieses Netzes aus Zimmern, Rumpelkammer und Bad. Nichts entging diesem allgegenwärtigen Etwas. Er sah alles: Wer kam, wer ging, wer mit wem weshalb stritt, wer mit wem Verschwörungstheorien besprach, wer wessen Eigentum oder Seelenfrieden zerstörte oder dies zumindest plante. Dieser Raum hatte so viel Böses mitbekommen. Es wäre kaum verwunderlich gewesen, wenn er selbst böse geworden wäre. Max war sich selbstverständlich darüber im Klaren, dass der Raum nicht das Übel war, sondern die Menschen, die sich in ihm bewegten. Trotzdem wollte er so schnell wie möglich von hier weg.

Eigentlich hatte Damian gute Nachrichten mitgebracht. Der Freund seiner Schwester hatte ihm VIP-Tickets für das nächste Konzert ihrer gemeinsamen Lieblingsband besorgt. Doch die Art und Weise, wie er in der Wohnung seines Freundes willkommen geheißen wurde, zeigte ihm, dass etwas nicht stimmte. Er sagte nichts. Er wartete ab, dass Max den Anfang machte. Dieser ging in seinem Zimmer auf und ab, knabberte an seiner Nagelhaut und sah alles andere als glücklich aus. Nach zwei Minuten, die Damian wie eine halbe Ewigkeit vorkamen, fing Max endlich an zu sprechen.

»Er hat es wiederholt. Es ist sein Ernst, Dami! Wenn ich's bis Mittwoch nicht habe, bin ich fällig.«

Damian runzelte die Stirn. Bisher hatte er Thomas' Drohungen nicht ernst genommen. Ein kleiner Versager, der sich dicke tun wollte. Und auch jetzt konnte – oder wollte – er es noch immer nicht recht glauben.

»Der will dir doch nur Angst einjagen. Selbst wenn er etwas herausgefunden hat. Dein Wort steht gegen seins. Und der kann seine Behauptungen doch in hundert Jahren nicht beweisen.«

Max knallte den Umschlag auf den Couchtisch, der zwischen ihm und Damian stand. Stille trat ein. Damian musterte den Umschlag, dann Max, dann wieder den Umschlag.

»Nun mach schon. Das Ganze geht dich genauso an.«

Damian atmete tief und hörbar ein und griff nach dem Umschlag. Er hielt inne, sah Max an, als hoffte er, dieser könne ihm das Bevorstehende abnehmen. Von Max kam jedoch keine Reaktion. Er hatte seinen Blick auf einen besonders interessanten Fleck im Teppich gerichtet und allem Anschein nach nicht vor, wieder nach oben zu sehen, bis Damian in den Umschlag gespäht hätte. Also konnte er es genauso gut sofort hinter sich bringen. Er drückte die Öffnung des Umschlags auf, ganz so wie es Damian vor gerade einmal fünf Minuten selbst gemacht hatte. Er war sich jedoch nicht sofort darüber im Klaren, was das war, das er gerade erblickte. Max hatte mittlerweile wieder den Blick nach oben gefunden. Beide sahen sich verständnislos an.

»Schau noch einmal genauer hin«, schlug Max mit einem Augenverdrehen vor.

Und jetzt in der Tat: Damian hatte dieses Mal aus einem anderen Winkel in den Umschlag geschielt und erkannte nun augenblicklich, was er dort vor sich sah. Er knallte den Umschlag wieder zu und zerknüllte ihn fast vor lauter Wut.

»So ein Dreckschwein. Falsch: Zwei Dreckschweine! Da hat dieses asoziale Dreckstück Mike mit Sicherheit auch seine verschissenen Hände im Spiel. Selbst nichts auf die Reihe bringen, diese bescheuerten Loser, und anständigen Leuten das Leben zur Hölle machen, diese gefickten Scheißhaufen.« Wenn Damian etwas konnte, dann war es Fluchen wie ein Berserker und schimpfen wie ein Rohrspatz. Der kleine drahtige Kroate war schon seit der Schule mit Max befreundet – und schon in der ersten Klasse hatte er die Lehrerin mit seinen Kraftausdrücken auf die Palme gebracht. Die beiden Kumpel hatten gemeinsam ihren Wehrdienst absolviert und danach ihre Heimatstadt verlassen, um an derselben Uni dasselbe zu studieren. Sie hatten den gleichen Kleidungsstil, hatten jahrelang den gleichen Haarschnitt getragen und sich manchmal sogar dieselben Mädchen geteilt – selbstverständlich ohne deren Wissen. Eine WG hatten sie jedoch nie zusammen gegründet. Und nach den Erfahrungen, die beide in ihren jeweiligen Wohngemeinschaften gemacht hatten, waren sie sich einig, dass das auch niemals passieren würde. Warum sollte man eine so gute Freundschaft solch einer großen Gefahr aussetzen? In den letzten Monaten waren beide ruhiger geworden. Die wilden Partys wurden weniger, der Alkohol und die Drogen auch, sie hatten Aussicht auf einen guten Job (in unterschiedlichen Unternehmen!) und auch die Zeit der geteilten Damen war vorbei. Max hatte einen leichten Bauchansatz bekommen und Damians Geheimratsecken reichten schon fast bis zum Nacken. Es war Zeit, ruhiger zu werden und die Abenteuer den anderen zu überlassen. Doch jetzt diese Geschichte!

»Wenn diese zwei bescheuerten Schläger nur ein bisschen kleiner und dünner wären, ich würde denen ihre beschissene Fresse polieren, dass ihnen ihre Scheiß-Zähne aus ihrem Scheiß-Arsch rausgucken. Hallo?« Damian gab Max einen unsanften Schubs. Dieser war mit seinen Gedanken gerade ganz offensichtlich weit, weit weg. »Hörst du mir gar nicht zu?«

»Hast du etwas anderes gemacht, als darüber zu schimpfen, was du ihnen alles antun würdest, wenn du nur genauso groß wärst?«

Die Bemerkung war flapsig-lieb gemeint. Max wusste, wie er Damian aufziehen konnte. Dieser schien leicht beleidigt.

»Na, dann habe ich doch nichts verpasst, oder?«

Ein leichter Knuff in die Seite und Damian grinste schon wieder. Sie kannten sich zu lange, als dass sie wegen solch eines kleinen Spaßes Streit angefangen hätten. Doch das Gespräch wurde nun ernster.

»Was hast du nun also vor?«

»Ich weiß es nicht. Auf jeden Fall nicht auf seine Forderungen eingehen! Davon abgesehen, dass es vollkommen unmöglich ist, das alles in so kurzer Zeit zu beschaffen. Wenn ich jetzt klein beigebe, wird das ein Fass ohne Boden. Wenn ich mich einmal erpressen lasse, hat er mich für immer in der Hand.«

Damit war das Unausweichliche passiert. Das Wort »Erpressung« war zum ersten Mal gefallen. Alles Schönreden half nichts mehr.

»Und wenn du zur Polizei gehst? Die könnten vielleicht …«
»Spinnst du?«
»Okay, vielleicht nicht meine beste Idee. Aber ich denke, wir sind uns einig, dass wir das nicht aussitzen können. Wenn wir das machen, platzt die Bombe spätestens nächste Woche.«
»Nicht, wenn wir ihn daran hindern.«
»Ach ja, und wie sollen wir zwei halbe Hemden das bitte schaffen?«
»Man muss nicht immer schlagen, um einen Gegner zu vernichten.«
»Was meinst du damit?«
»Damit meine ich, dass wir zwei Genies langsam unseren Hirnkasten einschalten und nachdenken sollten, wie wir dieses Problem lösen können. Wir brauchen eine Lösung. Um jeden Preis!«
Damian legte seine Stirn in Falten, kniff die Augen zusammen und musterte seinen Freund sehr genau. Hatte er womöglich schon eine bestimmte Lösung im Sinn? Inständig hoffte Damian, dass das teuflische Aufblitzen in den Augen seines Gegenübers nur eine Sinnestäuschung gewesen war. Insgeheim wusste er jedoch, dass diesen beiden Teufeln im Nebenzimmer nur mit einer teuflischen Antwort beizukommen war.

Acht

Ein Tiger im Käfig. Daran erinnerte Mike, als er in Thomas' Zimmer auf und ab ging. Gereizt, auf der Hut und höchst gefährlich. Doch auch Thomas lag auf der Lauer. Nachdem er sein Gespräch mit Max beendet und in sein Zimmer gekommen war, hatten weder er noch Mike auch nur einen Ton gesagt. Er wusste, dass er den Anfang machen musste, wenn er sich heil aus dieser Sache herauswinden wollte. Und zwar schnell. Und am besten ohne Umschweife. Angriff war immer noch die beste Verteidigung.

»Was sollte das vorhin am Telefon? Und was machst du hier überhaupt. Ich habe dir doch gesagt, dass ich keine Zeit habe.«

»So beschäftigt siehst du gar nicht aus.«

»Sparen wir uns das! Was ist los?«

»Ich habe vorhin mit Andi gesprochen.« Mike ließ diesen Satz erst einmal im Raum stehen, um seine Wirkung abzuwarten. Doch Thomas war gewarnt. Ein schlichtes »Und?« war alles, was er dazu zu sagen hatte.

»Und er erzählte mir etwas von 1.000.«

»1.000 was?«

»1.000 Kröten.«

»Wenn das Gespräch weiter in diesem Tempo verläuft, sind wir Weihnachten nicht fertig. 1.000 Kröten. Wofür? Wann? Warum? Lass dir doch nicht alles aus der Nase ziehen!«

»Er sagte mir, dass er dir bei eurem letzten Treffen 1.000 Kröten gegeben hat. Ich habe jedoch nur 300 von dir bekommen. Und jetzt frage ich mich, was die Hälfte von 1.000 ist und was du mir noch schuldest.«

»Hat der sie noch alle?«

Alarmstufe Rot! Dass die beiden sich über den Weg laufen würden, hatte Thomas nicht geplant. Und überhaupt: Was hatten die beiden miteinander zu schaffen? Andi war sein Kontakt. Reiß dich zusammen, ermahnte er sich selbst. Das ist genau das, was du jetzt auf gar keinen Fall sagen darfst!

»Der wird langsam echt senil. Ab 40 sollte man wirklich nicht mehr in dieser Branche arbeiten. So langsam verkalkt der. Er hat gesagt, dass er uns 1.000 Mäuse gibt, aber er hatte nur 600 dabei. Und da habe ich erst einmal das genommen. Den Rest bekommst du, wenn er die übrigen 400 rausgerückt hat. Und das – nur so nebenbei – wollte er bei der nächsten Lieferung tun. Noch Fragen?«

»Jetzt werde ja nicht pampig! Wenn Andi mir sagt, er hätte dir 1.000 gegeben, und ich nur 300 von dir bekomme, frage ich nach. Punkt. Oder ist es dir lieber, wenn ich dich das nächste Mal gleich im Rhein versenke?«

»Und jetzt solltest du aufpassen, was du sagst! Man sollte doch meinen, dass du einem Freund eher glaubst, als irgend so einem dahergelaufenen Junkie …«

Debattierclub und Schauspielunterricht. Thomas dankte seiner Mutter, dass sie ihn allwöchentlich in diese Veranstaltungen geprügelt hatte. Sie wollte immer, dass er berühmt würde. Ob Theater oder Parteitag war dabei völlig egal. Hauptsache berühmt und dem Versager-Vater eins auswischen, der die Familie vor 20 Jahren verlassen hatte. Sein gutes Aussehen und die Erfahrung, die er in diesen beiden Kursen gesammelt hatte, hatten ihm in den vergangenen Monaten einen hübschen Nebenverdienst beschert. Und soeben wohl auch das Leben gerettet. Er sah, dass sich Mike fragte, wem er nun glauben sollte. Um die Sache endgültig zu begraben, entschloss sich Thomas, den Ton wieder zu entschärfen.

»Sorry, dass ich dir das nicht gesagt habe. Aber ich wollte dich überraschen. Ich weiß doch, wie sehr du dich über unverhofftes Geld freust. Aber ich wusste nicht, dass du es so dringend brauchst. Sorry.«

Mike wollte protestieren, dass er es selbstverständlich nicht so dringend nötig hatte, doch Thomas sprach einfach weiter, während er sein Portemonnaie aus der Gesäßtasche zog. Er holte 200 Euro heraus und streckte sie Mike hin.

»Hier, du kannst es jetzt schon haben. Das ist echt kein Problem. Ich hole es mir dann von Andi wieder. Aber nicht schimpfen, wenn du dann nichts bekommst, wenn er mir die restlichen 400 gibt, klar!«

Thomas grinste und stieß seinen Kumpel freundschaftlich den Ellbogen in die Rippen.

»Okay?«

Mike musste erst einmal gründlich überlegen, ob er diesen Ausgang so akzeptieren konnte. Und dies schien ihm sehr schwerzufallen. Er zog die Stirn in Falten und musterte abwechselnd die 200 Euro in seiner Hand und Thomas. Nach gefühlten zweieinhalb Stunden, steckte er das Geld ein und brummte:

»Na gut, dieses Mal drücke ich noch ein Auge zu. Aber vergiss ja nicht noch einmal, mir Bescheid zu geben. Bei Geld hört die Freundschaft auf, klar?«

»Klar wie Kloßbrühe! Aber da ein gepflegtes Einkommen

für ein sorgenfreies Leben zweier Freunde wichtig ist, sollten wir unsere kommenden Aktionen besprechen.«

»Ich denke, du hast keine Zeit.«

»Habe ich eigentlich auch nicht. Aber da du nun schon einmal da bist, kann ich das Lernen auch auf morgen verschieben und wir besprechen das, was wir morgen klären wollten, eben schon heute. Dann müssen wir uns morgen nicht schon wieder zusammensetzen, okay?«

Das war eine falsche Formulierung gewesen. Mike hatte aufgehorcht. Seit wann waren ihre Treffen denn ein »Muss«? Normalerweise verbrachten sie jede freie Minute miteinander und nun wollte Thomas ein Treffen vermeiden. Noch dazu, um zu lernen. Das war neu. Und äußerst verdächtig. Und alle Zweifel an der Loyalität seines Freundes waren mit einem Mal wieder da. Zukünftig würde er ihm sehr viel besser auf die Finger gucken müssen.

Thomas hatte den Stimmungswechsel seines Freundes nicht mitbekommen. Er war sehr zufrieden mit sich selbst und der Art, wie er dieses Problem gelöst hatte. Daher lenkte er das Gespräch selbstbewusst auf die Planungen ihrer nächsten Aktionen.

»Ich habe eben noch einmal mit Max gesprochen und ihm ein paar unserer Beweise vorgelegt. Jetzt dürfte selbst er geschnallt haben, dass ich keinen Spaß mache. Er will es bis Mittwoch besorgen.«

»Will? Und was ist, wenn er es nicht macht? Wenn er nichts bekommt?«

»Dann werden wir wohl blankziehen müssen. Sonst machen wir uns ja lächerlich, wenn wir drohen und drohen und nichts passiert. Wäre jammerschade. Ich sehe ihn so gerne wimmern.«

Sie einigten sich darauf, dass sie den Mittwoch abwarten

und danach weitere Schritte einleiten würden – entweder in die eine oder in die andere Richtung. Als Nächstes kamen sie auf ihr Hauptgeschäft zu sprechen. In den kommenden Wochen stand zwar keine weitere Operation an, aber die Vorbereitungen liefen kontinuierlich weiter. Thomas berichtete von seinen letzten Aktionen.

»Saskia. Goldgräberin. 42 Jahre. Witwe von Henry Walker, geborener Schotte. Dem gehörte das halbe Industriegebiet. Der Typ ist vor zwei Monaten an Herzversagen gestorben. Mit 92 Jahren. Die Alte ist eine absolute Schabracke, die gerne Komplimente über ihre tolle Haut hört. Dass sie wie ein gegerbter, geflickter Lederteppich aussieht, macht die Sache etwas nervig. Hat hier letzte Woche die Nacht verbracht. Bei ihr war ich noch nicht. Aber die Sache mit dem jugendlichen Lover zieht. Das kommt, nur noch etwas Geduld.«

»Und die beiden anderen, hauseigenen Kandidatinnen?«

»Stella-Claire kannst du hundertprozentig abschreiben. Die Alte taugt zu gar nichts. Noch nicht einmal in der Kiste. Die schnorrt sich nicht bei Tobias durch, um Geld zu sparen, sondern weil sie schlicht und ergreifend keins hat. Mutter alkoholabhängige Sozialhilfeempfängerin. Vater verpulvert das bisschen, was er hat, mit seiner neuen Mieze. Hat bei seinem Abgang sogar die Ausbildungskonten der Kinder geplündert. Da ist absolut nichts drin.«

»Dann verschwende auch keine Zeit mehr damit. Sieh lieber zu, dass du das Nest hier sauber hältst. Ist mir gar nicht recht, dass du auch hier rumwilderst. Wo willst du denn hin, wenn hier verbrannte Erde ist?«

»Dann ziehe ich bei dir ein.« Thomas grinste, wurde aber sofort wieder ernst. »Das mit Stella-Claire war ein Reinfall. Aber Samira ist ihr Gewicht in Gold wert, glaube mir.«

»Na ja, viel ist das dann ja nicht. Aber was dauert dabei so lange? Das geht jetzt schon seit Wochen. Kommt da irgendwann auch noch einmal etwas bei raus?«

»Die ist halt schwer verliebt und will alles – ich darf zitieren – ›ganz langsam angehen lassen‹. Durch die Liebesschwüre müssen wir jetzt halt durch. Oder besser: Ich muss da jetzt durch. Aber nicht mehr lange, dann habe ich sie weich geklopft. Glaub mir. Die Alten schwimmen im Geld. Ihre Töchter halten sie zwar ziemlich kurz – das soll wohl so eine komische charakterbildende Maßnahme sein – aber den Alten quillt die Knete aus dem Arsch. Das ist der Jackpot. Danach kann ich mir eine eigene Bude suchen.«

»Das wirst du wohl auch müssen.«

»Nur für den Fall der Fälle: Steht mal wieder etwas an?«

»Samstag in zwei Wochen kann ich dich einschleusen, da sollte es wieder ausreichend Futter geben.«

»Das nenne ich mal eine prall gefüllte Pipeline!«

Sie waren sehr zufrieden mit sich und die anfängliche Unstimmigkeit schien wie weggeblasen. Nachdem sie das Geschäftliche besprochen hatten, wollten sie zum gemütlichen Teil des Abends übergehen. Dazu brauchten sie selbstverständlich Proviant.

Neun

Sie kamen aus Thomas' Zimmer und mussten – wie immer – feststellen, dass sie nicht allein waren. Seitdem die Streitigkeiten zwischen Stella-Claire und den anderen zugenommen hatten, hielten sich die WG-Bewohner am liebsten in ihren eigenen Zimmern auf. Die Küche wurde nur benutzt, wenn es sich nicht vermeiden ließ. Doch so gerne sie sich in ihren eigenen Zimmern verkrochen, so sturer wurden sie alle, wenn sie sahen, dass es sich jemand anderes in der Küche gemütlich machen wollte. Klein beigeben und das Feld räumen? Den anderen ihren Spaß in einem der Gemeinschaftsräume lassen und selbst eingesperrt sein? Niemals! Lieber sich selbst geißeln und die anderen durch die eigene Anwesenheit nerven. Das war zum Motto in dieser Wohngemeinschaft geworden.

Tobias und Stella-Claire werkelten mit verschiedenen Töpfen und Pfannen, Schneidebrettern und dem Mixer in der Küche herum. Spargel mit Eierpfannkuchen, Schinken, Lachs und einer äußerst untypischen Knoblauchsoße. Sehr aufwändig, geruchsintensiv und platzraubend: das Grundrezept, wenn man seinen Mitbewohnern gehörig auf die Nerven gehen wollte. Alle Utensilien waren kreuz und quer verstreut, die Fliesen hinter dem Herd waren frisch verspritzt, die Dunstabzugshaube war selbstverständlich nicht angeschaltet worden, der Tisch mit zwei Tellern,

Besteck und Servietten eingedeckt, die Gläser der beiden standen hinter der kleinen Theke, die den Küchenbereich vom Essbereich trennte. Sobald sie Thomas und Mike gesehen hatte, trällerte Stella-Claire ein gekünsteltes »Hallo, wie geht es euch?« durch den Raum, in welches Tobias eine Spur zu freundlich einfiel:

»Mensch, wir haben uns ja schon ewig nicht mehr gesehen. Man sollte gar nicht meinen, dass wir zusammenwohnen!«

Das Gespräch ging betont fröhlich weiter. Während Tobias das schmutzige Geschirr halbherzig in die Spülmaschine räumte, suchte Thomas zwei Fertigpizzen aus der Tiefkühltruhe hervor. Währenddessen wurde ausgiebig der Wetterverlauf der vergangenen Tage erörtert: Der Frühling ließe dieses Jahr wirklich sehr lange auf sich warten. Stella-Claire bekäme schon bald Depressionen, wenn sie weiter diese Regenwolken ertragen müsse. Außerdem wolle sie endlich wieder Sommerkleidung tragen. Mike fände das Wetter gar nicht so schlimm, weil dann wenigstens noch genug Leute in die Clubs gingen, statt ihre Zeit im Freien zu verbringen und er genug zu tun hätte. Tobias aber sei sehr genervt, weil er jeden Morgen auf seinem Fahrrad zur Uni nass würde. Der Einzige, der keine Meinung zu diesem lebenswichtigen Thema zu haben schien, war Thomas. Doch er pflichtete seinem Mitbewohner in dem Punkt bei, dass schönes Wetter schon schöner sei.

So ging es noch eine ganze Weile, während Thomas ein Glas Apfelsaftschorle trank und sich und Mike danach jeweils Bier einschenkte. Der Spargel köchelte in seinem Topf, die Pizza brutzelte im Ofen und verströmte einen betäubenden Knoblauchduft. Nachdem sie Mutmaßungen über die weitere Wetterentwicklung in den kommenden

Tagen angestellt hatten, verebbten die Gespräche und es wurde wieder still in der Küche. Thomas und Mike setzten sich an den Esstisch und holten ihre Spielkarten heraus. Wenn Stella-Claire und Tobias in der Küche blieben, würden sie das auch tun. Thomas ging es dabei weniger ums Prinzip, als um seinen Spaß. Er wusste, dass die anderen Mitbewohner nicht lange auf sich warten lassen würden und dann wieder Tumulte zu erwarten waren. Hier am Esstisch hatte er sich einen Logenplatz für dieses Schauspiel gesichert. Mike und er hatten mittlerweile eine Wette laufen, wer wen wohl als Erstes verjagen würde. Beide setzten darauf, dass Stella-Claire gewinnen würde. Nur schätzte Thomas, dass Dunja als Erste aufgeben würde, während Mike darauf setzte, dass Max noch vorher das Handtuch warf. Stella-Claire war mit Tobias im Küchenbereich geblieben und quatschte ununterbrochen an ihn heran.

»Ein entspanntes, verliebtes Paar sieht anders aus«, raunte Mike Thomas zu.

Stella-Claire schien Tobias wegen irgendetwas Vorwürfe zu machen – augenscheinlich hatte sie sich von dem Zwischenfall erholt und war wieder ganz die Alte. Auch Tobias war wieder in sein normales Verhaltensmuster zurückgefallen. Er gab kein Widerwort, nickte einige Male stumm und hatte wie so häufig auf Durchzug gestellt. Doch dieses Mal wirkte er nicht nur gelangweilt. Er schien vollkommen abwesend und mit seinen Gedanken ganz woanders zu sein. Gedankenverloren starrte er auf Dunjas Zimmertür und wurde erst aus seiner Lethargie geweckt, als diese von innen geöffnet wurde und Dunja und Samira in die Küche kamen. Er begrüße die beiden mit einem freundlichen »Hi!«, das offenkundig sogar ernst gemeint war. Er hatte nichts gegen Dunja. Er mochte sie. Aber er war sich darüber im Klaren, dass Stella-Claire seine einzige Chance auf eine coole, attraktive Freundin war. Wenn sie ihn verließe, wäre er wieder der kleine, graue Niemand, der er vor ihrer Beziehung gewesen war. Er konnte sich nicht vorstellen, dass Dunja das wollte. Schließlich wusste sie, wie sich das anfühlte.

Thomas und Mike grinsten sich an: Mögen die Spiele beginnen! Stella-Claire hatte sich instinktiv umgedreht, als ihr Freund jemanden hinter ihrem Rücken begrüßte. Als sie die Empfängerin dieser Begrüßung jedoch erkannt hatte, drehte sie sich abrupt um und blinzelte ihren Freund scharf an. Dunja verharrte ihrerseits kurz in der Bewegung, wurde jedoch von Samira weiter in den Raum gezogen. Samira hatte sich bei ihrer großen Schwester untergehakt und zitterte ein wenig. Im Zimmer hatte sie den Plan geschmiedet, dass sie allein mit Thomas reden würde, jedoch bei offener Zimmertür. Dunja sollte in der Zwischenzeit ihr Abendbrot zubereiten und mit einem Ohr in ihre Richtung lauschen, so dass sie jederzeit dazukommen könnte, wenn sich das Gespräch nicht in die gewünschte Richtung entwickelte. Also trennten sich die Wege der Schwestern auf halber Strecke: Die eine machte sich in Richtung Kühlschrank davon, die andere Richtung Esstisch. Mit wackeligen Knien fragte Samira, ob sie mal kurz mit Thomas sprechen könne. Sie habe eine technische Frage. Sie hatte sich entschieden, solch einen Vorwand vorzuschieben, damit niemand im Raum Verdacht schöpfte, dass zwischen ihr und Thomas ein Verhältnis bestand. Und wenn man einem Elektrotechnikstudenten eine technische Frage stellen wollte, wäre das ihrer Meinung nach sehr unauffällig. Das wäre es vielleicht auch gewesen, wenn Samira nicht zu stammeln angefangen hätte und rot geworden wäre. Mike und Stella-Claire waren alarmiert. Der eine witterte Ärger, die andere einen handfesten Skandal, den sie vielleicht für ihre Zwecke nutzen konnte.

Thomas wusste nicht recht, wie er diese Situation einschätzen sollte. Sie hatten ausgemacht, nicht öffentlich in der WG miteinander zu sprechen. »Hallo« und »Tschüss« waren in Ordnung, aber ansonsten sollten sie sich wie Fremde verhalten. Das war auch ihr ausdrücklicher Wunsch gewesen. Was sollte nun also diese Aktion? Samira steuerte direkt auf Dunjas Zimmer zu. Das ging nun wirklich zu weit! Er zupfte sie unauffällig am Ärmel und deutete mit dem Kopf in Richtung des kleinen Flurs, der von der Küche zur Abstellkammer führte. Wenn sie leise sprachen, konnte ihnen hier niemand zuhören, aber sie waren immer noch in Sichtweite. Das war weniger verdächtig. Bloß keine unnötige Aufmerksamkeit erregen!

»Was ist denn bitte an einem technischen Problem so geheim«, blaffte ihnen Stella-Claire nach. Offensichtlich schien sie genervt, weil diese beiden etwas wussten, was sie nicht wusste. Doch die zeigten sich davon gänzlich unberührt und gingen weiter ihrer Unterhaltung nach. Nachdem auch Tobias und Dunja nicht auf ihre Bemerkung eingehen wollten, sprang sie mit Gepolter von ihrem Hochsitz auf der Arbeitsplatte herunter und machte sich daran, den Spargel in seinem Topf umzurühren. Dunja schnappte sich ein großes Brett, den Brotkorb und zwei Gedecke und richtete das Vesper für sich und ihre Schwester. Sie fischte eine Tüte mit frischem Brot aus ihrem Vorratsschrank und suchte Wurst, Käse, Mixed Pickles und eingelegte Knoblaucholiven aus ihrem Kühlschrankabteil zusammen. Das alles arrangierte sie hübsch auf der Holzplatte, sagte dabei jedoch kein Wort und behielt unentwegt den kleinen Flurabschnitt vor der Abstellkammer im Auge. Ganz offensichtlich bereitete es ihr die größten Schwierigkeiten so zu tun, als sei sie an den Geschehnissen nicht interessiert – eine Tatsache, die die Aufmerksamkeit der drei anderen Anwesenden nur noch steigerte. Und so strengten sich Mike, Tobias und Stella-Claire nur noch eifriger an, das eine oder andere Wort aufzuschnappen. Das Gedudel aus dem Küchenradio machte jedoch alle Versuche zunichte. Alles, was sie aus der Ecke hören konnten, war ein aufgebrachtes »Was?« von Samira und ein schnelles und ebenso lautes »Psst« von Thomas. Er tat noch eine letzte Äußerung, dann ließ er sie in der Ecke stehen und setzte sich wieder auf seinen Platz neben Mike.

Samira stand da, wie vom Blitz gerührt. Dunja wollte eben zu ihr eilen, da kam sie mit herausgestreckter Brust, erhobenem Kinn und breitem Lächeln zurück in die Küche.

»Meine Güte, wenn ich gewusst hätte, was das für eine Arbeit macht, hätte ich mich niemals darauf eingelassen. Danke für deine Hilfe, Thomas! Mensch, Dunja, das sieht ja lecker aus! Wir können sofort anfangen, ich geh nur noch einmal schnell für kleine Königstiger.«

Thomas brummte etwas, das sich wohl wie ein »Bitte« anhören sollte, und Samira verschwand auf der Toilette. Im selben Moment kamen Damian und Max aus dessen Zimmer. Diese verfluchten Lärmschutztüren! Wenn sie gewusst hätten, welch Menschenansammlung sie vor der Tür erwartete, wären sie drinnen geblieben. Doch nun war es zu spät. Die Blöße eines Rückzugs wollten sie sich beide nicht geben.

Der Anstand gebührte es, dass Max und Damian ein kurzes »Hallo« in die Runde warfen, als sie sich ihren Weg durch den Raum bahnten. Dunja war die Einzige, die antwortete. Stella-Claire funkelte böse hinüber. Mike und Thomas würdigten sie keines Blickes, grinsten jedoch still vor sich hin. Tobias hatte gerade eine phänomenal wichtige Entdeckung auf seinem Handrücken gemacht. Max schaute sich suchend an der Bar um, dann auf dem Küchentisch. Überall standen mittlerweile die gleichen Gläser, die alle mit einer ähnlich aussehenden Flüssigkeit gefüllt waren. Tobias hatte sich ein Bier eingegossen, während Stella-Claire zwei Gläser in Beschlag nahm – eins mit Apfelsaftschorle, das andere mit Bier. Auch Thomas wechselte zwischen diesen beiden Getränken hin und her – allerdings goss er eines nach dem anderen immer wieder in das gleiche Glas. Momentan hatten Mike und er ein Bier vor sich stehen, die Schaumkrone war jedoch schon nach der ersten Minute in sich zusammengefallen. Dunja hatte sich und ihrer Schwester Apfelsaftschorle eingegossen. Bier und Apfelsaftschorle ließen sich in diesen milchigen Gläsern nicht auseinanderhalten. Außerdem wusste Max nicht mehr, wo er sein Glas abgestellt hatte. Er flüsterte Dunja zu, ob sie es gesehen hätte, doch die schüttelte nur den Kopf. Nein, es war vollkommen unmöglich, sein Glas herauszufinden. Er fluchte leise, weil er durch seine Schusseligkeit eine Flasche Bier verschwendet hatte, holte zwei neue Gläser aus dem Schrank und schenkte sich und Damian ein. Genauso plötzlich, wie sie aus dem Zimmer gekommen waren, verschwanden sie wieder dahin zurück. Die Tür schloss sich in dem Moment, in dem sich die Badtür öffnete und Samira zurück in die Küche kam.

»Vielen Dank für das kleine Biergeschenk«, murmelte

Thomas vor sich hin, während sich Samira ihrer Schwester gegenüber hinsetzte und beide mit ihrem Abendbrot begannen. Es dauerte keine Minute, da hatte sich auch Stella-Claire an den Tisch gesetzt. Abwechselnd beobachtete sie die Jungs bei ihrem Kartenspiel und die Mädchen beim Essen. Unverhohlen musterte sie die verlockende Wurst- und Käseplatte und die verschiedenen eingelegten Köstlichkeiten. Die Luft im Raum war so dick, dass man sie hätte schneiden können. Allen war klar, dass Stella-Claire eine Gabel in der Hand stecken hätte, wenn sie sich ein Maiskölbchen oder eine saure Gurke schnorren würde. Obwohl die Jungs auf ihre Karten starrten und sich die Schwestern mit kleinen, geflüsterten Geschichten aus ihrem Tag unterhielten, achtete jeder nur auf die Spannung, die zwischen Stella-Claire und Dunja stand. Doch es waren weniger Anspannung und Angst, die in der Luft lagen, als mehr perverse Vorfreude auf eine ausufernde Schlammschlacht mit möglicherweise blutigem Ende. Tobias war hinter der Theke hervorgekommen und beobachtete die Szene genau. Er wollte ein Gespräch in Gang bringen, doch das unverfängliche Wetter-Thema hatten sie leider schon durchgekaut. Was blieb da noch übrig?

»Hat gestern einer von euch die neue Casting-Show gesehen?«

Alle nuschelten ein »Nein«. Mehr wollte aber niemand sagen. Wer weiß, wohin eine Nachfrage oder gar eine Kritik solcher Shows führen würde. Also redete Tobias weiter. Von den schrägen Tönen vieler Kandidaten, von den teilweise miesen Tanzeinlagen und davon, dass eine Teilnehmerin auf die Frage, wie der Sänger von »Bon Jovi« mit Vornamen heiße, »Bon« geantwortet hatte. Er plapperte wie ein Äffchen und konnte so die Stille überbrücken, bis ihr Spargel fertig war. Stella-Claire stand auf und ging in die Küche, um ihrer beider Gläser aufzufüllen. Tobias drehte den Spargel unterdessen mal mit Schinken, mal mit Lachs in die Pfannkuchen ein. Mit zwei Tellern, zwei frisch gefüllten Gläsern und zwei Saucieren bewaffnet, ließen sie sich am Tisch nieder, Stella-Claire vis-à-vis Thomas und zwischen Samira und Tobias. Schräg links gegenüber saß Dunja, die alle Geschehnisse um sie herum gekonnt ignorierte und nur ab und an ihrer Schwester ein paar Worte über den Tisch zuraunte. So saßen sie einige Minuten. In dieser Zeit war nichts weiter zu hören als die Essensgeräusche und das leise »Klock«, wenn entweder Thomas oder Mike eine Karte ablegte.

Die Klingel des Ofens ging in exakt dem Moment los, in dem sich die Zimmertür von Max erneut öffnete. Sie durchquerten die Küche und schmissen die Speisekarte ihres Lieblingspizzabäckers in den Papiermüll. Dunja nahm dies zum Anlass, die unerträgliche Stille zu unterbrechen:
»Doch keine Pizza?« Max hatte ihr vorhin erzählt, dass das sein Plan für diesen Abend war.
»Nein, leider nicht. Silvio hat dichtgemacht. Jetzt müssen wir eine Alternative finden.«
»Ich habe noch eine Familien-Lasagne im Tiefkühlschrank. Die könnt ihr gerne haben.« Dunja grinste Max breit an. Sie wusste, dass er nie das im Haus hatte, worauf er gerade Lust hatte. Und bei dem Wort Lasagne hatte sich sein Gesicht deutlich aufgehellt.
»Ehrlich? Das wäre ja wunderbar. Das wollte ich mir sowieso bestellen.«
»Na dann, greift zu.«
Das ließen sich die beiden nicht zwei Mal sagen. Gut ge-

launt mopsten sie das Tiefkühlessen aus dem Schrank und begannen mit den Vorbereitungen für die Beilagen – Bier und Chips. Das plötzliche Leben, das sich wieder breitmachte, tat allen Anwesenden gut. Sie konnten sogar schmunzeln, als mal wieder die Gläser durcheinandergerieten. Diesmal waren Thomas und Stella-Claire an der Reihe und Thomas beschwerte sich lautstark über das abgestandene Billig-Bier, dass er durch diese Verwechslung zu trinken gezwungen war. Thomas und Mike füllten ihre Gläser auf, holten ihre Pizzen aus dem Backofen und gaben ihn so für die beiden anderen Jungs und ihre Lasagne frei. Für einen Augenblick schien die kleine WG-Welt wieder in Ordnung. Dann klingelte Stella-Claires Handy in Tobias Zimmer – ein Ton, den Dunja und Max mittlerweile mit Terror und Schrecken verbanden – und die gute Laune war dahin.

Bald darauf leisteten Dunja und Samira Max und Damian im Küchenbereich Gesellschaft. Sie hatten fertig gegessen, räumten die Reste wieder in den Kühlschrank und die Brotbox und diskutierten, welche Nachspeise sie nun nehmen würden. Samira wollte Eis. Dunja gab schnell nach – wer weiß, was eine Schwangere tun würde, wenn sie Schokokuchen statt Eis essen musste. Samira brachte die prall gefüllten Schüsselchen zum Tisch und Dunja füllte derweil ihre Gläser mit frischer Schorle. Stella-Claire kam aus ihrem Zimmer zurück und setzte sich wieder zwischen Tobias und Samira. Max und Damian waren wieder in Max Zimmer zurückgekehrt. Dunja setzte sich wieder neben Thomas, Tobias füllte Stella-Claires und sein Glas auf und bemerkte dabei, dass noch zwei herrenlose Gläser auf der Theke auf ihre Abnehmer warteten.

»Mensch, so gut kann keine Pizza sein, dass man darüber sein Bier vergisst.« Mike holte die beiden Gläser und stellte sie vor sich und Thomas ab. Dann ging das Essen weiter: Stella-Claire und Tobias gaben sich ihrem Spargel hin, tauschten Saucieren und probierten jeweils von des anderen Teller. Mike und Thomas aßen ihre Pizzen jeweils zur Hälfte und tauschten danach ihre Teller, damit Thomas auch Salami und Mike auch Schinken essen konnte. Dunja löffelte vom Frucht-Eis ihrer Schwester, welche sich derweil an ihrem Nuss-Schoko-Becher schadlos hielt. Bei der ganzen Hin-und-her-Tauscherei gingen fast drei Gläser zu Bruch, was eine erneute Verwechslung nach sich zog. Doch das Schmunzeln vom Mal zuvor war verloschen. Einzig Tobias brachte noch einen halbherzigen Witz zustande, dass sie wohl neue Gläser bräuchten. Saftgläser für Saft, Biergläser für Bier, Weingläser für Wein. Er meinte, nur so könne man dem heillosen »Fremdtrinken« beikommen. Max und Damian waren unterdessen wieder in die Küche zurückgekommen, um nach ihrem Essen zu sehen.

»Bäh! Was ist das denn für eine Brühe? Das ist ja widerwärtig! Das war mit Sicherheit nicht mein Glas.« Allem Anschein nach war Thomas erneut Opfer eines Gläsertauschs geworden. Mit gierigen, durstigen Schlucken hatte er es schon fast geleert. »Vermisst jemand …«

Doch weiter kam er nicht. Mit einem Schlag wurde sein Gesicht dunkelrot. Seine Augen traten unnatürlich weit heraus. Fast augenblicklich platzten zwei Äderchen. Er begann zu würgen, zu spucken, zu husten, zu zittern. Er versuchte sich am Tisch festzuhalten, doch in der nächsten Sekunde fiel er schon von seinem Stuhl. Den Tisch und alles, was auf ihm stand, riss er mit sich. Sein Körper krampfte sich wild zusammen, doch er war unfähig einen Schmerzensschrei von sich zu geben. Ein letztes Würgen. Dann Stille.

Die Stille dauerte nur ein paar Sekunden, doch jeder Bewohner hätte danach schwören können, dass es Stunden waren. Sie standen wie festgewurzelt an den Plätzen, auf die sie gesprungen waren, als Thomas im Fallen den Tisch umgerissen hatte. Sie sahen einander nicht an. Sie starrten nur auf Thomas. Ob Schockstarre oder geduldiges Abwarten, weil man Gevatter Tod nicht ins Geschäft pfuschen wollte: Niemand kam Thomas zu Hilfe. Die Erste, die sich rührte, war die kleine, zierliche, zerbrechliche Samira.

»Thomas?« Ihre Stimme war nur noch ein Hauchen. An der Stelle, an der sie stand, sank sie in die Knie. Sie verharrte kurz und krabbelte dann langsam zu dem leblosen Körper hinüber, unsicher und wackelig, wie ein Baby, das seine ersten Krabbelversuche auf Händen und Knien unternahm. Nach gefühlten zwei Stunden erreichte sie Thomas. Erst jetzt schienen die anderen zu begreifen, dass sich einer von ihnen bereits aus seiner Starre gelöst hatte. Jetzt starrten sie nicht mehr Thomas an. Jetzt waren sie ganz auf Samira fixiert. Sie nahm Thomas' Hand und führte sie an ihre Wange. Dann nahm sie sein Handgelenk in die Hand und suchte mit zwei Fingern einen Puls, den es schon eine ganze Weile nicht mehr gab. Sie legte Zeige- und Mittelfinger an seinen Hals, beugte sich über seinen Mund, um die Atmung zu prüfen. Mit jeder neuen Bewegung wurde sie schneller und panischer. Als sie alle Möglichkeiten überprüft hatte, schlug sie auf die Brust des toten Körpers ein und brach mit einem lauten, schmerzvollen Stöhnen über ihm zusammen. Das Schluchzen, das darauf folgte, war kaum hörbar. Die Mitbewohner standen immer noch wie festgewachsen. Nur Damian schaffte es, in seine Hosentasche zu greifen und sein Handy herauszuziehen. Wie in Trance wählte er die Notrufnummer. Alles, was er herausbrachte, waren Adresse und das Wort »Dachgeschoss«. Dann legte er auf und es wurde wieder still.

Draußen begann es zu regnen. Die Tropfen prasselten gegen die Oberlichter der allen so verhassten Küche.

Zehn

Das große Gewusel in der Küche ging rund eine halbe Stunde später los. Die Dame in der Notrufzentrale wusste mit der gestammelten Adresse nicht viel anzufangen und alarmierte kurzerhand sowohl Notarzt als auch Polizei. So kam es, dass gleichzeitig ein Streifenwagen und der Notarztwagen vor der Haustür in der Schwetzinger Vorstadt hielten. Binnen weniger Minuten war die Straße vor dem Haus von Menschen bevölkert, die sich für einen Freitagabend offensichtlich nichts Schöneres vorstellen konnten, als sich mit Gewalt, Verbrechen und Tod zu umgeben.

Der Notarzt hatte als Erstes die fünf Stockwerke erklommen. Eigentlich hätte er den jungen Mann, der grotesk zusammengekrümmt auf dem Küchenfußboden lag, gar nicht untersuchen müssen: Auf den ersten Blick hatte der erfahrene Arzt erkannt, dass der Junge tot war. Und offensichtlich war er keinen schönen Tod gestorben. Davon zeugten auch die versteinerten Gesichter seiner Mitbewohner, die sich verschreckt in die Rahmen der verschiedenen Zimmertüren zurückgezogen hatten. Da standen sie nun: Zwei Mädchen hielten sich im Arm und sagten gar nichts. Zwei junge Männer steckten die Köpfe zusammen und flüsterten aufgeregt. Eine blonde junge Frau starrte ängstlich ins Leere, während ihr Freund völlig teilnahmslos wirkte. Nur ein Mann Anfang 30 stand allein in seinem Türrahmen und hatte niemanden, an den er sich klammern oder auf den er sich stützen konnte.

Offensichtlich der, der es am meisten nötig hätte, schoss es dem Notarzt durch den Kopf. Trotz seiner bulligen Statur und seines griesgrämigen Gesichts wirkte der Mann alles andere als souverän. Im Gegenteil: Er sah so aus, als würde er gleich zusammenbrechen und sich übergeben. Bis auf einen waren alle Türrahmen besetzt. Der Arzt folgerte daraus, dass das wohl das Zimmer des Toten gewesen sein musste. Zum Glück hatte er Medizin studiert und war nicht Detektiv geworden.

Nachdem sie gesehen hatten, dass sie hier oben kein Menschenleben mehr retten konnten, teilten sich die Streifenpolizisten auf. Sascha Schuld sollte fürs Erste die Personalien der Zeugen aufnehmen und die Küche bewachen, bis die Spurensicherung eintraf. Florian Kaiser ging zurück zum Wagen, forderte Verstärkung und den Pathologen an und alarmierte die zuständigen Kriminalbeamten. Danach versuchte er die Schaulustigen auf die gegenüberliegende Straßenseite zu drängen und den Bereich vor dem Haus abzusperren. Ein nahezu unmögliches Unterfangen, wenn man bedachte, dass die Straße die Breite einer Einbahnstraße hatte, jedoch zweispurig zu befahren war und auf beiden Seiten Autos parkten. Von den 50 Zentimeter breiten Gehwegen ganz zu schweigen. Kaiser hasste die Enge dieses Mannheimer Stadtteils! Doch er konnte dieses Argument nicht gelten lassen. Er musste die Leute vertreiben. Kriminalhauptkommissar Krug mochte es nicht, wenn ihm Gaffer den Weg zu einem Tatort versperrten. Und ein Tatort war das da oben ganz sicher. Ein großer, starker, junger Mann fiel nicht einfach so tot um – schon gar nicht so qualvoll, wie es allem Anschein nach abgelaufen war. Da hatte jemand nachgeholfen.

Kriminalhauptkommissar Krug war wider Erwarten nicht der Erste von der Kriminalpolizei, der am Tatort auftauchte, sondern Kriminalkommissar Stefan Bruch. Der junge Streifenpolizist erkannte dessen Wagen bereits, als er um die 100 Meter entfernte Straßenecke bog. Kaiser mochte den »Neuen« nicht, der erst vor drei Wochen aus Hamburg hierher versetzt worden war. Und damit stand er nicht allein. Hartnäckig hielt sich das Gerücht, dass der »Hamburger Depp« strafversetzt werden musste, weil er sich geweigert hatte, kollegial mit seinem Team zusammenzuarbeiten. Manche munkelten sogar, dass er seinen Partner in einer Schießerei alleingelassen hätte und Kaffee trinken gegangen sei. Das hielt Kaiser dann doch für etwas übertrieben – wobei er es sich bei dem Schnösel, der sich gerade seinen Weg durch die Menschenansammlung bahnte, gut vorstellen konnte. Woher hätte Kaiser auch den wahren Grund für seine Versetzung kennen sollen? Diesbezüglich war absolute Verschwiegenheit vereinbart worden. Nicht einmal dem Polizeichef von Mannheim war der wahre Grund genannt worden – ihm war lediglich versichert worden, dass sich Bruch nichts habe zuschulden kommen lassen.

Eine Begrüßung – und möge sie auch noch so unfreundlich sein – erwartete der junge Streifenpolizist nicht. Und er wurde auch nicht enttäuscht.

»Können Sie die Leute nicht besser wegsperren? Wir sind hier doch nicht im Zoo!«

»Es tut mir sehr leid, Herr Kriminalkommissar Bruch, aber die Betonplatten stecken noch im Verkehr fest. Vorerst muss wohl das Absperrband genügen.« Mit mir nicht, du aufgeblasener Fatzke!

»Diesen Tonfall können Sie sich gleich schon einmal abgewöhnen. Solange ich hier die Ermittlungen leite, werden Sie mich respektvoll behandeln! Ist das klar?«

Just in diesem Moment bog der Wagen von Kriminalhauptkommissar Conrad Krug in die Straße ein – eine Steilvorlage, auf die der junge Streifenpolizist nur gewartet hatte.

»Das war's dann wohl mit Ermittlungsleitung. Darf ich nun respektlos sein?«

Noch bevor Bruch die Zornesröte ins Gesicht steigen konnte, hatte Kaiser auf dem Absatz kehrtgemacht, um ein weiteres Absperrband aus dem Wagen zu holen.

Krug hielt direkt vor dem Haus im absoluten Halteverbot. Dies war eines der Privilegien, die er sich im Laufe seiner mittlerweile 30-jährigen Polizeikarriere gönnte. Wenn er irgendwo den Dreck der Welt untersuchen und wegputzen musste, dann wollte er wenigstens nicht so weit laufen müssen. Allerdings hätte ihm ein bisschen Bewegung nicht schlechtgetan. In den letzten beiden Jahren war er um die Mitte herum immer größer geworden. Und das lag nicht nur an der mangelnden Bewegung. Seit in der Innenstadt mehrere amerikanische Kaffeehäuser eröffnet hatten, pflegte er die Sitte seiner US-amerikanischen Kollegen und genehmigte sich morgens und nachmittags einen Donut, Muffin oder Cupcake. Seine Leibesfülle und die damit verbundene Kurzatmigkeit waren jedoch das Einzige, was ihn hin und wieder in seiner Arbeit einschränkte. Der gutmütige 51-Jährige war eine Institution bei der Mannheimer Polizei. Einerseits wegen seines guten Drahts zu jedem einzelnen Kollegen, andererseits wegen seiner exorbitant hohen Aufklärungsrate. Ein bisschen erinnerte er immer an Columbo, wenn er mit seinem Trenchcoat und seinem uralten Auto vorfuhr. Auch seine vermeintlich trottelige Art hatte schon viele böse Jungs und Mädchen in Sicherheit gewogen, bevor er ihnen dann mit seinen blitzgescheiten Kombinationen das Handwerk legte. Und tatsächlich hatte sich Krug anfangs das ein oder andere bei seinem Lieblingsserien-Charakter abgeschaut. Mit der Zeit hatte er dieses Verhalten zur Perfektion getrieben – auch wenn er irgendwann gar keine Acht mehr darauf gab, ob er sich wie sein Vorbild verhielt oder nicht. Er war einfach zu einem leibhaftigen Columbo geworden. Das Einzige, was ihm fehlte, waren der phlegmatische Hund und Mrs. Columbo. Seine Frau war zwei Jahre zuvor nach 27 Jahren Ehe an Krebs gestorben. Kurzzeitig hatte ihn dieses Ereignis aus der Bahn geworfen. Doch als er vier Wochen nach der Beerdigung zur Arbeit zurückkehrte, lief er zu neuen Hochformen auf. Er arbeitete härter und länger, löste noch mehr seiner Fälle und wurde sogar noch freundlicher zu all seinen Kollegen – eine Sache, von der wohl niemand gedacht hätte, dass sie überhaupt noch möglich war.

Und ausgerechnet diesem liebenswerten Genie hatte man die verzogene Großstadtzicke Bruch auf den Hals gejagt. Entweder war er nach all den Jahren doch bei einem hohen Tier in Ungnade gefallen und musste nun dafür büßen. Oder seine Vorgesetzten glaubten, dass nur er das Wunder vollbringen könnte, den neuen Heißsporn in das Team zu integrieren.

Bruch und Krug trafen sich vor der Haustür. Während der eine einen professionellen Händedruck tätigte, schäumte der andere vor Herzlichkeit geradezu über.

»Na, mein Junge, was ist denn hier schon wieder für ein Drama passiert? Haben Sie sich schon ein Bild machen können?«

Bruch war seine Verachtung für diesen freundschaftlichen Umgangston ins Gesicht geschrieben. »Nein, ich bin auch eben erst angekommen und musste die Streife erst einmal an ihre Aufgaben erinnern.«

»Wieso denn? Sieht doch alles schön aus: Keine Menschen im Weg, so dass ich bis vor die Tür fahren kann. Ist doch alles wunderbar. Gut gemacht, Flo!« Die letzten beiden Sätze waren an den Streifenpolizisten gerichtet, der sich breit grinsend mit einem Kopfnicken für die Rückendeckung bedankte.

»Sie stehen übrigens im absoluten Halteverbot, werter Kollege!« Bruch spuckte die Worte förmlich heraus, so dass der Begriff »werter Kollege« gerade dazu diente, seine Nicht-Wertschätzung auszudrücken. Krug zeigte sich unbeeindruckt.

»Na, wenn die Polizei nicht im absoluten Halteverbot stehen darf, wer denn dann?« Krug lachte ein herzliches, tiefes Lachen und machte sich auf den Weg zur Eingangstür. Im Gehen erkundigte er sich bei Kaiser noch, welcher Kollege oben wartete und in welchen Stock er klettern müsse. Dann bedeutete er Bruch mit einer einladenden Geste, ihm zu folgen.

Das Erscheinen der beiden Kriminalbeamten kündigte sich bereits ein Stockwerk tiefer durch lautes Keuchen und Pfeifen an. Für Krug war es immer wieder erstaunlich, warum es Menschen gab, die freiwillig in eine Wohnung zogen, die oberhalb des Erdgeschosses lag. Und für Sascha Schuld war es erstaunlich, wie sich Krug mitsamt seinen Pfunden immer wieder in die abgelegensten Winkel schleppen konnte. Die 60 Kilo, die der gute Mann zu viel mit sich herumschleppte, hätte er selbst nicht in den fünften Stock tragen können.

Als Krug und Bruch die Wohnung betraten, kauerten

die Mitbewohner immer noch in ihren Türrahmen. Um sicherzugehen, dass nichts durcheinandergebracht wurde, hatte Schuld ihnen gesagt, sie sollten alle dort bleiben, wo sie waren. Er selbst hatte sich am Rand der Küche entlang gedrückt und sich nach und nach Notizen gemacht, wer die Anwesenden waren. Nun war er auf dem gleichen Weg zurückgekommen, um die Kriminalbeamten in Empfang zu nehmen.

Bruch schimpfte beim Anblick des Tatorts sofort los: »Was machen denn die ganzen Menschen hier in diesem Raum? Die kontaminieren den Tatort. Wie kann man nur so verantwortungslos sein.«

»Die standen dort, als wir hier ankamen, und damit nichts durcheinandergerät, habe ich ihnen gesagt, sie sollen dort stehen bleiben«, versuchte sich der unsichere 26-Jährige zu verteidigen. Bruch wollte schon zu einem erneuten Schlag ausholen, doch Krug kam ihm zuvor.

»Das hast du auch ganz richtig so gemacht, mein Junge. Weihe jetzt erst einmal die Jungs von der Spurensicherung ein, dann kommst du wieder zu uns her und erzählst uns alles, was du herausgefunden hast!«

Die Spurensicherung war unmittelbar nach den beiden Männern im oberen Stockwerk angekommen. Schuld war sichtlich erleichtert und nahm die Männer in Empfang. Sofort machten sie sich an die Arbeit, gaben jedoch schon jetzt die Erlaubnis, dass sich die Bewohner in ihre Zimmer zurückziehen durften. Das Gebiet, das für sie interessant war, war das Kernstück der Küche, nicht der Randbereich. Hauptkommissar Krug bat die Bewohner dennoch, noch kurz dazubleiben. Er winkte Schuld wieder zu sich und bat ihn, ihm alles zu sagen, was er bisher herausfinden konnte.

»Der Tote heißt Thomas Kaufmann, 29 Jahre, Student. Beim gemeinsamen Abendessen hat er auf einmal angefangen zu zucken, ist zusammengebrochen, hat den Tisch mit umgerissen und seitdem liegt er da. Viel mehr habe ich von denen« – er deutete mit einem Kopfnicken in Richtung der Zimmertüren – »noch nicht über den Hergang erfahren. Aber ich habe ihre Personalien aufgenommen. Hier, Conrad!« Mit diesen Worten überreichte er seinem Chef den Zettel, auf dem er alle Namen notiert hatte. Er hatte sogar vermerkt, wer nur zu Besuch war und welcher Besuch zu welchem WG-Bewohner gehörte.

»Gute Arbeit, mein Junge«, lobte Krug den Polizisten. Er hatte auch nichts anderes erwartet. Schuld war schon immer sehr gewissenhaft und überlegt vorgegangen. Bruch stand leicht im Hintergrund und sagte erst einmal nichts. Krug überflog die Liste.

»Wer von Ihnen ist Mike Stehle?«

Mike zuckte zusammen und wurde noch bleicher im Gesicht, als er ohnehin schon war. Krug fuhr mit fürsorglicher Stimme fort.

»Sie werden verstehen, dass wir Ihnen noch ein paar Fragen stellen müssen, bevor wir Sie gehen lassen können. Allerdings können wir Sie auch nicht im Zimmer Ihres Freundes warten lassen, solange das nicht untersucht wurde.« Dann fragte er an alle gewandt: »Gibt es einen Raum, wo Herr Stehle so lange warten kann, bis wir ihm unsere Fragen stellen können?«

Betretenes Schweigen trat ein. Keiner der Anwesenden wollte ihn offenbar in seiner Nähe haben. Max hatte die rettende Idee. »Wir haben da hinten noch eine Abstell… ein Zusatzzimmer. Dort stehen eine Couch und sogar ein Fernseher. Das würde doch gehen, oder?«

Krug sah Mike erwartungsvoll und aufmunternd an, so dass sich dieser genötigt sah, diesem Plan zu folgen. Nach und nach verschwanden alle in ihren Zimmern beziehungsweise in der Abstellkammer. Der Notarzt übergab die Leiche an den Gerichtsmediziner, der kurz nach der Spurensicherung eingetroffen war, und verabschiedete sich.

»So, dann wollen wir doch einmal sehen, was wir hier haben.« Krug klatschte in die Hände und rieb sie, während er in angemessenem Abstand einen Kreis um die Leiche und das zerstreute Mobiliar drehte. Der Tote lag ziemlich genau in der Mitte des Raumes, der Esstisch halb auf ihm. Um ihn herum und auf ihm drauf konnte Krug Pizza-Reste, Getränkeflecken, Spargelstangen, zerbrochenes Geschirr, zerborstene Gläser und andere undefinierbare Nahrungsmittel erkennen. Ein Spritzer Eiscreme war auf die Wange des Opfers geraten und dort durch das letzte bisschen Körperwärme geschmolzen. Die braune Schokospur hätte vielleicht sogar etwas komisch wirken können, wäre sie nicht auf dieses grotesk verzerrte Gesicht geschrieben gewesen.

»Da hat der Gute ja ein ziemliches Chaos hinterlassen. Meint ihr, dass ihr in dem ganzen Durcheinander überhaupt etwas finden könnt?«

Die Frage war an den Leiter der Spurensicherung gerichtet, Dirk Albert, der seine Leute gerade auf die verschiedenen Bereiche aufgeteilt hatte. Bereits einige Minuten zuvor hatte der Fotograf angefangen, aus allen erdenklichen Blickwinkeln Bilder dieser abscheulichen Szene zu schießen.

»Dürfte schwierig werden. Aber da wir wohl davon ausgehen können, dass er irgendetwas gegessen oder getrunken haben muss, was ihm nicht bekommen ist, werden wir Proben von allen Lebensmitteln nehmen.«

»Aber wie wollen Sie denn die Getränke auseinanderhalten? Das scheint alles ein einziger, großer Fleck zu sein.« Bruch hatte sich in das Gespräch eingeschaltet und das erste Mal war in seiner Stimme kein schnippischer Unterton, sondern ehrliches Interesse zu hören. Albert war erleichtert, dass er mit dem neuen Kollegen sachlich sprechen konnte und nicht von ihm angezickt wurde, wie er es wohl mit den meisten seiner Kollegen tat.

»Sie haben selbstverständlich recht: Die große Lache hier vorne ist für eine Analyse vollkommen ungeeignet.« Albert dachte sich, dass es dem Arbeitsklima bestimmt nicht schaden würde, wenn er dem Neuen etwas Honig ums Maul schmierte. »Zumal wohl jeder an diesem Tisch eine gelbe Flüssigkeit getrunken hat. Entweder Bier oder Apfelsaft. Oder Apfelsaftschorle. Das macht die Sache nicht gerade leichter. Aber vielleicht haben wir ja Glück und finden in einem einzelnen Spritzer etwas, das uns weiterhilft. Hier am Rand der Lache und über den ganzen Boden sind einzelne Spritzer verteilt. Sehen Sie! Hier zum Beispiel. Oder hier.« Er deutete auf diverse Stellen. Bruch nickte nur kurz, was selbst beim besten Willen nicht als »Danke« gedeutet werden konnte und studierte dann den Aufbau der Wohnung. Krug zwinkerte Albert zu, bedankte sich und wünschte viel Glück bei der Suche.

Für einige Minuten sahen sie dem geschäftigen Treiben in der Küche zu: Der Fotograf knipste alles, was ihm in den Weg zu kommen schien, die Kollegen der Spurensicherung stimmten sich ab, wie sie sich in dem engen Raum bewegen sollten, damit sie sich bei ihrer Arbeit nicht in die Quere kamen. Nachdem er grünes Licht vom Fotografen und der

Spurensicherung erhalten hatte, kniete sich der Pathologe neben die Leiche. Krug stellte sich in respektvollem Abstand schräg hinter dessen Rücken, lehnte den Oberkörper leicht vor und betrachtete das Geschehen mit einem Blick, der eher an die Andacht eines Großvaters erinnerte, der seinem ersten Enkel beim Spielen im Sandkasten zusah, als an einen Polizisten, der an einem Tatort die Arbeit des Gerichtsmediziners beobachtete. Hartmut Schwimmer, der Polizeiarzt, schien den Blick in seinem Nacken zu fühlen. Er drehte seinen Kopf leicht und schaute Krug grinsend an.

»Komm schon, Conrad! Ich wäre beleidigt, wenn du nicht fragen würdest.«

»Na gut, aber nur, weil du es willst!«

Dieses Spiel spielten sie nun schon seit zwei Jahrzehnten. Krug, der immer am liebsten sofort die genaue Todesursache gewusst hätte, und Schwimmer, der gerne Wetten mit sich selbst abschloss, ob sich sein erster Eindruck tatsächlich bestätigte.

»Wenn ich dir meine Dienstwaffe auf die Brust halten und eine Information aus dir herauspressen würde, müsstest du irgendetwas sagen, um dich zu schützen. Auf meine Frage, was du denkst, was ihn umgebracht hat, müsstest du dann also zwangsläufig antworten: …«

»Aller Voraussicht nach Gift. Welches kann ich natürlich noch nicht sagen. Aber so, wie es hier riecht … nein, dazu werde ich mich erst äußern, wenn der Befund vorliegt. Aber wir können wohl davon ausgehen, dass er es oral eingenommen hat. Ein gemeinsames Abendessen und jemand spritzt ihm unbemerkt ein Mittel – das scheint mir eine ziemlich unwahrscheinliche Methode. Ich denke auch nicht, dass etwas im Essen war, dafür ging alles viel zu schnell. Also würde ich mich auf die Gläser konzentrieren. Aber unterschreiben werde ich nichts«, sagte er mit einem Lächeln. Normalerweise war Schwimmer ein eher ungeselliger Patron, der nicht viel mit seiner Umwelt zu tun haben wollte. Doch nach 20 Jahren Arbeit mit dem Sonnenschein Krug, war er ihm gegenüber weich geworden. Im letzten November waren die beiden sogar einmal ein Bier zusammen trinken gegangen. Schwimmer brauchte Gesellschaft, weil er nicht nach Hause gehen wollte. Sein Hund war gestorben. Und so saßen die beiden über drei Stunden in einer Kneipe, tranken ein Bier nach dem anderen und sagten die ganze Zeit über kein Wort. Seit diesem Abend bezeichnete Schwimmer Krug und Krug Schwimmer als seinen Freund.

»Musst du auch nicht, die imaginäre Waffe habe ich schon wieder weggesteckt. Aber ich danke dir, für deine Einschätzung. Damit können wir doch schon einmal loslegen. Oder meinen Sie nicht, Bruch?«

Sein Kollege hatte sich die ganze Zeit im Hintergrund gehalten und sich zum 437. Mal in dieser Woche überlegt, wie er dieses Drecksloch Mannheim wieder gegen seine geliebte Heimatstadt Hamburg eintauschen könnte. Einfach alles kotzte ihn hier an. Der dreckige Rhein und der langweilige Neckar. Die blöde Aussicht auf den Odenwald, die er von seiner Wohnung aus hatte. Die verfluchte Straßenführung in der Innenstadt, bei der sein Navigationsgerät jedes Mal ausstieg. Der Gestank, der aus der Schokoladenfabrik jenseits des Neckars herüberwehte. Jedes Mal wenn er in die Quadrate musste, roch es, als wären 2.000 Kilo Schokolade in einem Topf verbrannt. Diese Stadt hasste ihn. Und er hasste diese Stadt. Und dieser Kriminalhauptkommissar Krug ging ihm besonders gegen den Strich. Immer gut gelaunt, mit jedem gut Freund, mit allen per Du – eine Unsitte, die er sich gleich am ersten Tag verbeten hatte. Doch nun konnte er sich seiner Gesellschaft nicht mehr entziehen. Und Krug bohrte nach:

»Was denken Sie, junger Kollege?«

»Ich denke, dass wir zunächst einmal die Personen verhören sollten, die dabei waren, als das Opfer seinen Zusammenbruch hatte.«

»Brillant! Und wie würden Sie dabei vorgehen?« Die Begeisterung, die dieser alte Simpel bei jeder Kleinigkeit an den Tag legte, ging Bruch gewaltig auf die Nerven.

»Ich würde vorschlagen, dass Sie links bei der Zimmerreihe anfangen und ich rechts. Wenn wir alle Zimmer durchhaben, treffen wir uns in der Mitte und tauschen unsere Ergebnisse aus. Das dürfte am schnellsten gehen.« Er wollte die Sache hinter sich bringen und diesen verblödeten Spinner, die bescheuerten Streifenbullen und diese dreckige Wohnung verlassen, in seiner verhassten Wohnung die Vorhänge zuziehen, damit er den Wald nicht sehen musste, und sich wieder vor den Fernseher werfen.

»Ja, das ist mit Sicherheit die schnellste Lösung. Ich würde dennoch vorschlagen, dass wir die Befragungen gemeinsam durchführen: Vier Augen sehen und vier Ohren hören mehr als zwei. Außerdem kann ich vielleicht etwas von Ihnen lernen. Sie waren doch gerade auf so einem Seminar, oder? Da kann ich bestimmt etwas von Ihnen aufschnappen, so dass ich nicht selbst dahin muss.« Er lachte schallend.

»Ich würde sagen, wir fangen gleich hier links an, gehen dann um die Kurve und hören hinten bei der Abstellkammer auf. Herr Stehle hat ja einen Fernseher, ihm wird's schon nicht langweilig werden.«

Krug klopfte an Max' Zimmertür und ohne eine Antwort von drinnen abzuwarten, traten die beiden Polizisten ein.

Elf

Wie schon zuvor im Türrahmen hatten Max und Damian die Köpfe zusammengesteckt und tuschelten aufgeregt miteinander. Offenkundig stritten sie über etwas. Sie hatten noch nicht einmal bemerkt, dass die Polizei bereits den Raum betreten hatte. Erst Krugs muntere Ansprache riss sie aus ihrem Zwiegespräch.

»Na? Besprechen Sie gerade, was sie uns sagen wollen und was nicht? Das wäre aber nicht sehr nett, denn wir würden gerne ALLES wissen.«

Schuldbewusster hätten die beiden überhaupt nicht gucken können, als sie plötzlich auseinanderschreckten.

»Nein, natürlich nicht«, antwortete Max eine Spur zu schnell. »Wo denken Sie denn hin? Wir haben nur gerätselt, wer ihn wohl umgebracht hat.«

»Momentan wissen wir ja noch nicht einmal, ob er tatsächlich umgebracht wurde. Aber eines nach dem anderen. Zuerst sollten wir uns vorstellen: Das ist mein Kollege, Kriminalkommissar Stefan Bruch. Ich bin Kriminalhauptkommissar Conrad Krug. Und damit wir auch Sie richtig zuordnen können: Wer von Ihnen ist Damian Topic?«

Damian hob die Hand, fast so wie in der dritten Klasse, wenn er meinte eine Antwort zu wissen, sich jedoch nicht hundertprozentig sicher war.

»Dann sind Sie also Gast hier in dieser Wohnung und

leben eigentlich woanders, oder?« Wieder sagte Damian nichts und nickte nur schüchtern. Er hatte noch nie etwas mit der Polizei zu tun gehabt und glaubte wohl, dass sie jeden Moment ihre Schlagstöcke hervorzaubern und ihn verprügeln würden. Doch Krug zeigte keinerlei Anzeichen plötzlich ausbrechender Brutalität und wandte sich mit einem freundlichen Lächeln Max zu.

»Dann müssen Sie demnach Maximilian-Constantin von Schmack-Lübbe sein, richtig? Gehören Sie etwa zu den Baden-Badener Schmack-Lübbes?«

Im Gegensatz zu Damian war Max erstaunlich ruhig, geradezu kaltschnäuzig. »Bitte! Nennen Sie mich Max. Das andere hört sich an, als wären wir auf dem Opernball. Dieses abgehobene Zeug hatte ich in Baden-Baden schon genug.« Womit er Krugs Frage mit »Ja« beantwortete.

Krug pfiff durch die Zähne und lachte herzlich. Dann wurde er wieder erst. »Jetzt, wo wir die Formalitäten geklärt haben, können wir auf ihren Verdacht zu sprechen kommen. Sie sagen also, Thomas Kaufmann wurde ermordet. Wie kommen Sie darauf?«

Wieder war es Max, der das Wort ergriff: »Weil ein junger, gesunder Mann für gewöhnlich nicht einfach so tot umfällt. Und weil er es gewissermaßen mit seinem letzten Satz gesagt hat. Außerdem hatte so ziemlich jeder der Anwesenden ein Motiv.« Diese knappen Stichworte ließ er im Raum stehen und machte keine Anstalten fortzufahren.

Ein cooles, kleines Bürschchen, das sich seiner Sache viel zu sicher ist, schoss es Bruch durch den Kopf. Aber er hielt sich zurück. Wenn Krug die Fragen stellte, konnte er besser aufpassen. Das kam ihm gerade recht.

Durch das lange Schweigen seines Gegenübers sah sich

Krug genötigt nachzufragen. »Was waren denn seine letzten Worte? Und was sind das für Motive?«

Gleich zwei Fragen auf einmal stellen, damit er ins Reden kommt und sich vielleicht verhaspelt. Gar nicht dumm, der alte Fuchs, kommentierte Bruch das Gesehene für sich.

»Also: Er sagte irgendetwas wie: ›Die Brühe ist ja ekelhaft, das ist nicht mein Glas.' Und dann brach er zusammen. Es scheint also, dass er sich genau mit dem Zeug vergiftet hatte, das er gerade getrunken hatte.«

»Und woher wissen Sie, dass es Gift war?« Bruch hatte sich nicht beherrschen können und seinem Zwang nachgegeben, doch eine Frage zu stellen.

»Na ja, einen Schuss hätten wir gehört, ein Messer gesehen und eine Strangulation mitbekommen. So viel bleibt da nicht mehr übrig, oder? Außerdem hatte er – wie schon erwähnt – genügend Feinde.« Max machte eine theatralische Pause und wollte offenkundig noch einmal aufgefordert werden, mit seinem Wissen herauszurücken. Niemand tat ihm den Gefallen. Er sprach trotzdem weiter.

»Nehmen wir zum Beispiel Tobias. Der hat ihn gehasst, weil er ihn im Verdacht hatte, dass er sich an Stella-Claire ranmacht. Dann Stella-Claire, die ziemlich offensichtlich auf Thomas abgefahren ist – der hat ihr Flehen aber nicht erhört, weshalb die kleine Prinzessin auf der Erbse ziemlich sauer auf ihn gewesen sein dürfte. Für gewöhnlich bekommt sie ihren Willen. Und mit seinem Kumpel Mike schien Thomas auch irgendwelche Schwierigkeiten gehabt zu haben: Die beiden haben sich heute Nachmittag ziemlich angegiftet.«

»Bleiben noch Dunja Weber und sie beide selbst«, hakte Krug nach.

»Ich konnte ihn nicht ausstehen, das stimmt. Aber das rechtfertigt noch lange keinen Mord.«

»Warum konnten Sie ihn nicht ausstehen?«

»Er war einfach arrogant. Ein Lackaffe. Und das, obwohl er noch nichts in seinem Leben geleistet hat, auf das er hätte stolz sein können. Außerdem habe ich ihm nicht über den Weg getraut. Ich weiß auch nicht warum. Aber irgendwie hatte er den bösen Blick.« Wieder herrschte Stille. Krug schaute Damian an. Dieser sah sich genötigt, ein ›Ging mir genauso‹ zum Besten zu geben. Krug ließ dies auf sich beruhen.

»Und Frau Weber?« Bruch wurde langsam unruhig. Er mochte es nicht, wenn ihn hochwohlgeborene Adelige schmoren ließen.

»Dunja? Nun ja. Ich denke sie mochte ihn. Zumindest hat sie ihm alles verziehen. Bevor sie gleich wieder nachbohren, erkläre ich es Ihnen. Sie hat ihm ständig irgendwelche Gefallen getan und mit Geld ausgeholfen. Und wenn ich sage ›ständig‹, meine ich ›täglich‹. 50 Euro hier, einen Botengang dort, dann mal wieder 100 Euro und ein Gratisessen zwischendurch. Ich habe nicht mitbekommen, dass sie jemals etwas davon wiederbekommen hat oder er sich einmal durch einen Gefallen revanchiert hätte.«

»Warum hat sie es dann getan?«

»Wie schon gesagt: Sie mochte ihn. Sie mag die meisten Menschen und lässt sich leider viel zu oft ausnutzen. Selbst Stella-Claire konnte sie am Anfang leiden. Aber irgendwann läuft selbst bei ihr das Fass über und sie wird böse. Vielleicht …«

Der Rest des Satzes verschwand in Max Gedanken. Kriminalhauptkommissar Krug holte ihn mit einer Nachfrage zurück in die Gegenwart.

»Was meinen Sie damit: Selbst Stella-Claire konnte sie am Anfang leiden? Hat sich daran etwas geändert?«

Und Max erzählte den Polizisten, welche kriegsähnlichen Zustände sich in den letzten Monaten in dieser WG abgespielt hatten. Ab und zu half Damian seinem Kumpel aus, wenn dieser eine Einzelheit vergessen hatte oder eine Kleinigkeit verdrehte. Zum Abschluss schilderte er die Geschehnisse des Nachmittags. Krug und Bruch setzten erst einmal nicht weiter nach und Krug wechselte das Thema.

»Um noch einmal auf die letzten Worte des Toten zurückzukommen: Er sagte, dass es gar nicht sein Glas gewesen sei. Dann hatte hier doch offensichtlich eine Verwechslung stattgefunden, oder?«

»Na ja, ich hatte gedacht, dass er vielleicht das Gift geschmeckt hat«, erklärte Max seine Schlussfolgerung.

»Das ist natürlich möglich. Was hat er denn getrunken? Wissen Sie das vielleicht?« Krug war sich sicher, dass Albert einen einzelnen Getränkespritzer finden würde, der das Gift enthielt. Vielleicht konnten sie so bereits eine Verwechslung ausschließen.

Damian war etwas aufgetaut und schaltete sich nun in das Gespräch ein: »Thomas hat Alkohol immer nur im Wechsel mit nicht alkoholischen Sachen getrunken. Ich denke, dass er das auch heute wieder so gehandhabt hat. Das macht er, damit er nicht so schnell blau wird.«

Das reduzierte die Chancen ungemein. Nur gelbe Getränke wie Bier und Apfelsaft. Wenn sie nur Spuren dieser beiden Getränke fanden, dann hatte Kaufmann beides getrunken und sie konnten die Verwechslungstheorie durch nichts bestätigen.

»Angenommen, Sie haben recht, und er hatte tatsächlich aus seinem eigenen Glas getrunken. Dann muss er zwangsläufig das Gift geschmeckt haben, wenn er sich so äußerte, wie er es getan hat.« Krug sprach mehr zu sich als zu Max und Damian. »Aber angenommen Sie haben Unrecht und es kam tatsächlich zu einer Verwechslung. Wie konnte das passieren, ohne dass er es bemerkte?«

»Nichts einfacher als das«, antworteten Damian und Max fast wie aus einem Munde. Damian überließ Max den Vortritt beim Reden. Dieser griff hinter sich und förderte ein Glas zu Tage, das offensichtlich schon länger als eine Nacht unter seinem Bett verbracht hatte. Er hielt es Krug direkt vor die Nase. Es war ein normales Trinkglas. Recht hübsch anzusehen, wenn man von dem grünlichen Teppich absah, der sich auf dem Boden gebildet hatte. Es verjüngte sich zum Boden hin und mit jedem Millimeter wurde es milchiger: Der obere Zentimeter klares Glas, unten Milchglas. Dazwischen ein fließender Übergang. Bier, Saft oder Schorle ließen sich in diesen Gläsern wirklich nicht auseinanderhalten.

»Das ist unser standardmäßiges WG-Glas. Wir haben gefühlte 200 davon. Und bei jedem Essen kommt es zu mindestens einer Verwechslung.«

»Mit welchem Glas hätte er es denn verwechseln können?«

Max und Damian sahen zuerst sich, dann die Polizisten fragend an.

»Wissen Sie noch, wer beim Essen wo saß?«

»Wir saßen nicht, wir waren noch in den Vorbereitungen. Außerdem wollten wir im Zimmer essen, weil wir eine DVD gucken wollten. Die anderen saßen aber alle, als es passierte. Warten Sie mal!«

Ungelenk grabschte Max einen Bleistift und einen Post-it-Block vom Schreibtisch und malte den Tisch mit allen Personen auf. Er zeigte das Blatt noch Damian und fragte, ob das so stimmte. Der überlegte kurz, dann nickte er. Max übergab den Zettel an Krug, obwohl Bruch schon die Hand ausgestreckt hielt. Offenbar maß er dem Älteren den höheren Stellengrad zu – den er de facto auch hatte. Doch Krug hielt Bruch den Zettel hin, so dass sie beide sehen konnten, was darauf geschrieben stand: In der obersten Zeile standen die Namen Tobias, Stella-Claire und Samira. Ihnen gegenüber auf der unteren Zeile die Namen Mike, Thomas und Dunja.

»So bringt uns das gar nichts! Haben Sie gesehen, wer wo sein Glas stehen hatte? Oder ist eine der Personen Linkshänder?« Bruch war genervt. Diese beiden Affen waren einfach komplett unfähig.

»Wo welches Glas stand, weiß ich nun wirklich nicht. Aber Stella-Claire und Tobias sind Linkshänder, das weiß ich.« Max war irritiert von dem Verhalten des jüngeren Polizisten. Krug grübelte unterdessen und sprach leise mit sich selbst:

»Wenn wir also davon ausgehen, dass alle anderen Rechtshänder waren, müssten ihre Gläser hier gestanden haben.« Er setzte vier kurze Striche auf das Papier und brabbelte weiter. »Wohingegen ich bei Frau Bruckner und Herrn Quadflieg diese Seite markieren muss.« Er zeichnete zwei weitere Striche ein und übergab das Resultat Bruch. Der nickte nur kurz. Offensichtlich war er zum gleichen Schluss gekommen.

»Was haben Sie beide heute Abend eigentlich getrunken?« Krug war für seine Gedankensprünge bekannt und gefürchtet.

»Was? Bier. Wieso? Wozu ist das wichtig?«

»Die Fragen stellen wir hier, ist das klar!« Bruch hatte die Schnauze voll von diesen Clowns. Das führte doch zu nichts. Nicht, bis sie die ersten Aussagen der anderen Bewohner gehört hatten. Doch jetzt war es an Max, genervt zu sein.

»Nicht in diesem Ton! Ihr seid vielleicht ein komisches Team. Aber ›Guter Bulle, böser Bulle‹ könnt ihr woanders spielen, klar!«

»So, dass war dann wohl unser Stichwort.« Krug hatte sich aufgerappelt und seinen Kollegen mit einer Behändigkeit, die man ihm gar nicht zugetraut hätte, aus der Tür bugsiert. Bevor noch ein Unglück geschah. »Ich danke Ihnen für Ihre Hilfe. Wäre es eine sehr große Zumutung, wenn ich Sie bitte würde, Herr Topic, dass Sie über Nacht hierbleiben? Morgen früh werden wir mit Sicherheit weitere Fragen haben und es wäre sehr hilfreich, wenn Sie dann noch griffbereit in der Nähe wären.«

Damian versprach, sich bereitzuhalten und Krug schloss leise von außen die Tür.

»Sie mögen keine Studenten, was?« Krugs Lächeln war herzlich. Und voller Verständnis. Sie standen wieder in der Küche.

»Ich habe nichts gegen Studenten – wenn sie Biss haben und nicht nur auf der faulen Haut liegen oder Party machen. Unser Freiherr von Schmack-Lübbe scheint jedoch zur zweiten Kategorie zu gehören.«

Krug gluckste und fragte seinen jungen Kollegen nach seiner aktuellen Einschätzung.

»Wenn es tatsächlich sein eigenes Glas gewesen ist, hat er das Gift geschmeckt. Wenn es nicht sein Glas war, haben wir tausend Möglichkeiten: Es war Bier statt Saft drin, oder Saft statt Bier, die Mischung der Schorle war zu süß oder zu sauer, das Bier war abgestanden oder eine ekelhafte Marke und so weiter und so fort. Außerdem kann er auch in einem dieser Fälle das Gift herausgeschmeckt haben. Aber wenn es eine Verwechslung war, kann er es laut unseres Plans nur mit dieser Stella-Claire oder dieser Samira verwechselt haben. Was bedeuten würde, dass sich entweder die eine oder die andere weiter in Gefahr befindet. Sie haben übrigens vergessen, nach dem Motiv dieser Samira zu fragen!« Bruch freute sich, dass er etwas gefunden hatte, was er bemängeln konnte.

»Sehr gut. Das waren auch meine Schlussfolgerungen. Aber wenn es sich tatsächlich um eine Verwechslung handelte, denke ich nicht, dass unser Mörder einen neuen Versuch unternehmen wird, solange die Polizei im Haus ist. Bis morgen Abend sollten die beiden Damen also in Sicherheit sein. Und was das Motiv von Samira Weber anbelangt, werden wir schon noch Gelegenheit finden, danach zu fragen. Was halten Sie eigentlich von den Motiven?«

»Eifersucht, unerfüllte Liebe, Streitereien um was auch immer. Alles immer wieder gut für einen Mord. Was denken Sie?«

Es war das erste Mal in drei Wochen, dass tatsächlich ein Gespräch zwischen ihnen entstand. Da sage noch einer, dass Mord nicht verbinden würde.

»Alles immer wieder gern gesehene Motive. Schauen wir mal, was die anderen dazu zu sagen haben. Und ob unser Freiherr von Schmack-Lübbe nicht vielleicht auch noch eine Leiche im Keller hat. Ich denke nämlich, dass sich die beiden genau darüber gestritten haben, als wir hereinkamen: Sollen sie uns sagen, was sie wirklich von ihm hielten oder nicht.«

Für einen Augenblick sahen sie den Leuten der Spurensicherung bei der Arbeit zu.

»Sie haben eine sehr forsche Art, Ihre Befragungen durchzuführen«, konstatierte Krug wie beiläufig. Als er den genervten Blick seines Kollegen auffing, fügte er schnell hinzu: »Gefällt mir gut! Verstehen Sie mich nicht falsch. Ihr jungen Leute habt so eine kesse, flotte Art. Das finde ich klasse, wirklich! Guter Bulle, böser Bulle. Das gefällt mir!«

Einen kurzen Moment herrschte Stille zwischen ihnen. Dann plapperte Krug weiter. »Wenn Sie erlauben, würde ich Ihnen bei unserem nächsten Pärchen gerne etwas zeigen, was ich gerne die Lieber-Großvater-Masche nenne. Die funktioniert besonders gut bei Mädchen und jungen Frauen, die Angst haben. Und Frau Bruckner machte vorhin auf mich einen sehr verängstigten Eindruck, wie sie da so in ihrer Ecke stand. Da war sie gar nicht das Prinzesschen, das immer seinen Willen durchsetzt, so wie es die beiden Herren eben gerade dargestellt haben. Gestatten Sie also, dass ich das nächste Gespräch führe – zumindest bis wir sie aus der Reserve gelockt haben?«

Bruch schien von der Idee, dem alten Mann beim Kaffeeklatsch zuzuhören, alles andere als begeistert, willigte jedoch ein. Wenn der Alte ein paar wichtige Fragen vergessen sollte, könnte er am Ende immer noch einspringen – und er hätte einen Beweis für die Inkompetenz seines neuen ›Partners‹ gefunden. Krug war begeistert und fuhr wie immer fröhlich fort:

»Ich würde Ihnen wirklich gerne den Vortritt lassen, aber ich denke, dass ich den lieben Opa etwas besser verkörpere als Sie. Das soll kein Angriff sein, aber ich denke, Ihre Jugend könnte in diesem Fall etwas hinderlich sein.«

Bruch bezweifelte stark, dass es etwas gäbe, wobei Jugend hinderlich sein konnte. Aber dass das Alter die Birne seines Gegenübers leicht weichgeklopft hatte, stand für ihn außer Frage.

Zwölf

Während sich Max und Damian aufgeregt miteinander unterhalten hatten, hatten sich Tobias und Stella-Claire nichts zu sagen. Er saß an seinem Schreibtisch und spielte Solitär auf seinem Laptop. Sie saß mit angezogenen Beinen auf dem Bett und starrte ins Leere. Der Schock war ihr ins Gesicht geschrieben. Als die beiden Polizisten den Raum betraten, löste sie ihren Blick von der Wand. Sie musste schon sehr lange auf diesen einen bestimmten Fleck gestarrt haben, denn als sie Krug und Bruch ansehen wollte, blinzelte sie kräftig und rieb sich die Augen, die sofort zu tränen begannen. Tobias wandte sich von seinem Bildschirm ab und bot den beiden Neuankömmlingen einen Platz auf der Couch an. Bruch sagte nichts, Krug stellte sich und seinen Kollegen vor und startete seine Lieber-Großvater-Masche.

»Zunächst einmal möchte ich Ihnen mein Mitgefühl aussprechen. Es muss schwer sein, wenn man einen Freund verliert und dabei hilflos zusehen muss.«

Seine Worte waren mehr an Stella-Claire als an Tobias gerichtet. Beide antworteten nichts. Doch während Stella-Claire den Kopf senkte, hielt Tobias dem Blick von Krug stand.

»Nur fürs Protokoll: Sie sind Herr Tobias Quadflieg? Und Sie sind Frau Stella-Claire Bruckner?«

Beide nickten und Krug führte seine Befragung fort: »Standen Sie sich sehr nahe?«

»So nahe man sich eben steht, wenn man gemeinsam in einer so großen WG wohnt. Jeder kommt und geht, wann es ihm passt. Wenn man sich sieht, sagt man kurz ›Hallo‹ und wechselt drei Sätze über das Wetter oder den Putzplan.«

»Und mochten Sie Ihren Mitbewohner?« Krug hatte nicht vor, sich mit Allgemeinplätzen abspeisen zu lassen.

»Er war schon in Ordnung. Ein lustiger Kerl.«

»Was meinen Sie mit ›lustig‹?«

»Sie wissen schon: Immer einen flotten Spruch auf Lager, beliebt, ständig irgendwelche neuen Weiber. Ein lustiger Kerl, der lustige Geschichten erzählen konnte.«

»Und Sie, Fräulein Bruckner?«

Bruch stellte sich insgeheim die Frage, ob er seinen Kollegen einmal darauf hinweisen sollte, dass der Begriff »Fräulein« nicht mehr verwendet wurde. Stella-Claire zuckte unterdessen zusammen. Mit tränenerstickter Stimme brachte sie lediglich hervor:

»Ich kannte ihn doch kaum.«

»Aber dafür scheinen Sie über alle Maßen mitgenommen zu sein.«

»Sie hat eben noch nie einen Menschen sterben sehen. Da müssen Sie sie nicht auch noch so in die Mangel nehmen«, brauste Tobias auf. Krug lächelte wissend, wandte seine Aufmerksamkeit jedoch keinen Augenblick von Stella-Claire ab. Tobias schien dies zu beunruhigen.

»Können Sie mir schildern, was heute Abend alles geschehen ist, Fräulein Bruckner?«

Unter sichtlicher Anstrengung erzählte Stella-Claire, was sich am Abend in der Küche zugetragen hatte. Die vorherigen Minuten in ihrem Zimmer sparte sie dabei aus. Sie erzählte von ihren Essensvorbereitungen, dem Eintreffen von Thomas und Mike, den belanglosen Gesprächen, dem

Hinzukommen von Dunja und Samira, dem ständigen Hin und Her von Max und Damian zwischen Zimmer und Küche, den Glasverwechslungen am Esstisch und dem Zusammenbruch von Thomas. Die Angaben deckten sich mit denen, die sie bereits erhalten hatten. Nachdem sie geendet hatte, drückte Krug noch einmal sein Mitgefühl aus, dass sie dies alles hatte mit ansehen müssen, und fragte wie beiläufig:

»Und was meinen Sie, wer ihn vergiftet hat?«

»Vergiftet?« Ihr Entsetzen schien einstudiert. »Wieso denn vergiftet? Sind Sie sicher? Ich hatte gedacht, dass es ein Herzinfarkt oder so etwas in der Art gewesen sein könnte. Aber doch kein Gift. Das hieße ja …« Sie brach mitten im Satz ab, den Krug für sie vervollständigte.

»… dass er vorsätzlich ermordet wurde. Haben Sie eine Ahnung, wer das gewesen sein könnte?«

Stella-Claire ließ den Kopf hängen, sagte jedoch kein Wort. Also bohrte Krug weiter.

»Na, das habe ich mir doch gedacht, dass Sie etwas aufgeschnappt haben. Schließlich wohnen Sie ja auch hier, wenn ich meinen kleinen Zettelchen glauben darf. Da hört man früher oder später doch bestimmt einmal eine böse Bemerkung, einen Streit oder Ähnliches. Hm?«

»Nein, ich habe nichts aufgeschnappt.« Ihre Stimme brach förmlich zusammen.

»Trotzdem denke ich, dass Sie einen Verdacht haben. Aber vielleicht wollen Sie uns auch nichts sagen, weil Sie jemanden schützen möchten.«

Ein kurzer Schreck, ein unbedachter, hektischer Blick auf Tobias: Das war alles, was Krug gebraucht hatte. Doch auch Tobias hatte die Anschuldigung seiner Freundin verstanden. Im nächsten Augenblick war er auf den Beinen, beschimpfte sie, versuchte sie an den Haaren zu packen und zu schlagen. Bruch hatte schon länger mit einem Ausbruch von Tobias gerechnet. Zwar hatte er gedacht, dass der junge Mann seinem Kollegen an die Kehle springen würde, weil der seiner Freundin so zusetzte. Trotzdem war er blitzschnell zwischen Tobias und Stella-Claire gesprungen und konnte so Schlimmeres verhindern. Im selben Moment hatte sich Tobias schon wieder beruhigt – offensichtlich entsetzt über sich selbst und geschockt darüber, was dieser Ausbruch für ihn bedeuten könnte. Krug war sichtlich zufrieden mit sich und dem Ergebnis seiner Befragung.

»Vielleicht ist es besser, wenn wir Sie beide getrennt zu den Geschehnissen dieses Abends befragen. Haben Sie noch ein weiteres Zimmer? An den Tatort können wir schlecht gehen und das Zimmer des Opfers ist auch noch nicht freigegeben.«

»Nein, es gibt kein weiteres Zimmer. Aber vielleicht wäre es sowieso besser, wenn ich mich erst einmal mit einer Dusche abkühle. Dann können Sie in der Zwischenzeit Stella-Claire befragen.« Sein Wille war gebrochen und wenn jemals einem Mann etwas leidgetan hatte, dann diesem Mann dieser Ausbruch.

»Haben Sie ein Tageslichtbad?«

Tobias verstand die Frage, wie sie gemeint war. Nein, es gab keinen Fluchtweg. Er schüttelte den Kopf, sah Stella-Claire mit einem Ausdruck tiefen Bedauerns an und verließ das Zimmer.

Bruch sah ihm nach, bis die Tür hinter ihm ins Schloss gefallen war. Sie hatten ihn gebeten, nicht abzuschließen, und das tat er ohrenscheinlich auch nicht. Bruch rückte einen Stuhl in die Nähe der Zimmertür. So konnte er die

Badezimmertür im Auge behalten und gleichzeitig dem Gespräch im Zimmer folgen. Krug hatte Stella-Claire auf die Couch gesetzt, sich selbst einen Stuhl herangezogen und sich ihr gegenüber niedergelassen. In großväterlichem Ton nahm er die Befragung wieder auf.

»Was ist denn nun eigentlich genau vorgefallen, Frau Bruckner?«

Stella-Claire seufzte. Wenn sie nicht heute Abend noch obdachlos werden wollte, musste sie den Kopf ihres Freundes schleunigst aus der Schlinge ziehen.

»Im Grunde genommen war es nichts weiter. Ich habe Tobias vorhin damit aufgezogen, dass er mich besser behandeln soll, sonst flirte ich mit Thomas. Na ja. Und er hat die Sache wohl ein bisschen ernster genommen, als sie gemeint war.«

»Und was hat er getan?«

»Nichts weiter. Nur einen Spruch, dass er uns kaltmacht, wenn ich das täte. Das war doch nur so dahergesagt. Das hatte nichts zu bedeuten.«

»Hatte es wohl doch, nach dem zu urteilen, was hier eben vorgefallen ist.«

»Das hat doch nichts zu heißen. Mensch, ich stehe immer noch unter Schock, okay? Da gehen schon einmal die Nerven mit einem durch. Mein Freund bringt so einen Spruch und eine halbe Stunde später fällt der Typ vom Stuhl und ist tot. Da hätte sich wohl jeder Gedanken gemacht. Aber das kann nicht sein.«

»Es kann nicht sein, was nicht sein darf?«

»Nein, es kann nicht sein, weil Tobias das niemals tun würde. Er ist die Liebenswürdigkeit in Person. Der fängt sogar Spinnen ein und setzt sie im Garten aus, anstatt sie zu töten. Der ist viel zu lieb für so eine krasse Aktion.«

»Genau, das haben wir eben gesehen.« Bruch hatte sich diesen Kommentar nicht verkneifen können. Er konnte Frauen einfach nicht verstehen, die sich von ihren Männern schlagen ließen. Darum hakte er nach: »Hat er Sie schon öfter geschlagen?«

Sie ließ den Kopf hängen. Tränen schossen ihr in die Augen und sie drückte gepresst hervor: »Nein. Nein, er hat mich noch nie geschlagen. Er hat mir noch nie auch nur ein Haar gekrümmt. Ich weiß auch nicht, was das eben war. Aber ich weiß auch nicht, wie ich reagieren würde, wenn er mich des Mordes beschuldigen würde. Vielleicht hätte ich ja genau das Gleiche gemacht. Ich weiß es nicht. Ich weiß nur, dass das eben nichts zu bedeuten hatte. Glauben Sie mir! Das ist nicht der wahre Tobias, den Sie da eben gesehen haben.«

Krug ließ die letzten Worte so im Raum stehen. Aus dem Bad hörten sie, wie die Duschkabine betreten und das Wasser angestellt wurde.

»Vielleicht sollten wir einmal das Thema wechseln: Was haben Sie beide denn heute Abend getrunken?«

Auch wenn sie sich nicht erklären konnte, wozu diese Frage gut sein sollte, war sie froh über den Themenwechsel und antwortete schon etwas gelöster.

»Tobias hat Bier getrunken. Wenn ich mich recht erinnere, drei Gläser. Und ich habe Bier und Apfelsaftschorle getrunken.«

»Immer im Wechsel?«

»Nein, ich habe mal hiervon und mal davon getrunken.«

»Also hatten Sie zwei Gläser auf dem Tisch stehen?«

»Ja.«

»Und Ihre Gläser standen genau hier?« Er zeigte Stella-

Claire das Post-it und markierte die Stelle, an der er ihre Gläser vermutete. Auch diese Frage bejahte sie wieder.

»Und wenn Sie mir jetzt noch sagen könnten, wo Herr Kaufmann und die beiden Weber-Damen ihre Gläser stehen hatten, wären wir schon einen großen Schritt weiter.« Sie überlegte kurz, besah sich den Zettel und kam zu dem Schluss, dass die Gläser so gestanden hatten, wie auf dem gelben Hintergrund eingezeichnet. Krug murmelte nur etwas von vier Gläsern in einer einzigen Ecke.

»Darf ich fragen, wozu das alles wichtig ist?« Ihre Stimme klang kleinlaut und doch neugierig.

»Wir dürfen die Möglichkeit nicht außer Acht lassen, dass Herr Kaufmann sein Glas mit jemand anderem vertauscht hat. Wissen Sie, was er zuletzt getrunken hat?«

Stella-Claire wurde totenbleich. Sie starrte Krug an, als wäre ihr ein Geist erschienen.

»Frau Bruckner? Haben Sie meine Frage verstanden?«

»Schorle«, war das Einzige, was sie hervorbrachte. Von der Bestimmtheit ihrer Aussage überrascht, fragte Bruch nach, wie sie sich da so sicher sein könnte.

Sie schluckte hör- und sichtbar, spähte durch die Tür, um sicherzustellen, dass die Badtür noch verschlossen war und das Wasser in der Dusche noch plätscherte, überlegte es sich jedoch noch einmal anders und sagte nichts. Also wiederholte Bruch seine Frage. Wieder der prüfende Blick und das prüfende Lauschen, dann wandte sie sich den beiden Polizisten zu.

»Das muss jetzt wirklich einhundertprozentig unter uns bleiben. Wenn Tobias davon erfährt, bin ich fällig.«

Der friedliebende Tobias Quadflieg sollte zu so etwas fähig sein? Krug und Bruch sahen sich kurz an, erkannten, dass der andere den gleichen Gedanken hatte, sagten aber beide nichts, um Stella-Claire nicht zu entmutigen. Stattdessen nickten sie einvernehmlich.

»Sie glauben also, dass das Gift in seinem Getränk war? Dann war er definitiv nicht das Ziel. Denn er hat nicht aus seinem Glas getrunken, sondern ich.« Sie stockte. Die Bedeutung dessen, was sie soeben gesagt hatte, traf sie wie ein Blitz. »Dann sollte also ich sterben?«

»Wie kommen Sie denn darauf? Und wieso haben Sie aus seinem Glas getrunken?«

Ihre Antwort war ein Flüstern. »Ich habe die Gläser vertauscht. Ich wollte ihm dadurch näher sein. Es ist nämlich so …« Sie rutschte unruhig auf der Couch hin und her. »Ich war unglaublich verliebt in ihn.«

»Und Ihr Freund wusste davon?« Bruch hatte die Frage übernommen, denn Krug schien ob dieser Neuigkeit mit seinen Gedanken abgeschweift zu sein.

»Nein. Bestimmt nicht.«

»Aber seine Äußerung heute am frühen Abend lässt auf etwas anderes schließen. Kann es sein, dass Herr Kaufmann ihm etwas erzählt hatte?«

»Nein, bestimmt nicht. Nie! Für ihn war das zwischen uns ja nichts Ernstes. Es ging nur ganz kurz.«

»Aber selbst Herr von Schmack-Lübbe hatte etwas mitbekommen, wieso sollte Ihr Freund dann nichts gewusst haben?«

»Was? Woher sollte dieser Idiot das gewusst haben? Der blufft doch nur!«

»Aber er hat damit wohl ins Schwarze getroffen, oder?«

»Ich sage Ihnen eins: Wenn Sie einen Mörder suchen, dann fangen Sie zuallererst einmal bei diesem scheinheiligen Vogel an! Der hat was zu verbergen. Wenn ich nur wüsste, was es ist! Aber fragen Sie mal Dunja, die bescheuerte Ziege – das ist die hässliche der beiden Schwestern. Die ist schließlich so dicke mit dem Herrn Vonundzu, die hecken doch ständig irgendwelche Intrigen aus. Mit Sicherheit waren die das auch, die das Gift in mein Glas gefüllt haben. Die hassen mich nämlich alle beide. Und warum? Weil ich nicht so ein scheiße-langweiliges Leben führe, wie diese beiden Versager. Die reden ständig auf Tobias ein, dass er mich rausschmeißen soll und dass er mich verlassen soll. Und jetzt, wo das nicht klappt, wollen sie mich also mit Gift aus dem Weg räumen. Gott, was sind das nur für Arschlöcher?«

Für einen Augenblick bekamen die beiden Polizisten einen Eindruck davon, was Max mit »Prinzesschen auf der Erbse« gemeint haben könnte. Verleumdungen, Hetzereien, Aufwiegelung und Beschimpfungen waren offensichtlich ihre Spezialgebiete – und vergessen war die Lebensgefahr, in der sie sich angeblich zu befinden glaubte. Krug hatte seine Gedanken wieder gesammelt und war wieder zu ihrem Gespräch gestoßen.

»Um noch einmal auf das vertauschte Glas zurückzukommen: Kann es sein, dass es danach eine erneute Verwechslung gegeben hat? Oder haben Sie noch einmal den Tisch verlassen, so dass das Glas auch ohne Ihr Wissen hätte zurückgetauscht werden können?«

Sie überlegte kurz, dann fiel ihr ein, dass sie noch einmal kurz in ihr Zimmer gegangen war, weil ihr Handy geklingelt hatte.

»Ich war aber nur maximal eine Minute weg. In der Zeit kann nichts passiert sein.«

»In einer Minute kann manchmal ein Mord geschehen.«

»Unsinn«, fuhr sie Bruch über den Mund. »Natürlich

sollte ich das Opfer sein. Das Glas, das an meinem Platz stand, als ich zurückkam, war das, was ich vertauscht hatte. Das beschwöre ich.«

»Und woher wollen Sie das ganz sicher wissen? Soviel wir wissen, sehen alle Gläser gleich aus und Bier und Apfelsaft jeglicher Mixtur lassen sich darin nicht auseinanderhalten. Woher wissen Sie es also?« Selbst Krug schien langsam die Geduld zu verlieren.

»Ich weiß es einfach, okay? Eine Frau spürt so etwas eben!«

»Haben Sie auch das Gift gespürt? Vielleicht haben Sie ja deshalb die Gläser vertauscht.«

Damit war er offensichtlich zu weit gegangen, denn Stella-Claire schaltete nun komplett auf stur und sagte kein Wort mehr. Sie saßen schweigend beieinander und warteten, dass Tobias aus dem Bad zurückkam. Bruch war von der plötzlichen Bösartigkeit seines Kollegen überrascht und angetan zugleich. Der liebe Opa hatte offensichtlich das Gebäude verlassen.

Als sie kurz darauf hörten, wie sich die Badezimmertür öffnete, beugte sich Stella-Claire doch noch einmal zu Krug herüber: »Und bitte: Kein Wort zu Tobias! Sie haben es versprochen.«

»Frau Bruckner, wir haben Ihnen überhaupt nichts versprochen. Wir ermitteln in einem Mordfall. Da können wir auf private Eitelkeiten keine Rücksicht nehmen.« Nach einer kurzen Pause fügte er jedoch hinzu: »Aber wenn es nicht sein muss, werden wir es nicht ansprechen.«

Dreizehn

Als Tobias aus dem Bad zurückkehrte, schickte sich Stella-Claire an, das Zimmer zu verlassen. Der Schock über seinen eigenen Ausbruch saß immer noch tief und er bat darum, dass seine Freundin bei dem Verhör dabei sein dürfe. Er wollte sie und die Polizisten gleichermaßen davon überzeugen, dass er nichts mit diesem Mord zu tun hatte. Doch was hatte sie schon alles erzählt? Gab es überhaupt noch eine Chance, sie von seiner Unschuld zu überzeugen?

Während er seinen Bademantel an seinen angestammten Haken hinter dem Schrank henkte und sich das Haar noch etwas trockener rubbelte, beobachtete Bruch das ungleiche Paar. Sie sah wirklich nicht schlecht aus: lange Beine, blonde Haare, kleine, feste Brüste – genau sein Beuteschema! Die etwas hervortretenden Augen hätten nicht weiter gestört, wenn ihre zickige Art nicht alle oberflächlichen Pluspunkte in den Schatten gestellt hätte. Ihr Freund war wirklich keine Schönheit, aber er hatte wohl seine Gründe, sich mit diesem kleinen widerspenstigen Drachen abzugeben. Er war gerade Anfang 30, erinnerte jedoch an einen 50-Jährigen zuzeiten des Wirtschaftswunders. Kleines Wohlstandsbäuchlein, kreisrunder Haarausfall am Hinterkopf und Hornbrille. Bruch konnte die Kommentare der Menschen, die ihnen auf der Straße begegneten, förmlich hören. Er selbst fällte auch gerne Urteile über andere Menschen und am liebsten über ungleiche Paare. Diese beiden erreichten auf jeden Fall eine Top-10-Platzierung.

Noch während er sich hinsetzte, entschuldigte sich Tobias schon für seinen Ausbruch.

»Das vorhin tut mir leid. Ich weiß auch nicht, was in mich gefahren ist«, sagte er in die Runde. Dann wandte er sich Stella-Claire zu. »Schon seit wir zurück ins Zimmer gekommen sind, hatte ich das Gefühl, dass du Angst vor mir hattest und glaubtest, dass ich etwas mit dem Tod von Thomas zu tun habe. Und als du es dann so offen gezeigt hast ... Ich war einfach verletzt. Entschuldige bitte!«

Stella-Claire sagte nichts, lächelte ihn jedoch an.

»Also: Wie kann ich Ihnen helfen?«

Krug spulte eine Reihe Fragen ab, die alles in allem keine Neuigkeiten lieferten. Ja, er hatte den ganzen Abend Bier getrunken und nein, er wisse nicht, was Thomas getrunken hatte. Auch seine Verdächtigen waren die gleichen, auf die es auch schon seine Freundin abgesehen hatte. Max und Damian führten etwas im Schilde und waren auch sonst nicht geheuer. Dunja habe sich bestimmt geärgert, weil Thomas sie nicht bei ihrer Anti-Stella-Claire-Kampagne unterstützte. Dass Samira etwas mit dem Mord zu tun haben könnte, konnte er sich nicht vorstellen. Doch da fiel seiner Freundin etwas ein.

»Jetzt erinnere ich mich erst wieder: Haben Samira und Thomas nicht vorhin ein ›technisches Problem‹ besprochen? Ich hatte mich noch gewundert, weil ich mir nicht vorstellen konnte, was an einem technischen Problem so geheim sein sollte, dass man es nicht vor allen, sondern in einer abgelegenen Ecke bespricht.«

»Haben Sie etwas hören können?«

»Nein, das Radio war zu laut und sie haben sehr leise gesprochen. Aber es hatte den Anschein, als ob sie sich gestritten hätten. Oder, Schatz?«

Dankbar für das letzte Wort nahm Tobias den Faden sofort auf.

»Ja, es sah so aus. Und ich denke auch, dass Samira den Kürzeren gezogen hat, denn sie schien den Rest des Abends irgendwie niedergeschlagen.«

»Warum hätte sie denn niedergeschlagen sein sollen? Standen sich die beiden denn nahe?«, fasste Krug nach.

»Nein, nicht dass ich wüsste. Aber meine Hand würde ich dafür nicht ins Feuer legen – Thomas war ein Gigolo und immer wieder hinter neuen Röcken her. Es würde mich nicht wundern, wenn er auch für sie mehr als nur ein Kumpel gewesen wäre.«

»Hatte er es auch auf andere WG-Mitglieder abgesehen?«, fragte Krug so unschuldig wie möglich. Tobias schien den versteckten Hinweis nicht bemerkt zu haben.

»Ich denke nicht, dass er Interesse an Dunja hatte. An ihrem Geldbeutel vielleicht, aber ganz sicher nicht an ihrer Person. Und Lina hat ihn gleich am Anfang sehr deutlich abblitzen lassen – die fällt auf so ein Windei nicht herein.«

Krug und Bruch horchten auf.

»Lina? Wer ist denn bitte Lina?«

»Unsere fünfte Mitbewohnerin. Na ja, zumindest noch. Sie zieht kommendes Wochenende in eine eigene Wohnung.«

»Und warum erfahren wir von dieser Person erst jetzt?«, brauste Bruch auf.

»Sie haben nicht gefragt.«

»Und warum steht sie nicht auf unserem Zettel?«

»Weil Ihr Kollege nur die Personen befragt hat, die in der Küche waren, als die Sache mit Thomas passiert ist.« Tobias stockte. »Gütiger Gott, die Arme weiß ja noch gar nichts von der ganzen Katastrophe. Ich muss es ihr sagen.«

Er wollte schon aufstehen, wurde jedoch von Krug und Bruch gleichzeitig zurückgehalten. Diese Aufgabe würden sie gleich selbst übernehmen. Doch zuerst wollten sie diese Befragung zu Ende bringen, bevor sie vollkommen den Faden verloren.

»Eines nach dem anderen. Sie sagen also, Herr Kaufmann hatte bei dieser Lina keine Chance und Frau Weber hatte keine bei ihm. Was ist mit ihrer eigenen Freundin?«

Offensichtlich hatte Tobias mit dieser Frage gerechnet und sich bereits ein bis zwei Formulierungen überlegt. Ein Mann mit Krugs Erfahrung roch auswendig gelernte Antworten jedoch zehn Meilen gegen den Wind. Daher konnte ihn Tobias auch nicht überzeugen, als er ausführte, dass er den Verdacht hatte, dass sich Thomas an Stella-Claire heranmachen wollte, er jedoch felsenfest von der Treue seiner Freundin überzeugt gewesen sei und sich daher keinerlei Sorgen gemacht habe.

»Und wie erklären Sie dann Ihren Ausbruch heute am frühen Abend?« Auch darauf schien er vorbereitet.

»Das war doch nicht ernst gemeint. Das war doch nur so dahingesagt. Wie oft haben Sie schon gesagt: ›Ich bringe den um‹? Damit wollte ich Stella-Claire doch nur zeigen, wie sehr mir an ihr liegt.«

»Sehr romantische Art und Weise. Werden Sie immer handgreiflich, wenn Sie Ihre Zuneigung beweisen wollen?« Bruch hatte einfach ins Blaue geschossen, seine Wirkung jedoch nicht verfehlt. Noch ehe Stella-Claire intervenieren konnte, schluchzte Tobias schon, wie leid es ihm tue und dass er wünschte, das alles wieder rückgängig machen zu können. Er sank vor seiner Freundin auf die Knie und bettelte um Vergebung. Sie nahm ihn in die Arme und für einen Bruchteil einer Sekunde meinte Kriminalhauptkommissar Krug ein triumphierendes Lächeln auf ihrem Gesicht gesehen zu haben.

Was für ein Weichei, schoss es Bruch durch den Kopf. Sie betrügt ihn und er winselt, dass sie doch bitte, bitte bei ihm bleibt. Wie wenig Selbstachtung konnte man eigentlich haben und trotzdem überlebensfähig sein?

Die beiden Polizisten hatten erst einmal genug gehört. Sie standen von ihren Plätzen auf und baten die beiden nun wieder schwer Verliebten, sich zu ihrer Verfügung zu halten.

Als die beiden Beamten die Tür hinter sich geschlossen hatten, konnten sie sich erst einmal nur kopfschüttelnd ansehen. Zu Krugs Überraschung beendete Bruch die Stille zwischen ihnen beiden.

»Was halten Sie denn von diesem Pärchen?«

»Er ist ein Trottel, der das weiß und gerne austickt, wenn ihm diese Einsicht zu sehr auf der Seele schmerzt. Sie ist ein eiskaltes Luder, das ihn ausnutzt und mit Sicherheit auch vielen anderen Menschen gehörig auf den Zeiger geht.«

»Was ihrer Theorie Nahrung geben dürfte, dass sie das eigentliche Opfer sein sollte ...«

»Das ist selbstverständlich möglich. Es ist jedoch genauso gut möglich, dass es den erwischt hat, den es erwischen sollte. Aber vielleicht war ja auch Samira Weber das Ziel – schließlich stand ihr Glas auch mittendrin statt nur dabei.«

»Sie werden sehen: Am Ende ist Kaufmann unser Mörder. Und weil er zu blöd war, sein Glas bei sich zu behalten, ist er selbst draufgegangen.«

»Das wäre doch einmal was Neues!«

Die beiden Männer lachten zusammen und das erste Mal verspürten sie Sympathie füreinander. Bruch machte Krug sogar ein Kompliment für seine Rolle als ›lieber Opa‹, konnte sich jedoch nicht verkneifen, Krug auf seinen Fehler mit dem ›Fräulein‹ hinzuweisen.

»Aber, mein lieber Kollege! Liebe Großväter sprechen doch noch diese Sprache. Und wie Sie sicherlich bemerkt haben, habe ich nur noch mit ›Frau‹ Bruckner gesprochen, nachdem ich mein Ziel erreicht hatte.« Er zwinkerte dem Jüngeren zu und machte sich auf den Weg zur nächsten Tür.

Ein komischer Kauz, dachte sich Bruch. Aber irgendwie auch ganz nett – auf eine verschrobene Art und Weise. Vielleicht lebten in dieser Stadt ja doch nicht nur Idioten.

Vierzehn

Lina Stark liebte die Abgeschiedenheit. Sie liebte das Alleinsein. Warum sie in eine WG gezogen war, wusste sie selbst nicht mehr. Wahrscheinlich war es zu Beginn reine Neugierde gewesen – und später die pure Faulheit. Immer war das Bad belegt. Ständig roch es nach Essen, das sie nicht mochte. Immerzu musste man höflich sein und sich mit den Leuten unterhalten, die man in Küche oder Flur traf. Im Grunde genommen waren ihr die Streitigkeiten innerhalb der WG ganz recht gekommen. So hatte sie wenigstens einen Grund, die anderen zu meiden – und dabei das Gesicht zu wahren als jemand, der in nichts verwickelt werden wollte. Man konnte mit Fug und Recht behaupten, dass Lina Stark Menschen nicht sonderlich mochte. Einzelne Menschen: Ja! Viele Menschen auf einem Haufen oder gar die Menschheit an sich: Nein! Menschen waren wie Lemminge. Wenn ein besonders dämliches, aber selbstdarstellerisches Exemplar in den Abgrund lief, dann folgten alle anderen Trottel seinem Beispiel. Ein einzelner Mensch konnte ein vernünftiges, intelligentes Wesen sein. Doch sobald er sich mit anderen zusammentat, wurde er zu einem gehirnamputierten Hornochsen.

Diese WG war das beste Beispiel. Einzeln war fast jeder Mensch in dieser Wohnung vollkommen in Ordnung. Doch wenn sie aufeinandertrafen, mutierten sie zu Monstern. Was wollten sie sich mit ihren Kleinkriegen denn beweisen? Der eine hatte den Mietvertrag unterschrieben und dachte daher, er sei der Chef. Die Nächste hielt sich für die Schönste und meinte, dass ihr dies das Recht gebe, andere wie Dreck zu behandeln. Der andere nutzte die Menschen zu seinem eigenen Vorteil aus. Macht war das Schlüsselwort: Macht durch Geld. Macht durch Verbindungen. Macht durch Sex. Doch was Machtspielchen in einer Wohngemeinschaft von fünf jungen Menschen sollten, die allesamt in ihrem Leben noch nichts erreicht hatten, konnte Lina absolut nicht verstehen. Wer zog bitte Befriedigung daraus, dass er ein paar Loser unterdrückte? Doch nur ein noch größerer Loser!

Von den Losern nahm sich Lina nicht aus. Sie war sich darüber im Klaren, dass sie bestenfalls durchschnittlich war. Mit Mühe und Not hatte sie die magische Marke von 1,60 Meter Körpergröße genommen – wenn sie gewollt hätte, hätte sie also durchaus eine Polizeikarriere starten können. Doch sie konnte kein Blut sehen und kippte ständig wegen Kreislaufproblemen um – und dass obwohl sie weiß Gott nicht untergewichtig war. Normalgewichtig, was in der ersten Dekade des neuen Jahrtausends so viel hieß wie pummelig! Sie war 27 Jahre alt, doch anders als viele ihrer Altersgenossinnen zog sie ihr Selbstbewusstsein nicht aus ihrem Namen, Rang, Kontostand oder Aussehen. Das alles wäre bei ihr auch etwas schwierig geworden, denn sie hatte keinen bedeutenden Stammbaum, kannte keine tollen Leute, war chronisch pleite und nicht einmal ansatzweise von ihrem Aussehen überzeugt. Aber sie hatte etwas, wovon andere nur träumen konnten. Sie besaß die Gabe, alles und jeden innerhalb kürzester Zeit analysieren zu können. Das komplette Zahlenwerk eines internationalen Großkonzerns, ein Schaumschläger beim ersten Date, die Stimmungen und Schwingungen in einem Saal voller Menschen sowie deren Ausgang und Wirkungen. Dieser Segen war jedoch ein mindestens ebenso großer Fluch, denn Lina war fest davon überzeugt, dass gerade er für ihr Einzelgängerdasein verantwortlich war. Sie hatte nicht viele Freunde. Insgesamt gab es nur zwei Menschen, die tatsächlich diese Bezeichnung verdienten. Ihre letzte Beziehung war schon fast ein Jahr her. Wenn sie wieder einmal Zeit mit »dem Falschen« verschwendet hatte, leckte sie noch Monate später ihre Wunden. Allerdings mehr, weil ihr Stolz gekränkt war, und weniger, weil sie wirklich um diesen einen speziellen Menschen trauerte.

Erstaunlich war nur, dass sie, obwohl sie selbst sich alle Mühe gab, keine Seele zu nah an ihre zu lassen, sehr viele Menschen als ihre Freundin bezeichneten. Auf Lina konnte man sich verlassen. Sie hörte zu, wenn man ein offenes Ohr brauchte, sie war immer hilfsbereit, wenn ein Umzug anstand und auf Partys brachte sie immer die tollsten Leckereien mit. Für sie änderte die Meinung der anderen jedoch nichts: Ihrer Ansicht nach hatte sie nur zwei Freunde. Der Rest waren Bekannte. Hierin unterschied sie sehr genau.

Sie war zufrieden mit der Anzahl ihrer Freunde und zufrieden mit ihrem Leben. Sie hatte einen guten Job bei einer kleinen Unternehmensberatung und ihr »Weitwinkel« – wie sie ihre kleine Gabe gerne nannte – hatte ihr direkt nach der Probezeit schon die erste Beförderung eingebracht. Müßig zu sagen, dass sie bei ihren Kollegen nicht sonderlich beliebt war. Das kam ihr gerade recht, denn geschniegelte MBAs und hochnäsige PHDs konnte sie sowieso nicht ertragen.

Es gab nur ein Wesen auf der Welt, das Lina bedingungslos liebte: ihren Kater Clarence. Dieser Frechdachs konnte machen, was er wollte – seiner wurde sie nie überdrüssig. Katzen mochte sie lieber als Hunde. Sie hatten ihren eigenen Willen und liefen nicht jedem x-beliebigen Trottel hinterher, nur weil er für sie in einer Zoohandlung mit Kreditkarte bezahlt hatte. Mit Clarence hatte sie den gesamten Abend verbracht. Zuerst hatte sie ihn mit seinen Lieblingsleckereien gefüttert, dann hinterm Ohr gekrault und zuletzt hatte sie ihn auf seinem Kratzbaum den Schlaf der Gerechten schlafen lassen, während sie selbst sich wieder ihren Umzugskartons, Bananenkisten und Supermarkttragetaschen zuwandte. Dabei hatte sie eine halbe Flasche Wein geleert und mit der »American Idiot« von Green Day die letzten Geräuschfetzen aus der Küche verstummen lassen. Für gewöhnlich ließen sie ihre Mitbewohner in Ruhe. Umso erstaunter war sie, als es um 21.57 Uhr an ihre Zimmertür klopfte.

Krug war allseits beliebt. Das hatte Bruch schon herausgefunden. Und er war bekannt wie ein bunter Hund. Auch das war Bruch in den paar Wochen, die er in Mannheim war, nicht entgangen. Dennoch hatte er ihn für einen unvoreingenommenen und professionellen Polizisten gehalten. Doch was sich nach dem Öffnen von Linas Zimmertür abspielte, überforderte ihn maßlos und ärgerte ihn gleichsam. Krug hatte sich noch nicht einmal vorgestellt, da schrien sich er und das kleine Wesen in Jogging-Hose und Sommertop, das ihnen soeben die Tür geöffnet hatte, gegenseitig an und flogen sich um den Hals. Krug schnappte die Frau und wirbelte sie durch die Luft. Danach fingen beide an, gleichzeitig zu reden, bahnten sich einen Weg durch die Kartons hin zur Couch und ließen sich dort händchenhaltend nieder. Bruch traute seinen Augen kaum: Der 51-jährige Krug kuschelte mit einer möglichen Tatverdächtigen, die noch dazu seine Tochter hätte sein können. Erst als sich die erste Aufregung gelegt hatte, und die beiden nicht mehr wild durcheinandersprachen, konnte Bruch einige Fetzen ihrer Unterhaltung mitbekommen.

»… gut siehst du aus, Kind. Wie lange ist es her, dass …«

»… acht Jahre …«

»… damals das mit deinem Papa …«

»… das mit Heidi tut mir leid. Mama hat es mir erzählt …«

Heidi war Krugs verstorbene Frau, das wusste Bruch. Also kannten sich die beiden wohl schon länger.

»… was macht die Mama? Damals hatte sie ja …«

»… wieder verheiratet … Idiot …«

»… mal essen gehen …«

»… wäre so schön …«

Bevor sich die beiden in die nächstbeste Pizzeria verdrückten, griff Bruch mit einem lauten Räuspern ein. Er stand immer noch im Türrahmen, versperrte jedoch nur halb den Blick in die Küche. Die beiden Gestalten auf dem Sofa richteten ihre Aufmerksamkeit auf ihn. Die Person, die in Anbetracht der Umzugskisten Lina sein musste, streifte ihn kurz mit ihrem Blick. Doch als sie den Rummel hinter seinem Rücken sah, stand sie auf und kam zur Tür zurück. Krug war augenblicklich wieder zurück in der Wirklichkeit und hatte sich auch wieder erinnert, warum er eigentlich hier war.

»Ja, Kleines! Deswegen sind wir da. Dein Mitbewohner Thomas ist allem Anschein nach vergiftet worden.«

»Jetzt erst? Wundert mich. Womit?«

»Wissen wir noch nicht, aber es befand sich wahrscheinlich in seinem Getränk.«

Lina betrachtete das Chaos auf dem Boden genau, drehte sich schnell um und atmete erleichtert auf, als sie etwas Schwarzes, Haariges in einer Ecke entdeckte. Bruch drehte sich in diese Richtung und dachte bei sich: Eine Katze. War ja klar. Ein Super-Single! Lina schubste die beiden Beamten in ihr Zimmer und schloss die Tür sorgfältig.

»Nicht, dass sich Clarence auch noch einen Schluck genehmigt. Der Stinker wäre so blöd«, sagte sie lächelnd.

Bevor Krug mit seiner Befragung begann, erzählte er Lina erst einmal, was vorgefallen war. Bruch fiel auf, dass er sich dabei nicht nur auf die offenkundigen Tatsachen beschränkte, sondern auch sehr viel von den Gesprächen wiedergab, die sie kurz zuvor geführt hatten. Für den Moment wollte er sich noch nicht einmischen. Jedoch war ihm nicht geheuer, wie dieser jungen Frau – die ihm im Übrigen immer noch nicht vorgestellt worden war – sämtliche Interna dieser Ermittlung weitergetratscht wurden. Erst als Lina nachfragte, was Max auf die Frage geantwortet hatte, wie er sich mit Thomas verstanden hatte, klinkte sich Bruch in das Gespräch ein.

»Ich denke nicht, dass Sie befugt sind, solche Fragen zu stellen, meine Dame. Wir sind hier, um Ihnen Fragen zu stellen. Also, sagen Sie mir doch bitte erst einmal, wer Sie sind!«

Krug lachte laut los und beantwortete seinem Kollegen die Frage: »Du liebes bisschen, mein lieber Kollege, das tut mir ganz schrecklich leid. Da habe ich vor lauter Wiedersehensfreude ganz meine Manieren vergessen. Diese liebreizende junge Dame ist Lina Stark. Und glauben Sie mir: Sie wurde uns vom Himmel geschickt! Es gibt auf der ganzen

Welt keine pfiffigere, junge Dame als diese hier. Sie ist die Tochter meines ehemaligen Partners, Ralf Stark. Das war ein klasse Mann. Leider viel zu früh gestorben. Aber das bringt unser Beruf ab und an mit sich. Ralf war schon ein Genie, aber unsere liebe Lina hier hat noch das Doppelte auf dem Kasten. Ihren ersten Mordfall hat sie mit sechs Jahren gelöst. Was heißt hier ›ihren‹? Unseren! Es war unser Mordfall. Ein Fall, den ihr Vater und ich bearbeitet haben. Wir haben uns die Zähne ausgebissen und der Dreikäsehoch hat ihn in null Komma nichts gelöst.«

Er wollte noch weitererzählen, doch Lina schnitt ihm das Wort ab. »Ist ja schon gut, Onkel Conrad! Dein Kollege hat bestimmt keine Lust, sich diese ollen Kamellen anzuhören.« An Bruch gewandt fuhr sie fort: »Aber vielleicht kann ich ja tatsächlich helfen. Immerhin wohne ich hier und ich kenne die Leute.«

Bruch war sauer! Schlimm genug, dass er sich hatte in diese gottverdammte Stadt versetzen lassen müssen. Jetzt kam auch noch so eine kleine Made daher und wollte ihm erzählen, wie er seinen Job zu machen hatte. Ganz sicher würde er die Tochter des Ex-Partners seines doofen neuen Kollegen nicht in seine Ermittlungen einbinden!

»Sagen Sie uns einfach, was Sie wissen. Die Schlussfolgerungen ziehen wir selbst.«

Er hatte das mit einer eiskalten Stimme und einem noch frostigeren Blick gesagt. Auf einen Schlag war es mit der guten Laune von Kriminaloberkommissar Krug vorbei. Eben hatte er noch gekichert – ob aufgrund der Wiedersehensfreude oder der komischen Stimmung seines Kollegen ließ sich nur schwer sagen. Doch nun meldete er sich mit einer Tonlage zurück, die ihm Bruch niemals zugetraut hätte.

»Mein lieber Kollege! Wenn ich Frau Stark in mein Vertrauen ziehe und sie um ihre Meinung frage, dann werden Sie das nicht in Frage stellen! Schließlich leite ich diese Ermittlungen und ich entscheide, wie wir vorgehen. Vergessen Sie das nicht.«

Doch Bruch hatte nicht vor, einfach so aufzugeben und warf die Frage in den Raum, was denn wohl die Vorgesetzten im Präsidium von dieser eigenwilligen Vorgehensweise halten würden. Mit der Antwort, die er bekam, hatte er nicht gerechnet. Jedoch war er hocherfreut, dass er das Einverständnis für seinen insgeheim bereits gefassten Plan bekam. Der Alte rannte wirklich sehenden Auges ins offene Messer.

»Das ist ein sehr guter Vorschlag. Rufen Sie an und lassen Sie sich Staatsanwalt Anderson geben. Und dann werden Sie ihm erzählen, dass ich Lina Stark in die Ermittlungen einbeziehen werde und Sie an meiner Zurechnungsfähigkeit zweifeln. Aber erwähnen Sie ihren vollständigen Namen: Lina Stark! Na, los! Worauf warten Sie noch?«

Bruch stand auf und zückte noch auf dem Weg zur Zimmertür sein Handy.

»Findest du es richtig, deinen Kollegen meinem Patenonkel in die Arme zu hetzen? Onkel Henrik macht Kleinholz aus dem armen Kerl«, gab Lina zu bedenken. Doch Krug winkte nur ab. »Es wird Zeit, dass dem jungen Mann die Flügel gestutzt werden. Und ich finde es toll, dass ich es nicht machen muss. So habe ich danach immer noch die Chance, ein gesundes Verhältnis zu ihm aufzubauen. Außerdem haben wir so wenigstens etwas Zeit, uns in Ruhe zu unterhalten.«

Bruch kam die nächste Viertelstunde nicht wieder ins Zimmer zurück. Krug war froh, dass er allein mit Lina reden konnte. Sie war ein liebes Mädchen und wollte immer gerne helfen – aber wenn sie das Gefühl hatte, sie oder ihre Hilfe waren nicht erwünscht, kapselte sie sich ab und sagte kein einziges Wort mehr. Das konnte sie tagelang durchhalten. Krug erinnerte sich an einen Vorfall, der schon sehr weit zurücklag. Lina musste damals sieben oder acht Jahre alt gewesen sein. Sie hatte ihrer Mutter in der Küche beim Kuchenbacken zugesehen und eine Frage nach der anderen gestellt. Wofür ist Backpulver da? Warum mischst du das alles in dieser Reihenfolge und warum nicht andersherum? Wie funktioniert das eigentlich mit der Hefe? Ihre Mutter hatte an diesem Nachmittag den Geburtstagskaffee für ihren Vater vorbereitet und ihre Nerven waren noch gespannter also sonst. Krug hatte damals beim Aufbau der Gartenbänke geholfen und die quälenden Fragen und mal mehr, mal weniger hilfreichen Tipps der kleinen Lina mitbekommen. Er hatte ihre Wissbegier und ihre neunmalkluge Art immer besonders reizend gefunden, denn sie war nicht altklug und besserwisserisch, sondern intelligent und hilfsbereit. Zwei Eigenschaften, die ihrer Mutter leider gänzlich abgingen und die deshalb schon immer Schwierigkeiten mit ihrem eigenen Kind gehabt hatte. Lina wollte sie gerade auf einen Fehler hinweisen, da platze ihr auch an diesem Nachmittag der Kragen. »Halt doch endlich einmal deinen Schnabel«, hatte sie ihre verdutzte Tochter angeschnaubt. Lina trollte sich daraufhin in eine Ecke und verfolgte von dort aus das Geschehen weiter, ohne auch nur ein einziges weiteres Wort zu verlieren. Sie sah zu, wie ihre Mutter die Sahne für ihre berühmte Schwarzwälder Kirschtorte schlug, Salate zubereitete und Dressings anrührte. Die Gäste kamen und Lina gab jedem brav die Hand, sagte jedoch weiterhin kein Wort. Der Kaffee wurde eingeschenkt, der Kuchen angeschnitten und auf alle Teller verteilt. Linas Großtante Tilly hatte sich ein besonders fettes Stück Schwarzwälder Kirschtorte auf den Teller packen lassen, was sowohl ihrem raffgierigen Naturell als auch ihren äußeren Maßen entsprach. Lina nahm kommentarlos das ihr zugewiesene Stück Kuchen entgegen und blieb weiter stumm wie ein Fisch. Ihre Mutter machte sich mittlerweile vor der versammelten Verwandtschaft über ihre törichte, starrsinnige, kleine Tochter lustig. In diesem Moment hatte Krug sie noch weniger leiden können als ohnehin schon. Großtante Tilly lachte kräftig mit und schlug ihre falschen, mit Lippenstift beschmierten Zähne in die Torte. Ohne groß zu kauen, schluckte sie das ganze Stück herunter, um in der nächsten Sekunde über den Tisch zu rufen: »Oh Gott, Kind, willst du mich umbringen? Das ist ja das widerwärtigste Zeug, das ich je essen musste.« Und ohne den Blick von ihrem Teller zu wenden, sagte Klein-Lina in ihrer damals schon extrem ruhigen Art: »Du hast übrigens Salz in deine Sahne gemischt.«

Krug musste lächeln, als er sich wieder an diese Geschichte erinnerte. Nein, es war besser, dass Bruch weg war. Er konnte nicht riskieren, dass Lina wieder bockig wurde – auch wenn ihren Vater und ihn selbst das niemals gestört hatte. Ralf hatte schon damals das Gute darin gesehen: »Mit diesem Dickkopf wird meine Kleine niemals den falschen Freunden auf den Leim gehen und auf die schiefe Bahn geraten«, pflegte er immer zu sagen. Mit ihm hatte sich Lina immer besser verstanden, als mit ihrer Mutter. Umso trauriger, dass er schon so früh gehen musste.

»Also, meine Kleine, dann schieß mal los. Auch wenn du nicht dabei warst, musst du tausend Geschichten über diese WG und ihre Bewohner wissen.«

»Tja, das könnte man meinen, schließlich bin ich als Allererste hier drin gewesen und habe alles von Anfang an mitbekommen.«

»Du hast die alle ausgesucht? Da hätte ich dir aber ein besseres Urteilsvermögen zugetraut.« Krug schien enttäuscht.

»Nein, nicht wirklich. Ich hatte hier schon immer ziemlich wenig zu sagen, selbst wenn es um so wichtige Sachen wie neue Mitbewohner geht. Das war so: Eingezogen bin ich, als hier noch eine Art Familie gewohnt hat – Bruder, Schwester, Cousin und Cousine. Die haben noch einen Mieter gebraucht, der möglichst wenig auffällt, sie nicht in ihrem Familienleben stört und selbst nicht gestört werden will. Mir war das nur recht, da ich einfach nur daheim weg wollte, nachdem Mutter wieder geheiratet hatte.«

Wieder überkam Krug eine Welle tiefen Mitgefühls. Dieses Mädchen war wirklich ganz allein auf der Welt. Wenn ihr Vater nicht getötet worden wäre, hätten sich die Eltern zwar mit Sicherheit innerhalb der nächsten Jahre scheiden lassen und sie hätte auch so einen Stiefvater bekommen – aber wenigstens hätte sie zu ihrem Vater flüchten können. Stattdessen musste sie in eine Wohnung fliehen, in der sie nicht willkommen war – und auch nicht willkommen sein wollte. Lina selbst schien dieser Gedanke nicht sonderlich zu bedrücken, denn sie fuhr unbekümmert fort: »Die vier sind dann eines Tages ausgezogen und da wir hier keine Einzelmietverträge haben und ich keine Lust auf den organisatorischen Scheiß hatte, haben wir einen neuen Hauptmieter gesucht. Der eine kannte Tobias vom Studium, er hat ihn mitgebracht und mir vorgestellt und ich fand ihn sehr nett. Schön ruhig und unauffällig. Also sind wir übereingekommen, dass er den Hauptmieter macht, ich bei ihm Untermieter bin und wir noch drei weitere Hanseln suchen. Dabei war klar, dass er das höhere Stimmrecht bei der Auswahl hatte – schließlich trug er die Verantwortung. Und mir war es letztlich egal, weil ich sowieso so schnell wie möglich ausziehen wollte. Na ja, hat jetzt trotzdem noch anderthalb Jahre gedauert, aber ich habe bis jetzt einfach nichts gefunden, was mir gefiel und ich mir auch leisten konnte.«

Sie machte eine kleine Pause, nippte an ihrem Weinglas und goss Krug noch etwas Wasser nach.

»Von Stella-Claire war damals weit und breit nichts zu sehen. Die hatte gerade ihr Auslandsjahr in Italien begonnen und war in der Zeit nicht einmal hier. Er ist ständig runtergefahren, aber sie haben wir nie gesehen. Aber das hat sie im letzten halben Jahr ja alles nachgeholt. Seit ihrer Rückkehr hat sie jeden Tag und jede Nacht in dieser Wohnung verbracht. Normalerweise ist mir so etwas egal – aber nicht, wenn ich morgens ins Büro muss und die sich innerhalb meiner Badezimmerzeit ein Wannenbad einlässt und für eine halbe Stunde das Bad blockiert. Solche Sachen passieren hier ständig. Oder dass sie in ihrer unkontrollierten Wut Teller an die Wand schmeißt, dass sie sich mit Tobias nachts um drei in der Küche streitet, dass alle Lärmschutztüren nichts mehr bringen – und dass sie gleich im Anschluss auf dem Küchentisch in der exakt gleichen Lautstärke wieder Versöhnung feiern.«

Krug zog eine Augenbraue hoch. Wenn er es nicht aus Linas Mund gehört hätte, hätte er es nicht geglaubt. Das sagte auch sein Gesicht.

»Doch, kannst du mir glauben! Ich habe es gesehen. Bin von einer Party heimgekommen und da hopste der Esstisch durch die halbe Küche. Hatte seitdem keinen Sex mehr, weil ich Angst habe, dass das bei mir genauso ekelhaft aussieht.«

Lina schüttelte sich. Krug schüttelte sich auch – vor Lachen.

»Dunja und Max sind übrigens noch weniger von der Dame überzeugt. Die wettern schon seit Monaten gegen sie und setzen Tobias gehörig unter Druck. Aber der hat keine Handhabe gegen sie. Ich glaube auch nicht, dass er es überhaupt will. Er denkt, dass er durch ihre Gegenwart aufgewertet wird. Wobei er das komischerweise auch von den anderen Mitbewohnern zu denken scheint. Max hat er seiner guten Beziehungen wegen aufgenommen und wollte diese auch schon für sich einsetzen. Einmal habe ich mitbekommen, dass er ihn wegen eines Jobs angesprochen hat. Er hatte gehofft, dass Max ihn in der Firma seines Vaters unterbringen kann. Der hat sich aber geweigert und Tobias fragte dann noch, wozu er ihm dann eigentlich das Zimmer gegeben habe. Der Traum von den guten Beziehungen, die er sich von Max versprochen hatte, hat sich jedoch genauso wenig erfüllt wie die Imageverbesserung, die er sich durch Thomas erhofft hatte. Ich hatte damals gesagt, dass wir ihn auf gar keinen Fall aufnehmen sollten. Er war schon immer ein eingebildeter Fatzke und ich hatte schon damals das Gefühl, dass etwas Böses von ihm ausging. Aber Tobias wollte davon nichts hören. Er fand ihn ja ›so cool‹. ›So einen coolen Typen können wir uns doch nicht entgehen lassen. Überleg nur, was für eine coole WG wir dann werden.‹ Cool, cool, cool. Das war alles, was er werden wollte – beziehungsweise immer noch werden will. Er hat den Mietvertrag mit ihm klargemacht, noch ehe ich ›Veto‹ schreien konnte und seitdem haben wir diesen Unruhestifter und seinen gewalttätigen Kumpel in der Wohnung.«

»Wieso denn gewalttätig?«

»Vor ein paar Monaten war ich in einer Disko, in der

Mike ab und an Türsteher ist. Ein total besoffener Typ hat Ärger gemacht, weil er unbedingt rein wollte. Und dann hat er Mike ganz leicht angefasst. Ich hatte das Gefühl, dass der nur darauf gewartet hatte. Er hat den Typen so zusammengeschwartet, dass seine Kollegen dazwischengehen mussten. Ich verstehe bis heute nicht, warum das zu keiner Anzeige kam.«

Lina war in ihrem Redefluss unterbrochen und suchte den Faden, den sie mit der Zwischenfrage verloren hatte.

»Entschuldige, Lina. Ich wollte dich nicht unterbrechen. Du wolltest gerade erläutern, warum Thomas schlecht für die WG war.«

»Genau. Also, Tobias ist trotz allem nicht cool geworden, denn Thomas hat seine Coolness für sich behalten, ihn nicht auf Partys mitgenommen und ihm auch sonst keine coolen Menschen vorgestellt. Stattdessen hat er seine Freundin flachgelegt.«

»Woher weißt du das?«

»Max hat es mir erzählt, der hat es wohl live mitbekommen.«

»Ist ja interessant. Uns hat er nur erzählt, dass sie auf ihn abgefahren ist, er ihr Flehen jedoch nicht erhört hat.«

»Na ja, stimmt ja auch irgendwie. Nur das Sex-Detail hat gefehlt. Seit dieser Nacht rennt Stella-Claire Thomas jedenfalls hinterher. Sie schreibt ihm Briefe – extrem unauffällig, wenn ein Brief mit ihrer Handschrift an Thomas adressiert im Briefkasten liegt. Sie trauert ihm total hinterher und versucht auch immer wieder, sich an ihn ranzumachen. Natürlich nur, wenn Tobias nicht da ist. Beiße nie die Hand, die dich füttert! Aber Tobias ist nicht doof, auch wenn sie ihn dafür hält. Der ist seit Wochen dauergeladen. Dass er ihn vergiftet haben soll, kann ich mir daher nicht vorstellen. Erschlagen schon eher – aus der Wut heraus im Affekt. Aber wer kann schon genau sagen, wie die Menschen reagieren?«

Wieder nippte sie an ihrem Weißherbst. Und Krug machte sich eine Notiz im Hinterkopf, dass der Max noch einmal nach den Details der unerfüllten Liebe von Stella-Claire befragen wollte.

»Und für Dunja war Thomas auch nicht gut. Hat sich ständig Geld bei ihr geliehen. Aber das ist wohl ihr Schicksal. Tobias hat sie auch nur in die WG aufgenommen, weil sie Geld hat und jede Neuanschaffung bezahlen kann. Der benutzt sie nur als Goldesel. Sie ist schon ein armes Ding: Von Mutter Natur nicht unbedingt gesegnet und als wäre das nicht schon fies genug, bringt die Mutter noch eine bildhübsche Schwester zur Welt. Sie versucht, ihre Komplexe zu unterdrücken, aber manchmal merkt man ihr ihre Traurigkeit extrem an.«

»Bleibt noch Max.«

»Da kann ich dir gar nicht sagen, was zwischen ihm und Thomas war. Anfangs verstanden sie sich recht gut. Aber in den letzten Wochen lag etwas in der Luft. Nicht, dass ich viel Zeit draußen verbracht hätte, aber wenn es der Zufall wollte und wir zu dritt in der Küche waren, konnte man die Luft fast schneiden. Irgendwas war da. Musst du Max fragen!«

»Der sagt nur, dass er ihn arrogant fand und man ihm nicht über den Weg trauen konnte.«

»Dann muss wirklich etwas vorgefallen sein. Denn wie schon gesagt: Seine frühere Meinung war eine andere. Wobei es auch sein könnte, dass er nur wegen Dunja seine Meinung geändert hat. Die beiden sind wirklich sehr gut befreundet – die Einzigen in dieser WG, bei denen man dieses Wort wohl benutzen darf. Vielleicht fand er es auch scheiße, wie Thomas Dunja ausgenutzt hat.«

Es klopfte und Stefan Bruch kam zurück ins Zimmer. Er wirkte zerknirscht und verkündete nur, dass er die ausdrückliche Aufforderung von Herrn Staatsanwalt Anderson habe, Lina Stark offiziell in die Ermittlungen einzubinden. Krug – munter und fröhlich, als hätte die Szene vorhin niemals stattgefunden – fasste noch einmal die Erkenntnisse seines Gesprächs mit Lina zusammen. Einvernehmlich beschlossen sie, die kommenden Gespräche gemeinsam zu führen, wobei sich Lina nur im Hintergrund halten sollte. Sie wollten den Mörder nicht noch gegen sie aufbringen. Lina küsste Clarence zum Abschied auf Stirn und zog sich ohne jegliche Scheu noch schnell eine andere Hose an, bevor sie das Zimmer verließen. Noch bevor er den Gedanken stoppen konnte, schoss Bruch die Frage durch den Kopf, warum sie einen solchen Hintern eigentlich hinter so weiten Hosen versteckte.

Im Herausgehen bemerkte Lina noch eine Kleinigkeit wie nebenbei. »Übrigens: Du sagtest, Thomas sei vergiftet worden? Ich könnte mir vorstellen, womit. Lass deine Jungs mal unter der Spüle im Bad nachschauen! Dort steht eine hübsche kleine Flasche E 605.«

Die beiden Männer waren wie vom Donner gerührt.

»Warum bewahrt ihr Gift unter der Spüle auf?«, platzte es aus Bruch heraus, der offensichtlich seine ablehnende Haltung gegenüber der Du-Form vergessen hatte.

»Insektenvernichter. Wir hatten letztes Jahr brutale Probleme mit Ameisen und Silberfischchen.«

»Aber in der EU ist das Zeug doch verboten.«

»In der EU vielleicht. Aber darüber hinaus noch nicht.

Und wenn man in Urlaub fährt und bei der Einreise nicht kontrolliert wird, kann man es auch einfach in die EU mitbringen. Schau mich nicht so vorwurfsvoll an, Onkel Conrad, ich wollte das Zeug ja loswerden – zumal in Anbetracht der Stimmung, die hier immer herrscht.«

»Bist du die Einzige, die weiß, dass das Zeug nicht nur gegen Ameisen und Silberfischchen wirkt?«

»Ich fürchte nicht. Dunja hat damals in großer Runde herausposaunt, was dieses Wundermittelchen noch alles kann.«

Korrektur des letzten Absatzes:

»Ich fürchte nicht. Dunja hat damals in großer Runde heraustrompetet, was dieses Wundermittelchen noch alles kann.«

»Na klasse! Können Sie uns wenigstens sagen, wer das Zeug importiert hat?« Bruchs Gesicht verriet, dass er den Importeur dieser Ware klar für den Mörder hielt und sofort die Handschellen zuschnappen lassen würde, sobald der Name ausgesprochen war – egal wie sinnlos eine solche Aktion wäre.

»Thomas. Er war letztes Jahr in Ägypten und hat die Flasche von dort mitgebracht.«

Fünfzehn

Die Szenarien, die sich in den jeweiligen Zimmern der Bewohner abspielten, hätten unterschiedlicher nicht sein können. Bei Max und Damian herrschte helle Aufregung, bei Stella-Claire und Tobias geschocktes Schweigen, bei Lina hysterische Wiedersehensfreude. Bei Dunja und Samira erwartete die Polizisten und Lina nun endlich die schon vermisste Trauer um den Toten. Beide schienen zutiefst erschüttert. Während Samira weinte und weinte und weinte, saß Dunja vollkommen regungslos neben ihr, hielt ihre Hand und tätschelte wie in Trance ihren Kopf. Lina steuerte auf die beiden zu, entschuldigte sich leise, dass sie es eben erst erfahren hatte und nahm zuerst die eine, dann die andere in den Arm. Etwas verdutzt war sie jedoch, dass Samira derart viele Krokodilstränen vergoss. Was hatte sie denn mit Thomas zu schaffen gehabt? Doch sie zog sich an die Zimmertür zurück und überließ den beiden Polizisten das Verhör. Conrad würde schon die richtigen Fragen stellen, da war sie sich sicher. Und nachdem er klargestellt hatte, welche der Schwestern Dunja und welche Samira war – als ob es nach den Schilderungen der Mitbewohner noch erforderlich gewesen wäre –, kam er auch prompt auf den Punkt.

»Sie scheinen mir recht mitgenommen, junge Dame. Standen Sie dem Toten denn sehr nahe?«

Samira suchte die Hand und den Blickkontakt zu ihrer Schwester. So angsterfüllt und verschüchtert hatte sie Lina noch nie gesehen. Normalerweise war dieses Mädchen ein frecher Wirbelwind. Jetzt war sie nur noch ein jammerndes, winselndes Elend. Das sonst so hübsche Gesicht wurde durch Augenränder, rote Äderchen auf den Augäpfeln, Schweißperlen auf der Stirn und verspannte Züge entstellt. Sie klammerte sich verzweifelt an ihre große Schwester. Diese übernahm das Antworten für sie.

»Sie werden es sowieso herausfinden, daher können wir es Ihnen auch gleich sagen: Samira ist schwanger und Thomas Kaufmann ist – oder war – der Vater. Das dürfte wohl erklären, warum meine Schwester so fertig ist.« Allem Anschein nach hatte Dunja sonst nichts zu diesem Thema zu sagen. Also fasste Krug nach.

»Und wusste Kaufmann davon?«

Wieder wechselten die Schwestern vielsagende Blicke. Samiras Augen schienen »Nein, nein, nein« zu schreien, doch Dunja hatte ihre Entscheidung bereits gefällt.

»Sie hat es ihm heute Abend gesagt. Kurz bevor es passierte.«

»Dann war das also das ›technische Problem‹, was sie mit ihm besprechen mussten?«, fragte Krug an Samira gewandt. Diese brachte vor lauter Schock kein Wort heraus. Stattdessen brauste Dunja auf.

»Ich habe dir doch gleich gesagt, dass die Kuh das weitertratschen wird. Alles, was von ihr und ihrem Finanzier ablenkt und in unsere Richtung deutet, ist doch ein gefundenes Fressen für diese Schlampe.«

Samira hatte einen kleinen Teil ihrer Stimme wiedergefunden und fragte ängstlich: »Werden Sie mich jetzt festnehmen?«

»Warum sollten wir das denn tun? Momentan sind Sie auch nicht verdächtiger als alle anderen in dieser Wohnung. Aber jetzt erzählen Sie mir erst einmal, was Ihnen auf der Seele liegt!«

Von einem Moment auf den anderen wirkte Samira wie befreit. Sie erzählte, wie sie ihrer Schwester nachmittags die große Neuigkeit gebeichtet und wie sie Pläne geschmiedet hatte, wie sie es am besten dem werdenden Vater gestehen sollte. Sie seien sich klar darüber gewesen, dass er nicht begeistert sein würde. Aber während sie selbst auf ein Happy End vertraut habe, sei Dunja mehr als skeptisch gewesen. Als sie später in die Küche gegangen seien, sei Thomas bereits dort gewesen und Samira habe ihn unter einem Vorwand von den anderen fortgelockt. Sie habe ihm gesagt, dass sie schwanger sei und er habe wirklich nicht besonders nett reagiert. Er habe gesagt, dass sie einen Vaterschaftstest machen müsse, bevor er irgendwelche Ansprüche anerkenne und habe sie dann einfach in der Ecke stehen lassen.

»Zuerst war ich geschockt. Aber dann dachte ich mir, dass das sein gutes Recht ist. Schließlich waren wir noch nicht lange zusammen und woher konnte er sicher sein, dass es wirklich sein Kind ist. Eine Frau ist sich sicher, aber als Mann kann man so etwas nicht hundertprozentig wissen, oder?!«

»Sie wollen uns also erzählen, dass Sie nicht sauer auf ihn waren, nachdem er sie quasi als Hure bezeichnet hatte?« Bruch hatte sich zum ersten Mal, nachdem sie das Zimmer betreten hatten, eingeschaltet. Er konnte nicht glauben, dass sich eine Frau – noch dazu eine tickende Hormonzeitbombe – so rational verhalten haben sollte. Samiras neu gewonnene Zuversicht schwand wieder. Ganz sicher würde sie die Polizei mitnehmen, stundenlang verhören, bis sie eine Fehlgeburt hatte und sie danach zu einem Geständnis zwingen. Ganz sicher würde ihr der Mord in die Schuhe geschoben werden. Sie fing wieder heftig zu weinen an und Krug warf seinem Kollegen einen bösen Blick zu. Wie konnte man sich nur so unsensibel die Zeugen vergraulen?

»Na, na, na, Frau Weber! Wer wird sich denn das Geschwätz eines Hamburger Schlitzohrs so zu Herzen nehmen. Ich bin ganz sicher, dass ihr Baby sein Kind ist, und ich denke, er war das auch. Junge Männer sind manchmal eben etwas plump in ihrer Art.« Krug wandte sich Dunja zu. »Und was haben Sie von dieser Auseinandersetzung mitbekommen?«

»Nichts, ich stand in der Küche bei den anderen und habe nichts gehört. Und es würde mich wundern, wenn die anderen etwas gehört hätten – also glauben Sie es bloß nicht, wenn die das Gegenteil behaupten! Das Radio war viel zu laut.«

»Ja, das haben ihre Mitbewohner auch gesagt.« Dass es nur eine Mitbewohnerin war und diese offiziell noch nicht einmal diesen Status hatte, behielt Krug besser für sich. »Wie sind Sie eigentlich mit dem Opfer ausgekommen.«

Die Antwort kam wie aus der Pistole geschossen. »Gut, sehr gut sogar. Er war immer nett zu mir und ich kann nichts Negatives über ihn sagen. Wobei ich denke, dass sich unser Verhältnis deutlich anders entwickelt hätte, wenn er Samira hängen gelassen hätte.«

»Meinen Sie, dass das der Fall gewesen wäre?«

Dunja blickte kurz verstohlen zu ihrer Schwester – diese hatte die Augen geschlossen und versuchte sich in eine bessere Welt zu träumen. »Ja, ich denke, er hätte sie mitsamt Kind sitzen lassen.«

»Warum denken Sie das?«

»Weil er so ein Typ war. Draufgänger, der seinen Spaß haben will und sein erstes gewolltes Kind erst im Alter von 53 Jahren zeugt – und das auch nur, um sich selbst zu beweisen, dass er es noch voll draufhat.«

»Und was hätten Sie dann gemacht?«

»Wie meinen Sie das?«

»Was hätten Sie dann mit Herrn Kaufmann oder ihrer Schwester gemacht?«

»Zwangsheirat geht hier ja leider nicht«, versuchte Dunja einen Scherz.

Die ist nicht nur unansehnlich, sondern auch unwitzig, dachte Bruch. Was für eine gemeine Kombination!

»Ich denke, dass ich Samira und mir dann eine eigene Wohnung besorgt und mit ihr zusammen das Kind aufgezogen hätte. Was heißt ›hätte‹? Ich denke, dass ich das nun wohl tun muss. Schließlich kann es sich der Vater jetzt ja nicht mehr anders überlegen, oder?«

»Es gibt nicht viele Frauen, die so etwas für ihre Schwester tun würden.«

»Ja«, entgegnete sie bitter. »Was soll ich machen? Sie ist halt die zarte Kleine und jemand muss schließlich auf sie und das Baby aufpassen.« Dunja schien mit ihren Gedanken abzudriften, wurde von der neuen, äußerst merkwürdigen Frage jedoch schnell wieder in die Gegenwart geholt.

»Was haben Sie heute Abend eigentlich getrunken?« Sie blickte erstaunt auf und überlegte kurz.

»Apfelsaftschorle. Wir beide. Ich mag keinen Alkohol und Samira darf ja nun erst einmal nicht mehr.«

»Und wo standen Ihre Gläser?«

»Auf dem Tisch.« Dunja wunderte sich über diese seltsame Frage, so dass Krug etwas besser beschrieb, was er gerne von ihr hören wollte und ihr seinen Kugelschreiber gab. Dunja malte die gleiche Skizze, wie sie auch schon Max angefertigt hatte. Nur dass sie eine schönere Handschrift hatte und das Bild nun auf einem ordentlichen DIN-A4-Blatt ohne klebrigen Hintergrund abgefasst war. Krug malte sich daher noch die Striche ein, die die Gläser der übrigen Mitbewohner markierten, und beschloss, ab sofort diese schöne, große Grafik zu verwenden. Samira war inzwischen auf der Couch eingeschlafen. Krug wollte daher schnell zum Schluss kommen.

»Und wer sind Ihre Verdächtigen für diesen Fall, Frau Weber?«

Man merkte Dunja an, dass sie auf diese Frage gewartet hatte. »Max hat damit bestimmt nichts zu tun. Und bei Damian kann ich mir das auch nicht vorstellen. Die beiden hatten meines Wissens nach nicht viel mit Thomas zu tun. Lina war es mit Sicherheit nicht, die war ja noch nicht einmal dabei.« Sie zwinkerte der grauen Eminenz im Hintergrund zu. »Und auch wenn ich weiß, dass Sie Samira im Verdacht haben: Sie war es mit Sicherheit nicht. Dafür ist sie noch viel zu sehr ein verspieltes Kind. Sie glaubt wahrscheinlich immer noch, dass Thomas aufstehen, sich entschuldigen und sie heiraten wird. Bei wem ich es mir allerdings sehr gut vorstellen kann, das sind Mike, Stella-Claire und Tobias. Tobias war eifersüchtig, Stella-Claire unglücklich verliebt und Mike ist per se ein schlechter Mensch. Der würde seinen besten Freund am nächstbesten Baum aufknüpfen, wenn für ihn ein Profit dabei rumkommt.«

»Wie kommt es eigentlich, dass hier jeder über Stella-Claire und Thomas Bescheid wusste?«

»Was gab es denn da zu wissen? Stella-Claire stand auf

ihn und hat sich so dämlich dabei angestellt, dass es wirklich auch der Letzte kapieren musste.«

»Und die gemeinsame Nacht?«

Dunja schrie das »Was?« förmlich heraus, so dass Samira kurzzeitig wieder erwachte. Sie beruhigte ihre Schwester wieder, deckte sie fester mit einer Decke zu und wartete, bis sie wieder eingeschlafen war. Danach flüsterte sie weiter.

»Die waren doch nicht miteinander in der Kiste!« Es war mehr eine Feststellung als eine Frage.

»Doch. Zumindest, wenn man der Aussage von Herrn von Schmack-Lübbe Glauben schenken darf.«

»Das kann nicht sein. Das hätte er mir erzählt.« Mehr brachte sie nicht mehr hervor, in ihr brodelte es jedoch gewaltig.

»Noch eine letzte Frage, Frau Weber: Und was ist mit Ihnen und Ihrem Motiv?«

»Wenn ich gewusst hätte, dass er mit dieser dreckigen Schlampe im Bett war, hätte ich ihn wahrscheinlich eigenhändig umgebracht.« Sie atmete tief durch. »Doch ich habe es nicht gewusst. Und deshalb habe ich ihn für einen netten Kerl gehalten, der Stella-Claire genauso wenig mag, wie Max und ich. Krass, wie man sich in Menschen täuschen kann.«

Mehr sagte sie nicht und das Gespräch war beendet.

»Was meinst du? War das gespielt?« Krug platzte mit der Frage heraus, sobald sie die Zimmertür hinter sich geschlossen hatten. Schon die ganze Zeit hatte er auf eine Regung von Lina gewartet, eine Nachfrage oder einen Einwand. Doch sie hatte nur in ihrer Ecke gestanden und durch keine Zuckung verraten, was sie von der ganzen Situation und dem Gesagten hielt. Auch jetzt konnte oder wollte sie sich nicht zu allem äußern.

»Die letzte Bemerkung war auf jeden Fall echt. Sie hat wirklich immer geglaubt, dass Thomas auf ihrer Seite stand und sie in ihrem Kampf gegen Stella-Claire unterstützte. Doch in Bezug auf ihn ist sie schon immer sehr naiv gewesen. Der hat sich für niemanden außer sich selbst interessiert. Durch seine Heuchelei bei Dunja hat er seinen Goldesel bei Laune gehalten.«

»Mist«, platzte es aus Stefan Bruch heraus. »Jetzt haben wir ganz vergessen, zu fragen, ob sie eigentlich jemals ihr geliehenes Geld zurückbekommen hat. Schließlich dachte Schmack-Lübbe, dass das ihr Motiv gewesen sein könnte.«

»Max hat den IQ einer Bratpfanne! Wie soll denn Dunja je an ihr Geld kommen, wenn sie ihren Schuldner umbringt? Das ist alles andere als logisch. Außerdem ist ihr Geld egal – ein Luxus, den sich Leute leisten können, die genug Geld haben. Aber es ist interessant, dass Max sie verdächtigt und das auch noch der Polizei aufs Butterbrot schmiert. Man sollte doch meinen, dass man seine Freunde beschützt und nicht in die Pfanne haut – oder dass man ihnen erzählt, wenn man Informationen bezüglich der Kopulation vermeintlicher Verbündeter mit offiziellen Staatsfeinden hat. Dieser Mann verhält sich mehr als merkwürdig.«

Jeder war ganz in seine eigenen Gedanken vertieft, als sie sich der letzten Zimmertür zuwandten.

Sechzehn

Es war bereits viertel vor elf, als sie an die Tür des Zusatzzimmers klopften. Über zwei Stunden hatte der arme Kerl warten müssen – und wie sich herausstellte, war der angepriesene Fernseher nicht einmal angeschlossen. Doch beim Anblick und den ersten Worten dieses verbissenen Pitbulls revidierte Krug seine Formulierung »armer Kerl« sofort.

»Staatliche Willkür und Missbrauch der Polizeigewalt.« Zu diesem Frontalangriff hatte er sich in der 87. Minute seiner Abgeschiedenheit entschlossen. Und die Attacke wäre auch ziemlich cool und herausfordernd gewesen, wenn ihm nicht bei Linas Anblick ein »Was will die denn hier?« herausgeplatzt wäre. Krug klärte Mike darüber auf, dass Lina auf seinen Wunsch anwesend sei, da sie wohl die einzige Person in dieser Wohngemeinschaft sei, die frei von jeglichem Verdacht sei und ihnen über die Verhältnisse in der WG Aufklärung geben könnte.

»Die? Die konnte ihn nicht ausstehen. Wahrscheinlich hat sie seine Bierflaschen vergiftet und jetzt spielt sie den Unschuldsengel.«

So, so, vergiftete Bierflaschen. Wer tut denn so etwas? Die armen Flaschen! Lina musste sich ein Kichern verkneifen.

»Das ist ja interessant. Woher wissen Sie denn, dass er mit einem Gift getötet wurde, das vermutlich in sein Getränk gemixt war?« Krug hatte nicht gedacht, dass sie diesen Schläger so schnell aus der Reserve locken konnten – oder besser, dass er sich sogar selbst daraus hervorlockte. Doch der laufende Meter war auf der Hut.

»Ich bin doch nicht blöd und kann auch eins und eins zusammenzählen.«

Das ergibt dann drei, oder? Lina musste sich wirklich zusammenreißen, um nicht laut loszulachen.

»Einfach so tot umfallen tut ja wohl keiner. Schon gar nicht einer, der so gesund ist. Und die Pizza war nicht vergiftet, denn ich habe die ja auch gegessen. Also kann es nur sein Trinken gewesen sein.« Mike war sichtlich stolz auf sich und seine Kombinationsgabe.

»Na schön, und da wir Sie ja so lange haben warten lassen, haben Sie doch bestimmt schon überlegt, was Ihr Freund heute Abend alles getrunken hat, oder?«

»Apfelsaftschorle und Bier.«

»Und wie viel jeweils und was zuletzt?«

»Keine Ahnung, was er als Letztes im Glas hatte. Er hat die letzte Runde eingeschenkt. Aber ich denke, dass er bestimmt schon drei Bier weg hatte. Also musste er mindestens genauso viele Schorlen getrunken haben. Der hat das süße Zeug abgepumpt, so schnell konnte man gar nicht schauen.«

»Und das Glas, nach dem er umgefallen ist? Hatte er das auch abgepumpt?«

»Woher soll ich das wissen? Ich war mit meiner Pizza beschäftigt.«

Und damit sicher auch voll ausgelastet, dachte Lina. Für wie unterbelichtet sie ihn aber auch immer hielt. Sie hatte das Gefühl, dass er gerade jetzt hochkonzentriert war und ihnen kein Stückchen zu viel liefern wollte. Sollten sich die blöden Bullen doch selbst den Kopf zerbrechen. Ob er sich dadurch schützen oder einfach nur seine Abneigung gegen die Obrigkeit zum Ausdruck bringen wollte, konnte sie jedoch noch nicht beurteilen. Auch Krug schien die ablehnende Haltung ihres Gegenübers zu bemerken und formulierte seine Fragen nun etwas offener.

»Nun gut. Vielleicht können Sie uns sagen, wie viel Zeit zwischen dem letzten Auffüllen der Gläser und dem Zusammenbruch von Herrn Kaufmann verging und wo die Gläser standen?«

Mike dachte angestrengt nach. Die Beantwortung dieser Frage wäre selbst für einen Menschen mit einem höheren Intelligenzquotienten schwierig geworden – die Polizisten konnten jedoch nicht verstehen, was an dieser Frage so schwer sein sollte. Endlich antwortete Mike.

»Der zweite Teil ist leicht. Die Gläser standen auf der Küchentheke. Thomas hatte sie dort vergessen und ich habe sie dann geholt, als wir schon fast die Hälfte unserer Pizza gegessen hatten. Wie lange sie dort standen, weiß ich aber nicht genau. Vielleicht zehn Minuten?«

»Dann waren die Gläser also zehn Minuten unbeaufsichtigt!« Endlich hatten sie einen Anhaltspunkt, wie das Gift in das Glas gekommen sein konnte. Und wenn es tatsächlich auf diesem Wege dort hineingelangt war, verstärkten sich die Anzeichen dafür, dass es tatsächlich den Richtigen getroffen haben könnte. Oder auch nicht. Nach seiner ersten Euphorie, erkannte Krug ziemlich schnell, dass diese neue Erkenntnis zu nichts nutze war. Sie bestätigte nur, dass jeder Gelegenheit hatte. Und sie brachte ein neues mögliches Opfer ins Spiel. Vielleicht war das Glas ja auch für Mike bestimmt gewesen und er hatte es nur vertauscht. Also, wieder von vorne!

»Und wie viel Zeit verging zwischen dem Zeitpunkt, als sie die Gläser holten, und dem Zusammenbruch?«

»Das war dann nicht mehr lange. Fünf, sechs Minuten? Ich habe sofort getrunken, aber Thomas wollte noch nicht gleich anstoßen, er war noch mit Essen beschäftigt. Er hat erst was getrunken, nachdem wir die Pizzas getauscht hatten. Das weiß ich, weil er sein Glas fast umgeschüttet hätte, als wir das gemacht haben.«

»Aber sie saßen doch links neben ihm. Hatte er sein Glas links von sich stehen?« Krug zog seine Küchentisch-Skizze aus der Manteltasche hervor und studierte sie eingehend.

Wieder musste Mike scharf nachdenken. Nach einer gefühlten halben Stunde nickte er langsam mit dem Kopf: »Ja, sein Glas stand zuerst neben meinem, dann hat er es rüber nach rechts gestellt.« Krug markierte sich den Glaswechsel mit einem Strich in Klammern und einem Pfeil nach rechts. Wenn das so weiterginge, würden sie bald vor lauter Gläsern kein Gift mehr sehen.

»Okay, etwas anderes. Sie sind – waren – sein bester Kumpel, oder?«

»Kann man so sagen.« Dafür wirkte er sehr gefasst.

»Dann wissen Sie doch bestimmt, ob Herr Kaufmann Feinde hatte? Hier in dieser Wohnung, denn momentan müssen wir davon ausgehen, dass der Mörder unter diesem Dach sitzt.«

»Ich glaube, hier konnte ihn niemand groß leiden. Aber ich weiß nicht, ob ihn jemand töten wollte. Ich dachte immer, dass die sich nur einfach nicht so gut verstehen. Gibt's ja immer wieder.«

Linas Ohren klingelten bei all diesen Lügen. Sie musste die Beziehung der beiden Männer schon sehr falsch eingeschätzt haben, wenn sie tatsächlich so wenig miteinander vertraut gewesen sein sollten. Sei es aus Eitelkeit oder weil sie es tatsächlich besser wusste: Lina verwarf den Gedanken, dass sie sich in dieser Beziehung getäuscht hatte und Krug fuhr mit der Befragung fort. Auch er schien Mikes Aussage keinen rechten Glauben schenken zu wollen.

»Okay, dann also schrittweise: Herr Quadflieg und Frau Bruckner. Wussten Sie, dass Herr Kaufmann ein Verhältnis mit Frau Bruckner hatte?«

»Ein Verhältnis war das ja nun wirklich nicht. Eine Nacht und Punkt. Die wollte doch auch nur ein One-Night-Stand. Das Gezicke ging erst später los. Aber deswegen bringt man doch keinen um.«

»Sie vielleicht nicht, aber es gibt Menschen, die das durchaus tun. Und was ist mit Herrn Quadflieg?«

»Was soll mit dem sein?«

»Weiß er es?«

»Nein.«

»Die gesamte WG weiß es. Und er soll es nicht mitbekommen haben?« Diesmal war es Lina gewesen, die nicht an sich halten konnte. Was dachte dieser Armleuchter eigentlich, mit wem er es zu tun hatte. Dieser primitive Idiot stand hier drei gebildeten, intelligenten Menschen gegenüber. Dachte der wirklich, dass sie so blöd waren wie er?

Es war offenkundig, dass sich Lina und Mike nicht ausstehen konnten. Bevor die Situation eskalierte, übernahm Krug wieder das Wort und fragte seinen Zeugen nach dem möglichen Motiv jedes einzelnen Mitbewohners und seines jeweiligen Besuchs. Dunja und Samira hätten sich gut mit Thomas verstanden – so gut man sich eben verstehe, wenn man sich egal sei und sich nichts zu sagen habe. Darüber hinaus habe er nie mitbekommen, dass Damian und Thomas irgendwann einmal etwas miteinander zu tun gehabt hätten.

»Allerdings würde ich mir vielleicht einmal diesen Max angucken, wenn ich Sie wäre. Thomas und er hatten irgendwie Zoff miteinander. Schien was Ernstes gewesen zu sein. Thomas hatte erst diese Woche gesagt, dass er von ihm bedroht worden ist.«

»Ach, und das nennen Sie ›nicht so gut verstehen‹?«

»Sorry, hatte ich vergessen.«

Wohl weniger vergessen, als auf einen geschickten Moment gewartet, an dem du die Bombe platzen lassen kannst, was?! Du kleiner Primitivling! Lina hatte sich vorgenommen, bei diesem Verhör kein Sterbenswörtchen mehr zu sagen. Sie ärgerte sich, dass sie sich überhaupt eingeschaltet hatte. Krug fuhr derweil unbeirrt fort.

»Nach allem, was ich bisher gehört habe, scheint Herr Kaufmann nicht zu der Sorte Mensch gehört zu haben, die sich drohen lässt. Wie hat er darauf reagiert? Und wie haben Sie als sein bester Freund darauf reagiert?«

»Thomas sagte, ich solle mich da heraushalten, er wird allein damit fertig. Also habe ich mich rausgehalten.«

»Und was hat er getan?«

»Nichts. Soweit ich weiß.«

»Hatten Sie Angst um ihn? Immerhin war er bedroht worden?«

»Thomas hat den schwarzen Gürtel und Max ist eine Milchsemmel. Nein, ich hatte keine Angst um ihn.«

»Wie man sieht, wäre Sorge auch vollkommen unbegründet gewesen.« Mit diesen Worten verließ Bruch das Zimmer, knapp gefolgt von Krug und Lina.

Siebzehn

»Bilde ich mir das nur ein oder hatte hier wirklich jeder einen Grund, den Toten zu hassen?« Zu Linas und Krugs Überraschung startete Bruch die Zwischenbesprechung. Allem Anschein nach wollte er nun doch mit seinem Kollegen und der kleinen Made zusammenarbeiten. Das Interesse an dem Fall war ihm ins Gesicht geschrieben. Sie kehrten zurück in Linas Zimmer, wo sie auf die Schnelle den kleinen Esstisch und die umliegenden Stühle leer räumte. Nach und nach gingen sie alle Personen durch, mit denen sie im Laufe des Abends gesprochen hatten. Bruch stellte eine Liste zusammen mit Namen, Motiven und der Gelegenheit, die jeder Einzelne hatte, das Gift in das Glas zu mischen. Am Ende machten sie sich noch einen Vermerk, was sie als Nächstes tun wollten. Das Ergebnis war alles andere als befriedigend.

Tobias Quadflieg:
Eifersucht
Gift an Theke, Tausch der Gläser am Tisch
Erneutes Gespräch: Affäre

Stella-Claire Bruckner:
Unerfüllte Liebe
Gift an Theke, Tausch der Gläser am Tisch

Maximilian-Constantin von Schmack-Lübbe:
Kein klares Motiv erkennbar
Gift an Theke, Tausch der Gläser am Tisch
Erneutes Gespräch: Grund für Abneigung

Damian Topic:
Kein klares Motiv erkennbar
Gift an Theke, Tausch der Gläser am Tisch

Dunja Weber:
Beschützerinstinkt, Stella-Claire-Affäre, Geld (?)
Gift an Theke

Samira Weber:
Rache, weil er Vaterschaft nicht anerkannte
Gift an Theke, Tausch der Gläser am Tisch

Mike Stehle:
Kein klares Motiv erkennbar
Gift an Theke, Tausch der Gläser am Tisch
Durchleuchtung Background

»Sieben Leute. Jeder hatte die Möglichkeit, den Kerl zu vergiften. Aber bisher haben nur vier ein wirklich gutes Motiv«, schloss Bruch die Zusammenfassung ab. Doch Lina korrigierte ihn.

»Ich bin mir ganz sicher, dass die übrigen drei ein ebenso gutes Motiv hatten, das wir bislang nur noch nicht kennen.«

»Und vielleicht hat ja auch noch jemand Achtes ein gutes Motiv und eine Gelegenheit, von denen wir noch nichts wissen und es auch nicht erfahren werden, da diese Person erst gar nicht überprüft wird.« Woher kam denn nun schon wieder dieser Stimmungswechsel und die arrogante Verachtung in Bruchs Stimme? Was hatte der Mann nur für ein Problem? In der einen Minute, war er noch Teamgeist und Kooperation in Person. In der nächsten sah er alles und jeden als Bedrohung für das eigene Leben an. Krug hatte Lina vorhin in ihrem Zimmer den kleinen Hinweis gegeben, dass Bruch – wohl gegen seinen Willen – aus Hamburg hierher versetzt worden war. Lina hätte zu gerne den Grund dafür gewusst. Nicht aus Neugierde – sie wollte diesen verbitterten, jungen Mann einfach nur verstehen.

Aber momentan hatten sie wichtigere Sachen zu tun. Daher beschloss sie, den letzten Satz zu ignorieren und einfach weiterzumachen. Dankbar für diesen Friedenswillen schlug Krug vor, dass er erst einmal die Spurensicherung bitten würde, von allen Bewohnern und Gästen Fingerabdrücke zu nehmen. Diese konnten sie mit der Flasche Insektenvernichtungsmittel und den größeren einzelnen Bruchstücken der Gläser abgleichen. Er hatte vorhin im Vorbeigehen gesehen, dass jedes Stückchen in ein eigenes Beutelchen gepackt worden war. Dirk Albert hatte die Idee mit dem Abgleich der Fingerabdrücke mit Sicherheit auch schon gehabt und wartete nur auf den Hinweis des Einsatzleiters, die Abdrücke von allen Anwesenden zu nehmen. Er hoffte bestimmt, an dem Glas, an dem er das Gift identifizieren würde, auch aussagekräftige Fingerabdrücke zu finden. Auch wenn sie nicht sicher sein konnten, dass der Mörder das Glas tatsächlich angefasst hatte – einen Versuch war es allemal wert.

Als sie aus Linas Zimmer traten, bestätigte sich Krugs Vermutung. Albert hatte tatsächlich schon alles für die Fingerabdrucknahme vorbereitet. Lina schlug vor, dass er gleich mit ihr beginnen sollte und Bruch sah dem Vorgang mit einem äußerst zufriedenen Lächeln zu. Nachdem sie fertig waren, trommelte Krug alle Mitbewohner der WG aus ihren Zimmern und informierte sie darüber, dass einer seiner Kollegen gleich ihre Fingerabdrücke nehmen würde. Er ließ jedoch offen, ob das einfach nur Routinearbeit war oder er tatsächlich schon einen Hinweis hatte. Sollten die Kameraden doch in ihrem eigenen Saft schmoren! Danach erklärte er die Befragungen für den Moment abgeschlossen, bat sie jedoch alle, in der Wohnung zu bleiben und kündigte ihre Rückkehr für den nächsten Morgen an.

Während Mike um Erlaubnis bat, die Toilette aufsuchen zu dürfen und sich in diese Richtung in Bewegung setzte, gingen Krug, Bruch und Lina in das Zimmer von Thomas.

Thomas war wirklich ein ordentlicher Mensch gewesen. Seine wenigen Bücher standen sauber sortiert in seinem kleinen Bücherregal. Das Bett war gemacht und offensichtlich hatte er vor nicht allzu langer Zeit Staub gesaugt. Auf seinem Schreibtisch war alles ordentlich gestapelt, die Schubladen akribisch sortiert. Lina hatte sich das Regal und das Sideboard vorgenommen, Bruch wühlte sich durch den Kleiderschrank und Krug durchforstete den Schreibtisch. Die Unterlagen auf dem Schreibtisch waren offensichtlich Mitschriften von Seminaren, Kopien von Artikeln aus Elektrotechnik-Fachzeitschriften und Ausdrucke verschiedener Studienarbeiten. Das Zeug gehörte offenkundig zu seinem Studium. Krug hatte sich gerade der ersten Schublade zugewandt, da kam Lina mit einem schmalen Büchlein auf ihn zu. Sie streckte es ihm hin.

»Das ist die wohl komischste Ausgabe des ›Kleinen Prinzen‹, die ich jemals gesehen habe.«

Bruch trat hinzu und blickte Krug über die Schulter, als der das Buch durchblätterte. Dieser pedantische, ordnungsliebende Mensch hatte tatsächlich alle Seiten des Buches herausgerissen und sie durch ein Notizbuch ersetzt. Die ersten zwölf Seiten waren jeweils in vier Spalten geteilt. In die erste Spalte waren sporadisch verschiedene Großbuchstaben eingetragen: NAK – fünf Zeilen frei – KLI – acht Zeilen frei – ZRM – siebzehn Zeilen frei. In der zweiten Spalte war jede einzelne Zeile mit einer sinnfreien Buchstaben- oder Zahlenkombination versehen: dvply – ktt – rgn24k. Die dritte Spalte enthielt offensichtlich Daten und wenn in der dritten Spalte ein Datum stand, war auch die vierte Zeile beschrieben. Hinter dem Datum 02.11. fanden sich die Ziffern 07, hinter dem 13.12. die Ziffer 021, hinter 23.02. stand 05 und so fort.

Krug blätterte das Buch wieder und wieder durch und plapperte dabei munter mit sich selbst. »Eine Liste, von der er nicht wollte, dass sie jemand findet, die aber allem Anschein nach sehr wichtig für ihn war. Die Großbuchstaben könnten Initialen sein. Aber die kleinen? Was bedeuten die? Dann Daten und Zahlen, die keinen Sinn ergeben.« Gerade als sich Lina und Bruch einen amüsierten Blick zuwarfen – denn gerade war Bruch wieder auf Schmusekurs –, blickte Krug auf und machte den Vorschlag, dass man dieses Büchlein einmal Mike zeigen sollte. Vielleicht wüsste er ja, worum es sich dabei handelte. Und selbst wenn er es ihnen nicht sagen wollte, sahen sie doch zumindest seine Reaktion.

In diesem Moment brach draußen ein großes Tohuwabohu los. Mehrere Leute schrien wild durcheinander, ein Möbelstück stürzte, etwas stolperte die Treppe hinab. Während Krug noch einzuordnen versuchte, was er soeben gehört hatte, waren Bruch und Lina schon blitzschnell zur Tür geeilt.

»Der haut ab! Der Schlägertyp!« Das war das Einzige, was der rundliche Beamte von der Spurensicherung hervorbrachte, bevor er sich wie im Wahn hinter dem Flüchtigen die Treppe herunterstürzte. Bruch rannte ihm nicht nach, sondern riss das Fenster auf, das von der Küche in Richtung Straße zeigte und rief den Polizisten Schuld und Kaiser zu, dass sie Mike aufhalten sollten. In der nächsten Sekunde kam er auch schon aus der Haustür gestürzt, überrumpelte Kaiser und wollte sich geradewegs durch die aufgeregte Menge vor dem Haus absetzen. Doch Schuld hatte seinen Schlagstock herausgeholt und noch ehe der Flüchtige die Absperrung erreichen konnte, war er k.o. gegangen. Bruch traute seinen Ohren kaum, als die Menschenansammlung vor dem Haus in tosenden Beifall ausbrach. Lina hatte sich zwischenzeitlich zu Bruch ans Fenster gestellt und blickte nun auch hinunter auf die volksfestähnlichen Zustände, die vor dem Haus losgebrochen waren. »Scheiß Gaffer!« Lina sah Bruch an. Hatte er eben das Gleiche gesagt? Bruch sah Lina an. Hatte sie eben das Gleiche gesagt? Und für einen Moment herrschte Frieden zwischen ihnen.

Achtzehn

Mike Stehle wurde in einen Streifenwagen gepackt und schnurstracks ins Polizeipräsidium gefahren. Krug und Bruch waren sich einig darüber, dass der Fluchtversuch Grund genug war, den jungen Mann in Gewahrsam zu nehmen und erst einmal im Vernehmungszimmer schmoren zu lassen. Bruch würde sich nachher um ihn kümmern, wenn sie den Tatort untersucht hatten.

In der WG herrschte helle Aufregung. Der Grund dafür war jedoch weniger der Fluchtversuch selbst, sondern vielmehr die Erleichterung darüber, dass sich nun wohl ein Mörder gefunden hatte. Jeder dachte oder hoffte zumindest, dass er selbst nun nicht mehr im Verdacht stand. Einzig Stella-Claire schien nicht recht an diese wundersame Wendung des Schicksals glauben zu können und wiederholte gebetsmühlenartig immer wieder, dass das nicht sein könne, schließlich habe Mike keinen Grund gehabt, sie zu töten. Doch sie war die Einzige, die glaubte, dass sie das eigentliche Opfer sein sollte. Wenn es wirklich Mike getan hatte, dann war tatsächlich der gestorben, der sterben sollte. Darüber waren sich alle einig – alle bis auf eine.

Die Kommissare und Lina schenkten diesen ganzen Vermutungen kein Gehör. Sollten sich die Bewohner doch in Mutmaßungen über das mögliche Motiv ergehen – Hauptsache sie gingen sich nicht wieder an die Gurgel und ließen sich friedlich ihre Fingerabdrücke nehmen. Die drei gingen zurück in Thomas' Zimmer, wo sich jeder ein neues Paar Handschuhe überstreifte. Bruch hatte vorsorglich ein paar Beutel mitgenommen, in die sie das Buch und andere Dinge packen konnten, die sie möglicherweise noch finden würden. Sie versuchten noch einmal gemeinsam aus den Zahlen und Buchstaben in dem Buch »Der kleine Prinz« schlau zu werden, gaben diese Bemühungen jedoch ziemlich schnell auf. Während Lina das Buch in die erste freie Tüte steckte und diese fachmännisch verschloss, wurde Bruch neugierig.

»Wie kommt es eigentlich, dass Sie so schnell auf dieses Buch gestoßen sind?«

Lina kicherte: »Erst vor zwei Wochen hatte ich mich mit Dunja über das Buch unterhalten. Sie findet es total super, ich nur so lala. Thomas war auch in der Küche und meinte dann beiläufig, dass er sein Exemplar geschenkt bekommen hat und es nur als Kaffeeuntersetzer benutzt. Und als ich es dort im Regal stehen sah, wollte ich eigentlich nur gucken, ob Kaffeeränder drauf sind.«

»Aber es sind keine drauf«, kommentierte Bruch die Situation glasklar.

»Allem Anschein nach hat er eine bessere Verwendung gefunden?!« Sie zwinkerte ihm zu und wandte ihre Aufmerksamkeit wieder dem Regal zu. Im gleichen Moment fragte sie sich, warum sie eigentlich so nett zu ihm war. Er war den ganzen Abend – gelinde ausgedrückt – das reinste Arschloch gewesen. Nicht nur ihr gegenüber. Auch Conrad hatte er anscheißen wollen. Vielleicht bin ich ja einfach nur in netter Laune und denke, dass es vielleicht aus dem Wald herausschallen könnte, wie ich hineinrufe. Viel weiter kam sie mit ihren Gedanken nicht, denn diesmal schien Bruch etwas gefunden zu haben.

»Der Junge war wirklich ein Meister im Verstecken. Ein wahrer Osterhase!« Er wedelte mit einem Briefumschlag. »Der Schrank hat zwei Rückwände, die jedoch wie eine aussehen. Schauen Sie sich das einmal an!«

Krug und Lina kamen zu ihm herüber und beugten sich nacheinander in den Kleiderschrank des Toten. Lina war vor allem von der porentiefen Reinheit beeindruckt. Sie fragte sich immer wieder, wie man so leben konnte. Krug erkannte hingegen sofort, dass es sich bei diesem Schrank um eine Spezialanfertigung handeln musste.

»So etwas bekommst du nicht bei IKEA. Dafür musst du schon in ein Spezialeinrichtungshaus für Bankräuber, Bigamisten, Kinderschänder …«

»… oder Erpresser gehen«, beendete Bruch den Satz. Er hatte den Umschlag vorsichtig geöffnet und den Inhalt mit seinen behandschuhten Händen herausgezogen. Krug stellte sich hinter seine linke Schulter, Lina blinzelte über Bruchs rechten Arm hinweg, der den Inhalt festhielt.

»Pah! Der war schwul? Das passt ja gar nicht zu dem. Aber bestimmt nicht ganz schwul, oder? Nur bisexuell, hm? Ich meine, Frau Bruckner und Frau Weber hat er doch immerhin aufs Korn genommen, oder?« Krug war sichtlich verwirrt. Obwohl es sein Beruf immer wieder mit sich brachte, konnte er sich nicht daran gewöhnen, pornografische – oder in diesem Fall: erotische – Aufnahmen betrachten zu müssen. Schon gar nicht, wenn nur Männer darauf zu sehen waren. Die verständnislosen Blicke von Lina und Bruch stoppten seinen Redefluss. Noch bevor er den Grund dafür erfragen konnte, hatte Lina sein Missverständnis begriffen und erklärte ihm, dass er sich vielleicht mehr die Gesichter als das große Ganze ansehen sollte. Das tat er dann auch und die Erkenntnis traf ihn wie ein Schlag.

»Da haben wir nun also Motiv Nummer fünf und sechs!«

Lina nahm Bruch eines der Bilder aus der Hand, die sich in dem Umschlag befunden hatten, und musterte es genauer. Ohne Frage: Das waren Max und Damian auf diesem Bild – zusammen mit rund einhundert anderen Männern. Wild knutschend. Alle Männer hatten den Oberkörper frei und tanzten miteinander. Auf einer Schaumparty. Auf einer Schwulen-Schaumparty! Sie konnte nicht sagen, dass sie von dieser Wendung tatsächlich überrascht war. Die beiden waren ihr schon immer eine Spur zu vertraut miteinander gewesen, auch wenn sie nicht glaubte, dass sie schon länger ein Paar waren. Max hatte erst vor drei Monaten mit seiner langjährigen Freundin Schluss gemacht – den Grund dafür sah sie jetzt wohl vor sich. Die Bilder waren von sehr schlechter Qualität. Schwarzweiß und sehr unscharf. Dennoch gab es keinen Zweifel, dass das ihr Mitbewohner und sein »bester Kumpel« waren. Die Fotos mussten von einer Überwachungskamera stammen. Und da fiel es Lina wie Schuppen von den Augen. Abrupt drehte sie sich zu Krug und Bruch um, die immer noch auf die anderen Bilder starrten. Der Gesichtsausdruck der beiden zeigte, dass sie gerade alles andere lieber gesehen hätten als diese Bilder. Und doch konnten sie sich erst davon loseisen, als sie von Lina direkt angesprochen wurden.

»Die Fotos kommen von Mike. Dafür lege ich meine Hand ins Feuer. Sie wollen ihn doch nachher noch einmal befragen«, fragte sie an Bruch gewandt, der langsam nickte. »Die Bilder stammen mit Sicherheit von einer Überwachungskamera. Und unser lieber Mike arbeitet im Security-Bereich. Erst letztens hat er Thomas in der Küche erzählt, dass er jetzt nicht mehr an der Tür stehen muss, sondern immer öfter auch innen eingesetzt wird. Wer sagt, dass er dabei nicht auch Monitore anschaut? Ich wusste zwar nicht, dass er auch im ›connexion‹ arbeitet, aber das hat ja nichts zu heißen.«

»Woher wissen Sie, dass die Bilder im ›connexion‹ gemacht wurden?« Bruch machte schon wieder einen genervten Eindruck, als wenn er ihr nicht glauben würde. Daher beschränkte sich Lina auf ein kurzes »Weil ich schon öfter da war« als Antwort. Um die Situation etwas zu entschärfen, schaltete sich Krug wieder in das Gespräch ein.

»Das klingt doch nach einem wunderbaren Plan: Sie nehmen das Büchlein mit zu Stehle und fragen ihn, was es damit auf sich hat. Und die Fotos zeigen Sie ihm auch. Er wird wissen, was Kaufmann damit vorhatte oder was er vielleicht sogar schon damit gemacht hat. Aber lassen Sie vorher prüfen, wessen Fingerabdrücke sich darauf befinden. Und fragen Sie im ›connexion‹ nach, ob er tatsächlich dort arbeitet. Habe ich noch etwas vergessen?«

»Nein, Sir!« Mit diesen Worten und einem äußerst zynischen Unterton machte Bruch auf dem Absatz kehrt, schnappte sich die besagten Gegenstände und verließ ohne jeden weiteren Gruß das Zimmer.

»Etwas schwirig, dein neuer Hiwi, was?«

»Wir müssen nachsichtig mit ihm sein – zumindest noch. Der Kerl hat eine schwere Zeit durch. Er ist gegen seinen Willen hierher versetzt worden und das macht ihn verständlicherweise etwas stinkig. Ich habe einen alten Bekannten in Hamburg angerufen, der bei der Polizei dort ein nicht ganz so kleines Tier ist. Der konnte mir nicht sagen, was genau vorgefallen ist. Aber wie es aussieht, hat unser lieber Stefan Bruch wohl ein bisschen zu viel gewusst und musste für jemand anderen – mit mehr Vitamin B – über die Klinge springen.«

»Und wieso packt er nicht aus? Lieber die da oben anscheißen, als es sich gleich mit den neuen Kollegen hier verderben, oder?«

»Vielleicht hofft er ja darauf, dass sie ihn zurückholen, wenn er bewiesen hat, dass er verschwiegen ist und sich loyal allem Leid beugt.«

Lina verdrehte die Augen. »Der moderne Hiob? Das kann er knicken: Die Zeiten sind vorbei!«

Krug konnte nicht anders, als ihr beizupflichten. Er sah sich noch einmal in dem Zimmer des Opfers um, bevor er auf die Uhr sah. Es war zwanzig nach eins. Zeit ins Bett zu gehen. Er scheuchte Lina in die Küche und schloss Thomas' Zimmertür. Einige der Mitbewohner drückten sich in ihren Türrahmen herum und beobachteten die Arbeit der Polizisten in der Küche. Krug ging zu Dirk Albert hinüber, der gerade abwog, ob es sich überhaupt lohnte, den Glassplitter, den er mit einer Pinzette knapp vor sein Auge hielt, zu untersuchen. Die beiden murmelten ein paar knappe Sätze, dann kam Krug zu den Bewohnern der WG herüber. Auch Lina hatte sich in ihren Türrahmen gelehnt. Jetzt war sie keine Ermittlerin mehr, sondern nur noch ein besorgtes WG-Mitglied. Krug entließ sie alle in ihre Zimmer und verabschiedete sich:

»Sobald die Kollegen von der Spurensicherung ihre Arbeit beendet haben, ist der Tatort wieder freigegeben«, erklärte er ihnen freundlich, wenn auch recht steif. »Wenn Sie morgen früh aufwachen und keinen Ermittler von der Spurensicherung mehr sehen, dürfen Sie die Küche also gerne aufräumen. Versuchen Sie alle, etwas zu schlafen, wir haben morgen wieder einen anstrengenden Tag vor uns. Ich wünsche Ihnen eine gute Nacht.«

Als Krug die Wohnung verlassen wollte, lief ihm Florian

Kaiser über den Weg. Er griff sich den jungen Beamten, flüsterte ihm ein paar Sätze zu. Kaiser nickte und schaute sich kurz in der Wohnung um. Dabei sah er, wie sich alle Bewohner in ihre Zimmer zurückzogen. Das Schließen der Türen zog ein lautes Knacken in allen vier Schlüssellöchern nach sich. Offenbar glaubten sie doch nicht ganz an ihre eigene Theorie, dass der Mörder bereits geschnappt sei.

Neunzehn

Es war erst viertel vor acht als Dunja am nächsten Morgen aufwachte. Geschlafen hatte sie so gut wie gar nicht. Sie hatte ihr Bett mit Samira teilen müssen, die in dieser Nacht an die 30 Alpträume gehabt zu haben schien. Alle paar Minuten hatte sie wie am Spieß geschrien, um sich geschlagen und getreten. Dunja war es immer nur mit äußerster Mühe gelungen, sie wieder zu beruhigen. Auch jetzt zuckte Samiras rechtes Bein schon wieder verdächtig in Dunjas Richtung. Bevor sie sich den nächsten Tritt einhandelte, kletterte sie aus dem Bett in Richtung Couch. Hier verharrte sie einige Minuten, unfähig sich zu bewegen. Ihr war schlecht und schwindelig. Sie fühlte sich, als hätte sie am Vorabend drei Kisten billigen Wein allein getrunken. Zumindest dachte sie, dass sich das so anfühlen musste. Sie war ja noch nie in ihrem Leben betrunken gewesen und hatte daher auch nur eine vage Vorstellung davon, wie sich ein Kater anfühlte. Sie griff neben die Couch, in der Hoffnung, dass die Flasche Wasser dort noch stehen möge, die sie am Vorabend dort abgestellt hatte. Zu ihrer Freude stand sie tatsächlich noch da und Dunja spürte, wie mit jedem Schluck ihre Lebensgeister zurückkehrten. Nachdem sie die halbe Flasche geleert hatte, traute sie sich wieder, ihre Augen zu öffnen. Das Zimmer lag im Halbdunkel. Durch die kleinen Schlitze im Rollladen konnte sie erkennen, dass der Tag draußen schon begonnen hatte. Sie sah hinüber zu Samira, die nun schlief wie ein Engel. Fast wurde sie etwas böse auf ihre kleine Schwester: Die ganze Nacht war sie von ihr getriezt worden und nun schlummerte sie friedlich, nachdem sie ihre große Schwester aus deren eigenem Bett vertrieben hatte. Doch es war ihr ganz recht, dass Samira jetzt fest schlief. Sie griff unter das Couchkissen, auf dem sie gerade saß, schob die Verkleidung des Couchgestells beiseite und holte ihr Tagebuch aus dem Spalt zwischen Lehne und Sitzfläche. Seit gestern Nachmittag war einiges geschehen, was sie nachtragen musste. Dunja griff nach ihrem Lieblingsstift, den sie glücklicherweise auf dem Tisch zwischen Samiras Modezeitschriften, Kaugummiverpackungen, diversen Packungsbeilagen und Cracker-Boxen entdeckte, und begann zu schreiben.

Eine halbe Stunde später hatte sie sich die Ereignisse des vergangenen Tages von der Seele geschrieben und ihr Tagebuch wieder sicher versteckt. Da frage noch jemand, warum sie sich nicht von ihrer alten Couch trennen wollte. Wo sonst hätte sie solch ein bombensicheres Versteck für ihr Tagebuch gefunden? Allerdings freute sie sich schon auf ihre erste eigene Wohnung – endlich keine Versteckspiele mehr! Endlich würde sie sich frei bewegen können, ohne ständig auf ihr Hab und Gut achtgeben zu müssen. Insgeheim fragte sie sich, wann es wohl so weit sein würde. Ob Samira tatsächlich mit ihr zusammenziehen würde? Gestern hatte sie es noch bereitwillig angeboten, doch je mehr sie darüber nachdachte, desto mulmiger wurde ihr Gefühl im Magen. Sie waren beide schon sehr verschieden. Und so recht wollte sie es nicht einsehen, warum sie schon wieder auf alles – vor allem ein eigenes Leben – verzichten sollte, nur weil sich ihre Schwester hatte schwängern lassen. Sie wusste, wie es ausgehen würde: Samira auf Party, Dunja daheim beim Babysitten. Nein, eigentlich hatte sie keine Lust darauf. Aber dass sie am Ende tatsächlich »Nein« sagen könnte, traute sie sich selbst nicht recht zu.

Während sie diesen und anderen Gedanken nachhing, zog sie sich an. Sie wollte nachsehen, ob die Polizei schon weg war und sie die Küche aufräumen könnte. Und tatsächlich: Als sie ihren Kopf durch die Tür streckte, sah sie niemanden. Weder einen Polizisten noch einen ihrer Mitbewohner. Der alte Kommissar hatte gesagt, dass sie aufräumen konnten, wenn alle weg waren. Also wollte sie das auch tun. Die Polizei hatte wirklich ziemlich viel Scherben mitgenommen. Gut, das reduzierte die Gefahr, dass sie sich beim Aufräumen schnitt. Sie betrachtete das Durcheinander auf dem Küchenfußboden. Kaum zu glauben, dass hier vor Kurzem noch eine Leiche gelegen hatte. Sie versuchte den Gedanken daran zu verdrängen. Denn dieser Gedanke zog die Erinnerung an die Befragung durch die Polizei hinter sich her und diese Erinnerung schrie ihr mitten ins Gesicht, was für eine blöde Kuh sie doch gewesen war. Und dieser Schrei ließ sie mächtig wütend werden – auf Thomas! Wie hatte sie dieser Kerl nur so gemein anlügen können? Die ganze Zeit hatte er beteuert, dass er sie bei ihrem Kampf gegen die Schnorrerin unterstützte, und in Wahrheit war er froh, dass sich eine neue Gespielin für ihn gefunden hatte. Was für ein Schwein! Wenigstens hatte sie immer gedacht, dass er Geschmack hatte und sich nur hübsche Mädchen heraussuchte. Aber noch nicht einmal mehr das konnte sie ihm jetzt zugutehalten.

Man soll nicht schlecht von Toten denken, ermahnte sie sich selbst und krempelte ihre Ärmel hoch. Sie zog den Mülleimer direkt neben das Chaos, schnappte sich das

Kehrblech und den kleinen Besen und schaufelte alles, was kaputt aussah, in den Müll. Der Besen verklebte durch die aufgeweichten Essensreste und die teilweise immer noch feuchten Bier- und Apfelschorle-Lachen. Sie würde am Montag einen neuen kaufen. Den hätte sie nach diesem Reinemachen ohnehin nicht mehr benutzt. Leichenbesen! Als sie gerade den groben Dreck beseitigt hatte, kam Max unsicher aus seinem Zimmer heraus. Dunja bemerkte ihn augenblicklich, wollte ihn jedoch so lange wie möglich ignorieren. Max murmelte schuldbewusst eine Begrüßung und wartete kurz eine Reaktion ab. Als diese ausblieb, bog er schnell ins Bad ab.

Fünf Minuten später erschien er wieder. Ohne zu fragen, schnappte er sich den Putzeimer und ließ frisches Wasser ein. Dabei beobachtete er Dunja ohne Unterlass. Diese versuchte sich jedoch den Anschein zu geben, als hätte sie noch nicht einmal mitbekommen, dass sie nicht mehr allein im Raum war. Sie richtete den Tisch wieder auf, stellte die Stühle hin, die am vorherigen Abend mit umgefallen waren, und putzte alle in Mitleidenschaft gezogenen Stuhl- und Tischbeine. Mehrere Male flüsterte Max »Dunja?« in ihre Richtung, doch jedes Mal kam keine Antwort. Gerade wollte sie den letzten Stuhl auf den Tisch hieven, damit er dort oben in Ruhe trocknen konnte, als Max ihr in den Arm griff. Sie fluchte innerlich. Nach diesem Stuhl hatte sie in ihr Zimmer zurückgehen wollen. Doch jetzt konnte sie ihn nicht mehr ignorieren. Dann also Flucht nach vorne:

»Was willst du? Scheinheiliger Schweinepriester!«

»Was ist denn los?«, fragte Max kleinlaut, als hätte er tatsächlich keine Ahnung, was Dunja am Vorabend erfahren haben könnte.

Diese Ignoranz machte sie erst richtig wütend. Sie

schubste Max weg und warf ihm all die Sachen an den Kopf, die sie sich in ihrer schlaflosen Nacht für ihn überlegt hatte. Erst nachdem sie ein paar Minuten auf ihn eingeredet hatte – schreien ging ja nicht, wenn sie die anderen nicht aus ihren Zimmern hervorlocken wollte –, fand Max den Mut, auch etwas zu sagen. Er nahm sie in den Arm, auch wenn sie sich heftig dagegen wehrte.

»Ich wollte dich nicht aufregen.«

»Nicht aufregen? Weißt du eigentlich, was wir für eine Waffe gegen diese Kuh gehabt hätten? Tobias hätte sie doch achtkantig vor die Tür gesetzt, wenn er das erfahren hätte.«

»Meinst du wirklich, dass ich das nicht versucht habe?« Fast war Max etwas böse, dass sie ihm solch einen Blödsinn unterstellte. Dunja versuchte jetzt nicht mehr, gegen seine Umarmung anzukämpfen. Sie sah ihn mit großen Augen an und so fuhr Max fort. »Natürlich habe ich es ihm gesteckt. Zuerst hat er mir kein Wort glauben wollen, aber irgendwann hat er es akzeptiert. Ich fragte ihn, was er nun machen würde. Er sagte nur, dass das nicht meine Sorge sein soll. Er würde sich schon darum kümmern.«

»Wann war das?«

»Vor circa einem Monat.«

»Meinst du, er hat sich gestern darum gekümmert?«

»Zuerst dachte ich das. Aber nach der Show, die Mike abgezogen hat, denke ich nicht mehr, dass Tobias etwas damit zu tun hat.« Nach einer kurzen Pause fügte er hinzu: »Es tut mir ehrlich leid, dass ich es dir nicht gesagt habe. Aber ich dachte mir, dass das an der Situation nichts geändert hätte. Sie hätte weiterhin die coole Karte gespielt, selbst wenn du sie damit konfrontiert hättest. Die hätte das doch nur als weiteren Punkt für sich verbucht und dich damit aufgezogen, dass sie eben jeden haben kann. Oder?«

»Wahrscheinlich hast du recht. Trotzdem hättest du es mir sagen müssen.« Als Friedensangebot nahm sie seine Vermutung auf, dass Mike wohl Thomas getötet hatte und fing wilde Spekulationen über sein mögliches Motiv an. Max war dankbar, dass sich die Wogen geglättet hatten, und machte sich eifrig daran, dem verhassten Wadenbeißer ein überzeugendes Motiv an den Hals zu dichten.

Nach und nach kamen auch alle anderen aus ihren Nestern gekrochen. Nachdem Dunja und Max die Überbleibsel des gestrigen Dramas beseitigt und sich zum Frühstück an den Tisch gesetzt hatten, gesellte sich schnell auch Damian zu ihnen. Wenig später betraten Stella-Claire und Tobias die Küche und auch sie setzten sich mit an den Tisch. Selbst Lina kam an diesem Morgen heraus. An und für sich hatte sie keinen Grund, aus ihrem Zimmer zu kommen. All ihre Teller, Gläser, Bestecke, Vorräte und Küchengeräte hatte sie schon vor Wochen aus der Küche entfernt, damit sie ihr Zimmer so wenig wie möglich verlassen musste. Sie hatte lange überlegen müssen, was wohl ein guter Vorwand war, um doch hinausgehen zu können. Sie wollte unbedingt hören, was ihre Mitbewohner zu den Ereignissen des vorangegangenen Abends zu sagen hatten. Also schnappte sie sich ihren Wasserkocher, einen Teebeutel und eine Tasse und machte sich auf den Weg in die Küche. Einen Wasserhahn hatte sie schließlich nicht in ihrem Zimmer. Und die anderen dürften eigentlich nicht wissen, dass sie sich ihren Tee schon seit Wochen mit stillem Mineralwasser aus der Flasche kochte. Ihre Mitbewohner guckten nicht schlecht, als sich ihre verlorene Tochter plötzlich wieder zu ihnen gesellte. Nachdem sie sie am Vorabend mit den Polizisten zusammen gesehen hatten, machten sie sich jedoch keine

Illusionen, warum Lina plötzlich wieder Interesse an einem gemeinsamen Frühstück und einer frischen Tasse Tee zeigte. Doch wollte sich keiner dadurch verdächtig machen, dass er sie offen auf ihre Rolle in dieser Sache ansprach. Also führten sie ihr Gespräch unbeirrt fort. Es war sowieso nur darum gegangen, welches Motiv Mike für den Mord hätte haben können – damit konnte man sich ja schlecht selbst belasten.

Als Letzte kam nun auch Samira in die Küche. Verschlafen und zerzaust bat sie Lina, dass sie auch etwas Wasser für sie aufkochen sollte und ließ sich neben ihre Schwester an den Tisch plumpsen. Lina fiel sofort auf, dass sich offenkundig niemand daran zu stören schien, dass an diesem Tisch vor gerade einmal zwölf Stunden jemand ermordet worden war. Wie abgebrüht musste man sein, dass man sich sofort wieder dorthin setzte, gemütlich sein Müsli aß und die ganze Sache besprach, wie einen Krimi, den man letzte Woche im Fernsehen gesehen hatte? Sie aßen und tranken an einem Tatort, als wäre das die normalste Sache der Welt. Der Begriff »Leichenschmaus« bekam für Lina eine ganz andere Bedeutung. Sie selbst blieb lieber hinter dem Küchentresen stehen und verfolgte das Gespräch aus sicherer Entfernung – weit ab der bösen Menschen und des bösen Ortes.

»Ich persönlich denke ja, dass Thomas und Mike irgendwelche krummen Sachen am Laufen hatten«, gab Tobias seine Ansicht zum Besten. »Vielleicht haben sie sich ja über die Aufteilung der Beute gestritten?«

»Wie in einem schlechten Piratenfilm?«, gab Dunja zu bedenken. »Nein, ich denke, dass Mike ein Auftragskiller ist, der von einem der gehörnten Ehemänner geschickt wurde.«

»Und warum hat er dann so lange damit gewartet?« Samira schien von dieser Theorie nicht überzeugt. »Vielleicht hat Thomas ja etwas über Mike gewusst, was er nicht wissen durfte.«

»Und was sollte das sein? Dass er ein schlecht angezogenes Arschloch ist?« Nach Damians letzter Bemerkung, kicherten alle am Tisch. Meine Güte, selbst die werdende Mutter findet das alles lustig, schoss es Lina durch den Kopf. Die sind doch alle nicht ganz dicht! Außer Lina hatte nur Stella-Claire nicht über diesen Witz gelacht. Sie hatte schon den ganzen Morgen nichts gesagt. Doch nun wurde es ihr zu bunt.

»Ich denke immer noch, dass es den Falschen erwischt hat.«

»Jetzt komm bitte nicht wieder damit, dass ja eigentlich du das Opfer sein solltest. Ich persönlich hätte zwar nichts dagegen, aber deinetwegen macht sich doch niemand die Hände schmutzig.« Max funkelte Stella-Claire böse über den Tisch hinweg an und sie funkelte mindestens genauso böse zurück.

»Du dämlicher Hammel! Ich rede überhaupt nicht – zwangsläufig – von mir. Ich rede davon, dass es gegen jeden hätte gerichtet sein können. Und ich rede davon, dass jeder etwas gesehen haben könnte. Wenn ihr euch nur kurz von der Vorstellung lösen würdet, dass es der Mörder tatsächlich auf Thomas abgesehen hatte, seid ihr vielleicht im Stande, Dinge, die ihr gesehen habt, richtig einzuordnen. Aber ihr verliert euch lieber in euren Spekulationen, die nirgendwohin führen. Ich hingegen habe mir letzte Nacht Gedanken gemacht und bin schon drei Schritte weiter als ihr. Ich habe Dinge erkannt, die ihr noch nicht einmal glauben würdet, wenn sie euch ins Gesicht springen.«

Auf diese kleine Ansprache folgte betretenes Schweigen, in der jeder einzuordnen versuchte, wie er das Gesagte verstehen sollte. Doch mit einem Mal schreckten alle hoch.

»Na, na, na, Frau Bruckner. Was wollen Sie uns denn damit sagen?« Florian Kaiser war aus Thomas' Zimmer getreten, lehnte sich lässig an den Türrahmen und sortierte wie nebenbei ein paar Briefe.

Zwanzig

Die Küche hätte sich nicht schneller leeren können, wenn jemand eine Stinkbombe mitten hineingeworfen hätte. Fast hätte Lina laut losgelacht, als alle ihre Mitbewohner plötzlich superwichtige, unaufschiebbare Dinge zu erledigen hatten. Dunja musste Blumen gießen, Tobias seine Mutter anrufen und Max E-Mails schreiben. Und alle benötigten dabei dringend die Hilfe ihrer Freunde. Dass Dunja das Wasser für ihre Blumen vergaß, Tobias seiner Mutter wenn irgend möglich aus dem Weg ging und der Laptop von Max schon seit Wochen kaputt war, spielte bei ihren jeweiligen Plänen wohl nur eine untergeordnete Rolle. Nachdem alle ihrer Wege gegangen waren, fragte Lina, ob der junge Beamte wisse, wann Conrad kommen würde. Sie hielt nichts davon, den Vornamen einer Person zu gebrauchen, wenn man selbst mit ihr per Du war, der Mensch, mit dem man über diese Person sprach, aber nicht. Für sie war das unhöflich und hatte etwas von unangebrachter Angeberei an sich. Aber bei Conrad wusste sie, dass jeder seiner Kollegen mit ihm per Du war.

»Er ist eben mit dem Auto vorgefahren. Deshalb habe ich auch meine Stellung aufgegeben. Ich wollte ihre verdutzten Gesichter sehen, bevor er in die Szene poltert. Ich hoffe, Sie verpetzen mich nicht!« Kaiser hatte sein Auftritt sichtlich Spaß gemacht und Lina schöpfte gleich Vertrauen zu dem jungen Polizisten. Er war bestimmt zwei, drei Jahre jünger als sie, wirkte jedoch sehr reif für sein Alter – auch wenn ihm der Schalk noch aus dem Nacken schaute. Daher bot sie ihm nicht nur einen Tee, sondern auch das Du an. In diesem Moment klopfte Krug an die Wohnungstür.

Er schnaufte, schwitzte und stöhnte noch mehr als am Vortag, als er sich auf einen der Barhocker vor dem Küchentresen fallen ließ. Lina bereitete auch ihm einen Tee zu und Kaiser und sie berichteten, was sich an diesem Morgen schon alles ereignet hatte. Kaiser verpetzte sich selbst, so stolz war er auf seinen kleinen Schockeffekt und Krug klopfte ihm anerkennend auf die Schulter. Er hatte ihn in der Nacht auf seinen Posten im Zimmer des Toten abkommandiert. Einerseits wollte er wissen, ob irgendjemand verdächtig in der Wohnung oder Thomas' Zimmer herumschnüffelte. Diese Frage konnte Kaiser verneinen. Die ganze Nacht hatte sich kein Mensch gezeigt. Auf der anderen Seite sollte Kaiser lauschen, was sich die Mitbewohner alles zu sagen hatten, wenn sie dachten, dass sie unbeaufsichtigt wären.

»Mensch, Conrad! Das hättest du mir doch auch sagen können, dann wäre ich heute Morgen in meinem Zimmer geblieben. So waren sie doch gewarnt und haben nicht so viel erzählt, wie sie es vielleicht ohne mich getan hätten.«

»Meine liebe Lina! Ich denke, die Bananenköpfe haben auch so genug ausgeplaudert. Deinem Bericht, Florian, entnehme ich, dass Frau Weber wohl wirklich nichts von der Affäre zwischen Frau Bruckner und Herrn Kaufmann gewusst hat. Damit scheidet das Motiv also aus. Aber es ist ja nicht so, dass wir einen Motivmangel bei dieser Dame zu beklagen hätten. Und der lieben Frau Bruckner werde ich bei Gelegenheit auch noch besonders auf den Zahn fühlen. Die hat etwas gesehen.«

»Oder sie will sich nur wieder wichtigmachen und ihren Mitmenschen Angst einjagen.«

»Na, das werden wir ja sehen. So, mein Junge. Ich denke, für dich wird es Zeit für den Feierabend!« Man konnte Kaiser ansehen, dass er froh war, endlich nach Hause in sein Bett zu kommen. Krug bedankte sich noch dreimal für seinen Einsatz und geleitete den jungen Mann zur Tür. Nachdem er die Wohnungstür geschlossen hatte, setzte er sich wieder zu Lina an den Tresen.

»So, nun habe ich aber auch erst einmal ein paar Dinge zu berichten. Erstens: Wir werden heute wohl sehr wenig vom Kollegen Bruch sehen.« Lina konnte nicht behaupten, dass sie diese Aussicht sonderlich bedrückte. »Der Gute verfolgt nämlich eine neue Spur und muss dafür quer durch die Stadt recherchieren. Aber gut: Eins nach dem anderen!«

Und Krug berichtete ihr von den Erkenntnissen, die die Kollegen im Präsidium in der vergangenen Nacht gewonnen hatten. Sie hatten alle Fingerabdrücke durch den Computer gejagt – und hatten drei Übereinstimmungen mit denen von Mike und sage und schreibe fünf mit denen von Thomas gefunden. Nur ein einziges Mal waren beide zusammen aufgetaucht. Die anderen sieben Abdrücke, waren an sieben verschiedenen Orten gefunden worden.«

»Und was waren das für Orte?«

»Häuser und Wohnungen, in die eingebrochen worden war.«

»Wer ist denn bitte so blöd und bricht ohne Handschuhe in eine Wohnung ein?«

»Okay, das habe ich falsch formuliert: Häuser und Wohnungen, in denen etwas gestohlen worden war.« Lina wartete auf nähere Informationen und bekam sie auch.

»Alle Wohnungen oder Häuser gehören wohlhabenden – teilweise älteren – Damen. Teils reich verwitwet, teils reich geschieden, teils reich getrennt lebend, teils ledig, aber trotzdem gut betucht. Und ihnen allen wurden wertvolle Sachen entwendet. Meist während oder nachdem sie eine große Party veranstaltet hatten, bei der jeder den Überblick verloren hatte, ob tatsächlich nur geladene Gäste anwesend waren. Aber drei tatsächliche Einbrüche waren auch dabei. Kollege Bruch hat heute Morgen schon bei drei der Damen angerufen und herausgefunden, dass sie alle Herrn Kaufmann kannten. Woher genau konnte Bruch noch nicht in Erfahrung bringen, das wollte ihm keine am Telefon erzählen. Also fährt er heute quer durch die Stadt und besucht die sieben Damen. Und ich habe so das Gefühl, dass alle Herrn Kaufmann kannten.«

»Ich gehe sogar noch einen Schritt weiter: Sie kannten ihn nicht nur, sondern hatten auch ein Verhältnis mit ihm.« Um diese Vermutung zu erklären, fügte sie knapp hinzu: »Erfahrungswerte – der konnte von keinem Rock die Finger lassen.«

Sie beschlossen keine voreiligen Schlüsse zu ziehen. Jedoch stimmten sie insgeheim Tobias' Vermutung vom Frühstückstisch zu: Streit um Diebesbeute hatte schon oft als Motiv für einen Mord hergehalten. Aber irgendwie wollte die Art und Weise nicht so recht ins Bild passen.

»Hat sich Mike schon zu irgendetwas geäußert? Was hat er zu dem Buch gesagt? Und zu den Fotos?«

»Nichts. Der schweigt und faselt nur ständig etwas von Anwalt und dass er es nicht war. Wahrscheinlich will er sich nur nicht verplappern wegen der Diebstahl-Sache. Ich fahr nachher noch einmal rein. Oder Bruch übernimmt ihn. Kommt drauf an, wer früher fertig ist.«

Als Nächstes verkündete Krug ein Ergebnis der Spurensicherung, das Lina jedoch nicht unbedingt überraschte. In einem der Spritzer Apfelsaftschorle hatte sich eine exorbitant hohe Menge E 605 befunden. »Damit hättest du einen Ochsen umhauen können. Das Ergebnis der Obduktion ist selbstverständlich noch nicht da, aber es steht wohl außer Frage, dass du recht hattest und dieses nette kleine – äußerst illegale – Insektizid für den Tod von Thomas Kaufmann verantwortlich ist.«

»Zeig mir bitte noch einmal den Zettel mit der Sitzordnung!«

Krug kramte in seiner Manteltasche und breitete das Papier zwischen Lina und sich aus.

Lina betrachtete den Zettel intensiv und ließ ihren Gedanken dann freien Lauf. »Wenn es Apfelsaft war, kann eine Verwechslung mit den Gläsern von Tobias und Mike ausgeschlossen werden, da die beiden Bier tranken. Wenn er also nicht aus seinem eigenen Glas getrunken hatte, konnte es nur Stella-Claire, Samira oder Dunja gehört haben. Wenn es aus Versehen vertauscht wurde und er nicht das Opfer sein sollte! Das schließt auch aus, dass Mike oder Thomas hätten dran glauben sollen. Es sei denn, sie haben gelogen, um uns genau zu dieser Schlussfolgerung zu bringen. Und das ist nicht auszuschließen, schließlich geht es darum, einen Mord zu vertuschen, da wird ein Mörder wohl kaum Skrupel wegen einer kleinen Lüge bekommen. Okay, also anders herum.«

Nach kurzem Überlegen fuhr sie fort: »Angenommen Thomas war tatsächlich das ursprüngliche Ziel. Dann hätte jeder am Tisch zu jeder Zeit sein eigenes Glas mit dem von Thomas vertauschen können – und in sein eigenes Glas kann man sich leicht unbemerkt etwas mischen, das interessiert niemanden. Vielleicht war es ja das, was Stella-

Claire gesehen hat. Da müssen wir sie nachher noch einmal fragen«, sagte sie mehr zu sich als zu Krug. »Es ist aber mehr als unwahrscheinlich, dass ihm jemand das Zeug direkt am Tisch ins Glas gegeben hat. Wenn sein Glas also nicht absichtlich vertauscht wurde, er jedoch sterben sollte, hätte das Gift hier an der Theke in sein Glas gelangen müssen.« Sie griff in Krugs Manteltasche, aus der er auch schon das erste Papier geholt hatte, und legte die Zusammenfassung des gestrigen Abends vor sich hin. Jeder andere hätte bei dieser Aktion vermutlich zugeschlagen, aber Krug kannte Lina und ihre Art, den Dingen auf den Grund zu gehen, genau. Darum ließ er es geschehen und grinste nur still vor sich hin.

»Und wenn das Gift an der Theke dazugegeben wurde, hätte es nur noch …« – sie studierte das Blatt – »… jeder sein können. Scheiße! Jeder hatte die Möglichkeit und alle Zeit der Welt, ihn zu vergiften. Man, ist das zum Kotzen. Wenn der Idiot wenigstens nicht den Tisch umgerissen hätte …«

Lina war stinksauer. Wie konnte man sich beim Sterben nur so blöd anstellen. Wollte der Depp etwa nicht, dass man seinen Mord aufklärt?

In diesem Moment konnte Krug nicht mehr an sich halten und prustete lauthals los. Nachdem er sich wieder halbwegs beruhigte hatte, erklärte er der völlig verdutzten Lina: »Du bist so eine süße Maus! Warst du schon immer. Wenn sich etwas nicht augenblicklich logisch erklären oder lösen lässt, wirst du wild wie ein angeschossener Eber. Ich konnte eben förmlich deine Gedanken lesen: ›Kann der Hornochse nicht anständig sterben, ohne alle Spuren zu vernichten?‹ Du bist einfach ein Unikat! Mann, wie habe ich dich vermisst. Wir dürfen uns nie wieder aus den Augen verlieren, versprochen?!« Mit diesen Worten drückte er sie ganz fest an sich und ihre Wut war augenblicklich verflogen. Ja, das war ein schöner Gedanke!

Nach diesem kurzen Anflug von Sentimentalität rissen sie sich wieder zusammen und überlegten, wie sie weiter vorgehen wollten. Sie waren sich einig, dass sie die Gläser-Geschichte nirgendwohin bringen würde. Sie hatten ohnehin schon viel zu viel Zeit darauf verschwendet. Wenn die Spurensicherung noch zu irgendeiner Erkenntnis kommen sollte, war das fein. Aber sie wollten sich nicht mehr darauf verlassen. Sie wollten lieber nach dem Motiv suchen. Und den Anfang machten sie wieder bei Max und Damian.

Das erneute Verhör verlief ungemein schnell und erfolgreich. Sie hatten fast erwartet, dass Max alles abstreiten und die Bilder als Fälschung bezeichnen würde. Krug hatte das Kuvert am Morgen aus dem Präsidium abgeholt, nachdem die Spurensicherung darauf und auf den einzelnen Bildern ungefähr tausend Fingerabdrücke von Thomas und Mike gefunden hatte. Krug schickte ein kurzes »Guten Morgen« in den Raum, auf das er keine Antwort erhielt, und warf den Umschlag einfach kommentarlos auf den Tisch. Augenblicklich brach Max in Tränen aus, womit sowohl Echtheit der Bilder als auch Motiv als erwiesen galten. Nachdem er abends noch die Souveränität in Person markiert hatte, fing er nun zu stammeln an. Krug und Lina ließen ihn gewähren. Wer weiß, was er in diesem Zustand alles ausplauderte.

»War ja klar, dass Sie die finden mussten. Dieser Drecksack. Hat mich erpresst. Der wollte 50.000 Euro von mir. 50.000. Können Sie sich das vorstellen? Wo sollte ich die denn hernehmen? Der dachte wirklich, dass dieses beschissene ›Von‹ sofort ein fettes Bankkonto zaubert. Dieser Idiot hat sogar vorgeschlagen, dass ich meinen Vater fragen soll. Hallo? Dann hätte ich ihm ja auch gleich die Bilder zeigen können. Oh Mann, Sie dürfen ihm das auf gar keinen Fall erzählen. Wenigstens, bis mein Studium rum ist. Der dreht mir den Geldhahn ab, wenn er das erfährt. Thomas hat das auch gewusst. Der dreckige kleine Bastard. Hat mich erpresst. 50.000 Euro oder die Bilder landen per Post direkt auf dem Schreibtisch meines Vaters. 50.000 Euro. Als ob der danach aufgehört hätte. Der hätte mich ewig bluten lassen. Damian oder Familie? Wie kann man von jemandem so eine Entscheidung verlangen. Vor allem jetzt noch nicht. Irgendwann sage ich es ihm bestimmt. Aber ich weiß, wie er reagiert. Der dreht durch. Der knallt mich ab. Der hasst Leute wie uns. Und meine Mutter kriegt einen Herzinfarkt. Und er knallt mich ab. Oh Mann, und das so kurz vorm Abschluss.«

Max winselte und winselte. Mit jedem Wort hörte Lina einen kleinen, verzogenen Bengel, der vor lauter Silberlöffeln im Mund kaum sprechen konnte. Sie wusste, dass ihm sein Vater – gelinde formuliert – scheißegal war. Max konnte seine ganze Familie nicht ausstehen. »Alles Snobs«, pflegte er immer zu sagen. Aber auf die Privilegien dieser Snobs wollte er trotzdem nicht verzichten. Aber war er zur Wahrung seiner Privilegien auch im Stande, einen Mord zu begehen? Krug stellte in diesem Moment genau die richtig Frage.

»Und was wollten Sie tun?«

»Was hätte ich denn tun können? Zahlen! Ich wollte morgen mit meinen Vater reden.« An dieser Stelle verfiel er wieder ins Lamentieren. »Der hätte mir nie geglaubt, dass ich ein neues Auto brauche. Und was wäre passiert, wenn ich mir dann gar kein Auto gekauft hätte. Blöd ist er ja schließlich auch nicht. Der hätte mich kaltgestellt. Der hätte mir das an der Nasenspitze angesehen. Der wäre ausgeflippt. Deswegen haben wir auch gesagt, dass wir das anders regeln müssen. Wir haben den ganzen Abend nachgedacht und schwupp, war die Sache geregelt.« Max verfiel in ein freudloses Lachen. »Und schwupp, lag er auf dem Boden und röchelte und alles war wieder in Ordnung. Danke schön, lieber Mörder! Vielen lieben Dank!«

Die letzten Sätze hatte er wie in Trance gesprochen, doch nun schien ihm ein Gedanke gekommen zu sein. Er wandte sich an Krug und klammerte sich förmlich an dessen Ärmel. »Meinen Sie, dass ich nun von Mike erpresst werde?«

»Ich denke, Herr Stehle hat momentan andere Probleme.« Unsanft löste Krug seinen Arm aus der Umklammerung. »Bitte halten Sie sich beide zu unserer Verfügung und verlassen Sie auf gar keinen Fall die Wohnung.«

Zurück in der Küche, rief er im Präsidium an und forderte zwei Wachen für die Wohnung an.

»Ein brandheißer Kandidat, findest du nicht auch?«

Lina musste ihm recht geben. »Aber Damian sollten wir auch nicht vergessen. So mitleidig und verliebt, wie er Max eben angesehen hat, traue ich ihm alles zu, um Max zu schützen.«

Das nächste Verhör gestaltete sich leider weitaus schwieriger als das vorherige. Tobias schien nicht im Mindesten bereit, zuzugeben, dass auch er ein Motiv für den Mord an Thomas Kaufmann gehabt hatte. Überraschende Rückendeckung bekam er dabei von seiner Freundin.

»Herr Quadflieg, geben Sie doch zu, dass Sie eifersüchtig auf Herrn Kaufmann waren«, versuchte es Krug nun schon zum dritten Mal. An und für sich hatte er Stella-Claire und ihr Geständnis da heraushalten wollen – er wollte schließlich keinen weiteren Mord riskieren. Aber nun sah er einfach keine andere Möglichkeit mehr.

»Wir wissen, dass Ihre Freundin ein Verhältnis mit dem Opfer hatte, und wir wissen auch, dass Sie davon wussten.«

»Woher hätte ich so etwas wissen sollen. Das ist eine glatte Lüge.«

»Herr von Schmack-Lübbe hat es Ihnen erzählt! Und so ziemlich jeder in der WG wusste es und ist der felsenfesten Überzeugung, dass Sie schon sehr blöd sein müssten, um das alles nicht mitzubekommen.«

»Was wissen die denn schon?« Er strafte Lina mit einem hasserfüllten Blick. Krug hatte diesen bemerkt und stellte fest: »Von Frau Stark habe ich diese Information nicht. Das habe ich von Ihren anderen Mitbewohnern. Und Herr von Schmack-Lübbe hatte die beiden erwischt und es Ihnen erzählt …«

Er wurde rüde von Stella-Claire unterbrochen. »Natürlich erzählt dieses Schwein so eine Scheiße. Der will mich loswerden. Dazu ist ihm jedes Mittel recht – dafür will er sogar meinem Freund einen Mord in die Schuhe schieben, den der feine Herr Vonundzu gut und gerne hätte selbst verüben können.«

»Frau Bruckner, es geht hier nicht darum, wer wem etwas zuschieben will. Es geht einzig und allein darum, dass Ihr Freund von Ihrer Affäre wusste.«

»Sie hatte niemals eine Affäre, verfluchte Scheiße noch einmal!« Tobias hatte so laut gebrüllt, wie Lina noch niemals einen Menschen hatte schreien hören. Vor Schreck schossen ihr augenblicklich die Tränen in die Augen. Wenn er jetzt ein Messer gehabt hätte: Er hätte sie beide komplett durchgepflügt.

Anders als sie selbst, schien ihr guter alter Freund, Kriminalhauptkommissar Conrad Krug, an solche Ausraster gewöhnt. Er war die Ruhe selbst und bemerkte nur trocken:

»Ihre Freundin hat es uns gestern Abend erzählt. Und wenn Sie mich einen Lügner nennen und Frau Stark oder mich noch einmal in dieser Weise angehen, dürfen Sie die Nacht gerne auf dem Revier verbringen. Haben Sie mich verstanden?«

Tobias sank auf sein Bett und nickte nur kurz.

»Also, Herr Quadflieg, ich frage Sie ein letztes Mal: Haben Sie von der Affäre Ihrer Freundin mit Herrn Kaufmann gewusst?«

Tobias antwortete nicht, sondern starrte nur vor sich hin. Für Krug war das Antwort genug. Er überließ Tobias seinen Gedanken und wandte sich Stella-Claire zu. Angewidert blickte sie auf ihren Freund hinab. Wenn so Liebe aussieht, möchte ich bitte für den Rest meines Lebens davon verschont bleiben, dachte sich Lina. Krug kam ohne Umschweife zur Sache.

»Was haben Sie heute Morgen damit gemeint, als Sie sagten, dass Sie ›Dinge erkannt‹ haben?«

»Nichts. Das war nur so gesagt.«

»Frau Bruckner, Sie haben etwas gesehen und ich will wissen, was es war.«

»Ich habe nichts gesehen. Ich schwöre es! Ich wollte den anderen nur etwas Angst einjagen.«

»Frau Bruckner, hier läuft ein Mörder frei herum und Sie wollen den anderen – und damit auch ihm – Angst einjagen. Ist Ihnen nicht klar, in welche Gefahr Sie sich damit begeben?«

»Das sollte doch nur ein Witz sein.«

»Sehr witzig. Thomas ist tot und du spielst den Pausenclown«, entfuhr es Lina. »Ich glaube dir kein Wort.«

»Das ist dann ja wohl dein Pech. Ich habe auf jeden Fall nichts mehr zu diesem Thema zu sagen.«

»Dann werden wir dieses Gespräch eben ein anderes Mal fortsetzen – wenn Sie hoffentlich wieder zur Vernunft gekommen sind«, schaltete sich Krug ein. »Bis dahin verlassen Sie bitte nicht die Wohnung!«

»Meine Güte! Wenn ich mir überlege, wie wir manchmal wochenlang nach Tatverdächtigen suchen müssen und hier springen sie hinter jedem Schlüsselloch hervor.« Krug schüttelte ungläubig den Kopf. »Fassen wir also zusammen: Der gehörnte Freund hat alles gewusst. Damit hatte er ein astreines Motiv. Und von den Gelegenheiten, die alle Verdächtigen hatten, wollen wir gar nicht erst wieder anfangen.«

»Und die liebe Freundin hat Schiss, dass sie ihr Freund vor die Tür setzt, weil sie nichts hat, wohin sie sonst gehen kann – oder will. Ich habe nämlich heute Morgen mit einer ehemaligen Kommilitonin telefoniert. Die stammt ursprünglich auch aus der Schönau und war zusammen mit Stella-Claire in der Grundschule. Und die hat mir erzählt, dass sie weder von Vater noch von Mutter unterstützt wird. Sie bekommt wohl etwas Bafög, aber das ist zum Leben zu wenig und zum Sterben zu viel. Wenn Tobias sie rausschmeißt, müsste sie wohl wieder bei Mama einziehen. Aber die ist alkoholkranke Hartz-IV-Empfängerin, seitdem sie ihr Mann wegen einer 23-jährigen Rumänin verlassen hat.« Lina hing kurz ihren eigenen Gedanken nach, bevor sie fortfuhr. »Also hätte Stella-Claire sogar zwei Motive: Entweder ist sie wirklich so schwer verliebt in Thomas gewesen, dass es tatsächlich ein Verbrechen aus Leidenschaft war – aus unerfüllter Leidenschaft, um genau zu sein. Oder aber sie will ihn loswerden, damit Tobias nicht mehr eifersüchtig ist und sie nicht um ihre Bleibe fürchten muss.«

»Ziemlich konstruiert, oder?«, zweifelte Krug.

»Weißt du, was in einem kranken Hirn alles abläuft?«, kam die entsprechende Antwort.

»Wissen die anderen denn von ihrer misslichen Lage?«

»Du meinst Dunja und Max?« Krug nickte. »Ich kann es mir nicht vorstellen. Das ist etwas, was niemand gerne an die große Glocke hängt. Am allerwenigsten Stella-Claire mit ihrem – trotz allem – riesigen Ego. Und ich kann mir auch nicht vorstellen, dass die in den gleichen Kreisen verkehren, so dass es sich auf diese Art herumgesprochen haben könnte.«

Das Handy von Krug klingelte mit der Titelmelodie von »Die Straßen von San Francisco« und Lina musste grinsen.

»Hm ... Aha ... Verstehe ... Ich danke Ihnen!« Alles, was Lina hatte hören können, war wenig aufschlussreich. Er erzählte ihr kurz den Inhalt des Telefonats und sie beschlossen – wider ihrer bisherigen Planung – auch dem letzten Zimmer noch einmal einen Besuch abzustatten.

Samira und Dunja saßen auf der Couch und schauten fern, als Krug und Lina in ihr Zimmer kamen. Der Kriminalhauptkommissar fiel gleich mit der Tür ins Haus: »Wie ich gehört habe, neigen Sie zu Gewaltausbrüchen, Frau Weber!«

Dunja fühlte sich schon allein durch die Art und Weise seines Auftretens angegriffen, sprang vom Sofa auf und schrie förmlich zurück: »Und wer hat Ihnen diesen Mist erzählt? Stella-Claire, die beschränkte Kotzkuh?«

»Ich habe nicht mit Ihnen gesprochen, sondern mit Ihrer Schwester!«

Offenkundig wusste Dunja über den Vorfall Bescheid, denn sie versuchte nicht einmal ihre Schwester in Schutz zu nehmen. Sie trat einen Schritt beiseite und gab ihm den Weg zur Couch frei. Krug setzte sich neben Samira und sah sie nur an. Doch sie hatte nicht vor, ihm auch nur einen Schritt entgegenzukommen. Also musste er doch den Anfang machen.

»Frau Weber, uns ist zu Ohren gekommen, dass Sie im Juli letzten Jahres Ihren Ex-Freund krankenhausreif geprügelt haben. Stimmt das?«

»Alles fiese Gerüchte.« Ihre zittrige Stimme zeugte vom Gegenteil.

»Das stimmt. Es ist nie Anklage erhoben worden. Allerdings auch nur, weil Ihr Freund nicht aussagen wollte, oder?«

»Es gab nichts auszusagen.«

»Das glaube ich ihm gerne: Wer lässt sich schon von einer Frau verprügeln und gibt diese Schmach auch noch offen zu? Was hatte er denn angestellt, dass Sie so böse wurden.«

»Ich bin nicht böse geworden.«

»Okay, dann anders gefragt: Sie haben sich heftig gestritten. Das haben die Nachbarn gehört. Dafür gibt es also Zeugen. Worum ging es denn?«

Samira stöhnte genervt auf und verdrehte die Augen. »Wir hatten nur eine kleine Meinungsverschiedenheit.«

»Und worüber?«

»Darüber, dass er bis zum Morgengrauen mit seinen Freunden unterwegs war.«

»Mit seinen Freunden oder einer anderen Frau?«

»Mit seinen Freunden. Er hat mich nie betrogen.«

»Aber wieso sind Sie dann so sauer geworden, dass Sie ihn verprügelt haben … Verzeihung … dass Sie ihn so laut angeschrien haben?«

»Er war die ganze Nacht weg und hatte sich nicht abgemeldet, okay? So etwas macht man nicht!«

»Ich danke Ihnen für Ihre Offenheit.« Krug erhob sich von der Couch und fügte im Rausgehen wie beiläufig hinzu: »Bitte beachten Sie, dass diese Wohnung unter Bewachung steht. Bitte verlassen Sie sie nicht und halten Sie sich zu unserer Verfügung.«

»Wie oft in deinem Leben hast du diesen Satz eigentlich schon gesagt?«

»Ich zähle gar nicht mehr.« Doch Krug war zu sehr in Gedanken, als dass er sich über seinen einseitigen Wortschatz hätte Sorgen machen können. »Sie bricht ihrem Ex-Freund die Nase, das Jochbein und den Unterarm, weil er mit seinen Freunden eine Nacht feiern war, und verzeiht ihrem neuen Lover einfach so, dass er sie indirekt als Schlampe bezeichnet und die Vaterschaft ihres Kindes anzweifelt? Wer soll denn solchen Schwachsinn glauben? Zumal ich stark bezweifle, dass sich Herr Kaufmann auch nur ansatzweise so feinfühlig ausgedrückt hat.«

»Die haben ihn einfach alle gehasst. Nur leider stehen ihnen ihre eigenen Rivalitäten im Weg. Sonst könnte man ein Komplott wie beim ›Mord im Orientexpress‹ vermuten.«

»Ja, Dreck am Stecken haben sie alle.«

Den Rest des Nachmittags verbrachten sie damit, noch einmal gründlich Thomas' Zimmer zu durchsuchen und alle bisherigen Ereignisse zusammenzutragen. Die Spurensicherung hatte in der Nacht noch ein Bündel 50-Euro-Scheine im Gesamtwert von 2.000 Euro gefunden. Sie hatten beide eine ziemlich genaue Vorstellung davon, wie Thomas daran gekommen war, aber ein einheitliches Bild ergab sich trotzdem nicht. Außerdem hatten die Beamten unter dem Bett einen Kasten gefunden, der ihnen nicht weiter verdächtig schien. Beim näheren Hinsehen stellten Krug und Lina jedoch fest, dass sich weit über hundert Liebesbriefe in ihm befanden. Die meisten sentimental und schnulzig, andere flehentlich und bettelnd.

»Meine Güte! Jetzt kann ich mir auch dieses Riesen-Ego erklären. Der hatte offensichtlich wirklich Erfolg bei Frauen. Also, mir war der immer zu aufgepumpt und zu schnöselig. Hör dir das an: ›Ich liebe dich noch immer. Bitte verlass mich nicht. Du bist mein Leben. Ich werde alles für dich tun. Nur verlass mich nicht!‹ Wie wenig Selbstachtung kann man eigentlich haben, dass man sich so zum Horst macht?« Ein paar Minuten später fuhr sie gedankenverloren fort: »Würde mich echt einmal interessieren, welcher dieser Schmachtfetzen von Stella-Claire stammt?«

»Stella-Claire? Wieso machen wir uns eigentlich die Arbeit und benutzen immerzu beide Namen? Würde einer nicht reichen?«

»Nicht für Stella-Claire. Sie verbittet sich jegliche Spitznamen. Ich glaube, sie denkt, dass sie diese furchtbare Namenskonstruktion zu etwas Besonderem macht. Na ja, wenn man sonst nichts hat …«

Kurz vor sechs packten sie zusammen. Lina nahm die Briefe an sich: Sie wollte prüfen, ob sie vielleicht einen Brief von jemandem fand, dessen Name im Laufe dieser Ermittlungen schon einmal gefallen war – vielleicht ja sogar die von Stella-Claire. Krug küsste Lina zum Abschied auf die

Stirn – ganz so, wie er es schon getan hatte, als sie erst sechs Jahre alt gewesen war.

»Schließe dich heute Nacht auf jeden Fall ein! Und riskiere nichts! Die sind alle nicht gut auf dich zu sprechen.«

»Ich auch nicht auf sie. Mach dir keine Sorgen! Wenn etwas ist, schreie ich so laut, dass deine beiden Polizisten vor der Tür sofort in die Wohnung stürmen können.«

»Stimmt, die hatte ich ja schon ganz vergessen. Gut, dann bin ich schon wesentlich beruhigter.« Er küsste sie noch einmal auf die Stirn und war verschwunden.

Einundzwanzig

Die Ersten, die ihre Köpfe um viertel nach sieben aus ihrer Zimmertür streckten, um zu prüfen, ob die Luft Polizisten- und Lina-rein war, waren Max und Damian. Sie hatten den gesamten Nachmittag mit Reden verbracht und es war das erste Mal gewesen, dass sie wie ein Paar und nicht wie zwei alte Kumpel miteinander gesprochen hatten. Im Grunde waren sie Kriminalhauptkommissar Krug dankbar für seine Fragerei. So hatten sie sich das erste Mal mit sich und ihrer Situation auseinandersetzen müssen. Und seit sie das getan hatten, fühlten sie sich wesentlich befreiter und glücklicher. Dennoch hatten sie keine Lust, schon wieder auf den Gesetzeshüter zu treffen. Denn das lange Reden hatte sie erschöpft und hungrig gemacht. Sie wollten sich nur kurz etwas zu essen organisieren und dann schleunigst in ihr Zimmer verschwinden. Sie durchwühlten gerade den Tiefkühlschrank, als sich eine Zimmertür öffnete und sie innerlich schon heftig über ihr schlechtes Timing schimpften. Doch es waren nur Samira und Dunja, die den gleichen Einfall gehabt hatten. Sie grinsten einander kurz an, vermieden jedoch jedes laute Geräusch. Mit einer eigenen Gebärdensprache verständigten sie sich darüber, wer welche Pizza haben könnte. Es waren zwar nicht ihre, aber sie waren sich einig darüber, dass Thomas nichts mehr mit ihnen anfangen konnte. Nachdem sie vier Bleche im Ofen übereinandergeschichtet und auf Umluft gestellt hatten, schafften sie Getränke, Gläser, Chips, Schokolade und alles, was sie an diesem Abend sonst noch so brauchen würden, in ihre jeweiligen Zimmer. Der Geruch der Pizzen verbreitete sich langsam in der ganzen Wohnung und sie fürchteten schon, dass er die übrigen Mitbewohner aus ihren Zimmern locken würde. Doch vorerst blieb es ruhig. Erst als sie die Ofentür öffneten und ihr Essen auf große Teller und Schneidebretter verteilten, hörten sie ein lautes Poltern und einen hysterischen Schrei aus dem Zimmer von Tobias und Stella-Claire.

»Er wird sie doch wohl nicht endlich umgebracht haben?« Die Schadenfreude in Max' Stimme war unüberhörbar. Als er zu Dunja herübersah, kreuzte die Zeige- und Mittelfinger ihrer beiden Hände und formte mit den Lippen das Wort »bitte«. Dann zwinkerte sie ihm verschmitzt zu. Doch Tobias hatte Stella-Claire nicht umgebracht. Sie hatte nur einen ihrer Wutausbrüche und den Grund dafür sollten alle Anwesenden gleich erfahren – ob sie wollten oder nicht. Denn im nächsten Moment polterte Stella-Claire aus ihrem Zimmer. Sie schleppte eine schwere Decke und ein großes Kopfkissen.

»Wenn du ernsthaft glaubst, dass ich mir das von dir gefallen lasse, hast du dich getäuscht, mein Lieber.« Sie stapfte durch die Küche und stieß mit einem Bein die Tür des kleinen Zusatzzimmers auf. Ihr Bettzeug schmiss sie auf die Couch, die dort stand, und trampelte wieder zurück ins Ausgangszimmer. Tobias dackelte ihr wie ein begossener Pudel hinterher, offensichtlich vollkommen ahnungslos, was diesen Ausbruch schon wieder verursacht hatte.

»Schatz? Was ist denn los mit dir? Ich habe dir doch gesagt, dass ich das alles vergessen werde. Komm schon, lass uns noch einmal neu anfangen!«

Die übrigen Mitbewohner verdrehten genervt die Augen.

Als Stella-Claire wieder in der Küche erschien, hatte sie tausend Sachen im Arm, die ihren »Umzug« offenkundig belegen sollten: Zeitschriften, Klamotten, Schuhe. Ihr Beauty-Case baumelte an ihrem kleinen Finger.

»Deine Wohltätigkeit kannst du dir sparen. Meinst du etwa, es gefällt mir, dass du mit mir Mitleid hast und mir vergeben willst? Du hast mir gefälligst nichts zu vergeben, klar!«

»Aber ich verstehe das nicht. Wieso willst du denn nicht mehr mit mir zusammen sein?«

»Du raffst wirklich keinen einzigen Satz, oder? Ich will nicht Schluss machen und ich will keine Vergebung von dir. Ich will, dass du dich endlich bei mir entschuldigst!«

Jetzt war Tobias vollends verwirrt. Und auch die anderen konnten diesem extrem unlogischen Gedankengang nicht ganz folgen. Tobias wollte Stella-Claires Fehltritt vergeben und vergessen – eine Tatsache, die den beiden offiziellen WG-Mitgliedern schon wieder die Zornesröte ins Gesicht steigen ließ. Doch Stella-Claire wollte keine Vergebung, sie wollte um Verzeihung gebeten werden. Aber warum? Die Antwort folgte auf dem Fuße.

»Ich will verdammt noch einmal, dass du zugibst, dass du mich zu diesem Schritt gezwungen hast. Ich will, dass du einsiehst, dass du der eigentliche Schuldige bist. Ich will dich im Dreck winseln sehen, denn da gehörst du hin! Ist das so schwer zu kapieren?« Während Tobias dastand, wie vom Donner gerührt, stellte sich seine Freundin im Türrahmen des kleinen Zimmers in Szene und fuhr über alle Maßen theatralisch fort: »Ich kann dich heute nicht mehr ertragen. Lass mich allein! Ich werde die kommende

Nacht hier verbringen. Und bitte komme nicht, um mich umzustimmen. Ich muss nachdenken!« Mit diesen Worten drehte sie sich abrupt um, so dass ihr langes Haar um ihren Kopf wirbelte, und ließ hinter sich die Tür ins Schloss knallen. So laut wie möglich wurde der Schlüssel herumgerissen und in der Küche war es wieder still. Ohne die anderen auch nur anzusehen, trollte sich Tobias in sein Zimmer zurück. Doch er machte dabei nicht das leiseste Geräusch.

»Was zum Henker, war das denn bitte für eine Aktion?« Dunja hatte die gesamte Szene mit aufgerissenen Augen und aufgerissenem Mund verfolgt. »Will die die goldene Himbeere für die schlechteste schauspielerische Leistung gewinnen?«

Auch die anderen konnten sich diese öffentliche Szene nicht erklären. Der Grund für diesen Ausbruch war fadenscheinig. Die Theatralik spottete jeder Beschreibung. Selbst für Stella-Claires Verhältnisse war die komplette Aktion daneben. Dunja, Max, Samira und Damian diskutierten noch eine ganze Weile darüber.

»Sie will Tobias kleinkriegen. Wenn er das jetzt mit sich machen lässt, dann kann sie sich für den Rest ihres Lebens alles erlauben.« Die von Samira vorgebrachte Erklärung ergab einigen Sinn, doch Dunja war nicht ganz überzeugt.

»Aber wenn er sich das nicht bieten lässt, setzt er sie vor die Tür. Und das kann diese berechnende Kuh auch nicht wollen.«

»Vielleicht hat sie ja schon einen Ausweichplan«, sagte Damian bitter und gedankenverloren.

»Und was sollte das sein?«

»Keinen Schimmer. Aber die Kuh führt was im Schilde.«

»Ja, wie ich es sage: Sie klopft Tobias jetzt weich und hat dann für den Rest ihres Lebens Ruhe.«

Die anderen drei wussten nicht recht, ob sie diese Annahme zufrieden stellte. Doch als sie bemerkten, dass ihr Essen nur noch lauwarm war, vertagten sie die Diskussion darüber und verschwanden in ihren Zimmern.

Nachdem sich alle Türen geschlossen hatten, drückte auch Lina leise den Spalt von anderthalb Zentimetern zu, den sie offen gelassen hatte, um die Geschehnisse draußen besser mitzubekommen. Danach schloss sie zwei Mal rum.

Zweiundzwanzig

Am nächsten Morgen öffnete Lina die Augen und freute sich, dass sie noch am Leben war. Im Gegensatz zu Krug hatte sie ihr Leben zwar nie wirklich in Gefahr gesehen, aber zu wissen, dass sie es noch hatte, beruhigte sie doch ungemein. Sie blieb noch lange liegen, starrte an die Decke und rollte den ganzen Fall von vorne nach hinten und wieder zurück auf. Sie war sich sicher, dass sie bisher nichts übersehen hatten. Vielleicht bei der Spurensicherung, aber mit Sicherheit nicht bei den Befragungen. Bisher hatte der Mörder noch keinen Fehler gemacht. Und wenn er oder sie nicht leichtsinnig wurde, würde es verdammt schwer werden, diesen Fall zu lösen. Ihre Zimmertür war leider nicht zu 100 Prozent schallisoliert, so dass sie gedämpfte Geräusche aus der Küche hörte. Allem Anschein nach waren schon mehrere ihrer Noch-Mitbewohner in der Küche zu Gange. Sie konnte es nicht erwarten, endlich in ihre eigenen vier Wände zu kommen. Sie setzte sich im Bett aufrecht hin, rieb sich ihre hellgrünen Augen und wuschelte durch ihren dunklen Pagenkopf. Mit allergrößter Anstrengung hievte sie sich aus dem Bett und stolperte dabei fast über ihr Katerchen, das sich am Fußende zusammengerollt hatte. Aufgeschreckt von so viel Tollpatschigkeit öffnete Clarence blinzelnd die Augen. Blitzartig erkannte er, dass sein Frauchen wach war und witterte die erste Ladung Futter. Und wie immer wurde er nicht enttäuscht. Noch bevor sich Lina um irgendetwas anderes kümmerte, zog sie die Packung Trockenfutter vom Kleiderschrank herunter und füllte seinen Fressnapf. Auch in seinen Trinknapf goss sie frisches stilles Mineralwasser. Was war er nur für ein Luxus-Kater geworden, seit sie sich immer in ihrem Zimmer verbarrikadierten. Wahrscheinlich würde sie ihn nie wieder an herkömmliches Leitungswasser gewöhnen können.

Die Geräusche aus der Küche wurden lauter. Allem Anschein nach rief dort draußen jemand irgendetwas. Lina beschloss nachzusehen, wer diesen Radau veranstaltete. Sie zog sich ihren lilafarbenen Morgenmantel über ihren Erdbeer-Pyjama und schlupfte in ihre rosafarbenen Birkenstock. Sie schlurfte durch ihr Zimmer und öffnete die Tür. Draußen waren alle verbliebenen Mitbewohner versammelt und starrten in Richtung Abstellkammer. Tobias hämmerte wie ein Bekloppter gegen die Tür und schrie wie wild Stella-Claires Namen und verschiedene Spitznamen, was die ganze Situation noch grotesker machte, als sie ohnehin schon war. Prinzessin, Lolli-Bolli und Schnuffel-Fluffel wollten einfach nicht zu diesem Spektakel passen, das sich so noch einige Minuten fortsetzte, bevor Tobias völlig entnervt auf einem Küchenstuhl zusammensank.

»Was ist denn los?«, fragte Lina so unschuldig wie möglich.

»Sie hat sich gestern dort drinnen verschanzt und will nicht mehr herauskommen.«

Lina hätte an Stella-Claires Stelle schon allein deshalb aufgegeben, um ihre Ruhe vor dem nervigen Geklopfe zu haben. Sie ging in Richtung Zimmertür und fragte beiläufig, ob denn schon einmal jemand die Klinke versucht habe.

»Sie hat sich gestern Abend eingeschlossen, wir haben es gehört.« Max waren die Male einer schlaflosen Nacht offen ins Gesicht geschrieben. Lina versuchte, sich lieber nicht vorzustellen, was ihn wohl wach gehalten hatte. Nachdem sie sich ihre Pyjama-Ärmel über die Hände gezogen hatte, drückte sie die Klinke herunter, trat gegen die klemmende Tür und diese glitt auf. Einmal mehr bedachte sie ihre Mitbewohner mit dem Prädikat »Intelligenzbestien«, spähte durch den kleinen Spalt zwischen Tür und Rahmen und noch bevor Tobias angestürmt kommen konnte, hatte sie den Schlüssel von der Innenseite der Tür abgezogen, die Tür von außen verschlossen und den Rückweg in ihr Zimmer angetreten. Während sie den Schlüssel in die Tasche ihres Morgenmantels gleiten ließ, änderte Tobias seine Richtung und kam mit hasserfülltem Gesicht auf sie zu. Er packte sie am Hals, drückte sie an die Wand und schrie sie an, sie solle ihn zu seiner Freundin lassen. Sein Kopf hatte die Farbe etwas zu reifer Schattenmorellen angenommen, er hatte Schaum vorm Mund und spuckte bei jedem Wort. Ehe er es sich versah, hatte Lina zu einem gezielten Tritt in seine Weichteile ausgeholt und während er in die Knie sank, hatte sie ihn mit einem Schlag auf die Halsschlagader k.o. gesetzt. Sie taumelte in ihr Zimmer, holte ihr Handy und drückte die Schnellwahltaste 1. Unter dieser Zahl hatte Krug seine Handynummer eingespeichert – für den Fall der Fälle. Sie drückte das Telefon Damian in die Hand, der ihr am Nächsten stand. Er wartete und Lina gestikulierte in Richtung Zimmer und fuhr sich mit der Handkante über den Hals, wobei sie eine durchschnittene Kehle mimte. Dann sackte sie auf dem Küchenfußboden zusammen. Dunja kniete sich neben sie, wusste jedoch nicht so recht, wie sie ihr helfen konnte. Die Male an Linas Hals hatten schon eine dunkelrote Farbe angenommen. Endlich meldete sich Krug am anderen Ende der Leitung.

»Nein, Herr Krug, hier ist Damian Topic. Bitte kommen Sie schnell! Stella-Claire ist wohl tot. Und Tobias hat Lina angegriffen. Bringen Sie einen Krankenwagen mit!«

Kurzes Schweigen.

»Ja, natürlich, Herr Kommissar. Wir passen auf sie auf.«

Etwa 20 Minuten später kündigten sich der Kranken- und der Streifenwagen gleichzeitig durch ihre Sirenen an. Der voyeuristischen Natur der menschlichen Seele war es zu verdanken, dass sie bereits von einer kleineren Menschenansammlung vor dem Haus erwartet wurden.

»Es ist doch immer wieder erstaunlich, wie gut der Instinkt des gemeinen Menschen funktioniert, wenn es etwas zu gaffen gibt.« Bruch versuchte seinen von Sorgen zerfressenen Kollegen etwas abzulenken, doch der hatte ihn noch nicht einmal gehört. Noch bevor der Streifenwagen zum endgültigen Stillstand gekommen war, war Krug bereits aus dem Wagen gesprungen und durch die offene Haustür in den Flur gestürmt. Bruch gab den Polizisten, die sie in ihrem Wagen mitgenommen hatten, noch ein paar kurze Instruktionen und machte sich dann selbst so schnell wie möglich auf den Weg nach oben. Doch wenn er gedacht hatte, dass er seinen untrainierten Kollegen im zweiten Stock einholen würde, wurde er eines Besseren belehrt. Er hatte gerade die Türschwelle passiert, als er bereits ein fernes Läuten und ein darauffolgendes Stimmengewirr hörte.

Als der Kriminalkommissar in der Wohnung ankam, war diese wesentlich voller, als er erwartet hatte. Die beiden Schwestern kauerten neben Lina auf dem Boden. Krug hatte sich direkt danebengeworfen und schnaufte wie eine Dampflok. Die beiden Schwulen hatten sich vor dem Weichei aufgebaut und beobachteten ihn kritisch. Das Weichei selbst lag am Boden und winselte – mal wieder. Aber es waren auch schon zwei Polizisten anwesend, die etwas ahnungslos in der Gegend herumstanden.

»Wo kommen Sie denn her?«
»Conrad hat uns vor der Tür als Wache eingeteilt.« Stimmt, sein Kollege hatte ihm erst vorhin von dieser Maßnahme berichtet. Aber bei dem ganzen Trubel hatten alle die beiden einsamen Beamten vergessen. Dabei waren sie doch gerade deshalb eingesetzt worden: um den Trubel zu vermeiden. Diese Aktion hatte sich ja wirklich gelohnt!

»Das nächste Mal postieren wir sie wohl lieber direkt in der Wohnung, was?« Nachdem er erfahren hatte, dass niemand die Wohnung verlassen und niemand dazugekommen war, entließ er die beiden in ihren schon längst überfälligen Feierabend. Er erkundigte sich nach Linas Befinden. Wirklich gut sah sie nicht aus: Totenbleich, rote Augenränder und rote Würgemale am Hals. Aber sie konnte allein atmen und wohl auch sprechen – wenn auch nur leise. Um die Vertrautheit dieser Runde nicht zu stören, fragte er, wo sich die Leiche befände. Mit zittriger Hand zog Lina einen Schlüssel aus der Tasche ihres Morgenmantels hervor und deutete mit dem Kopf in die rechte Ecke der Küche. Da Dunjas Zimmertür offen stand, blieb nur noch eine Tür zur Auswahl. Zu seiner Überraschung folgte ihm Krug sofort, wobei er feststellte, dass er immer noch ziemlich außer Atem war.

Als Tobias mitbekam, dass das Zimmer aufgeschlossen wurde, in dem seine Freundin lag, verstummte sein Wimmern und er war wieder blitzschnell auf den Beinen. Max und Damian sprangen sofort auf ihn zu und riefen den Polizisten Warnungen zu. Nun hatte Krug jedoch die Faxen dicke. Zwar kam er sich vor wie ein Kindergärtner, als er alle Bewohner in ihre Zimmer schickte, aber er sah keinen anderen Ausweg. Von unten beorderte er einen Streifenpolizisten nach oben, der die offenen Zimmertüren bewachen sollte. Einen Spalt mussten sie alle ihre Türen offen lassen und Abschließen war absolut tabu. Irgendjemand war hier vollkommen krank im Hirn und Krug wollte nicht, dass sich hinter den Türen noch eine neue Tragödie abspielte.

Einzig Lina durfte in der Küche bleiben. Mittlerweile war der Arzt gekommen, hatte sie auf einen Stuhl gesetzt und ihren Hals untersucht. Alles in allem hatte sie Glück im Unglück gehabt. Da sie den Angriff so schnell beendet hatte, hatte Tobias keine größeren Schäden anrichten können. Das Atmen fiel ihr den Umständen entsprechend leicht und die Probleme mit dem Sprechen und dem Schlucken würden in ein paar Tagen auch schon wieder vergessen sein. Einigermaßen beruhigt konnte sich Krug nun also der Aufgabe widmen, für welche er primär hier war. Er und Bruch gingen nun endlich in das Abstellzimmer und erkannten sofort, dass Lina keinen Grund gehabt hatte, am Zustand Stella-Claires zu zweifeln. Mit weit aufgerissenen Augen lag sie einmal quer über die Couch gestreckt. Die Zunge hing aus ihrem rechten Mundwinkel und ihr Gesicht hatte eine unnatürliche weißblaue Farbe angenommen. Als Krug für das Protokoll ihren Puls fühlen wollte, merkte er, dass sie bereits eiskalt und stocksteif war. In Anbetracht der warmen Raumtemperatur schätzte er, dass sie schon seit acht bis zwölf Stunden tot war. Er sah auf die Uhr. Viertel nach zwölf. Hartmut Schwimmer würde dies natürlich präziser sagen können. Krug hoffte, dass der Pathologe heute Dienst hatte – von einer Vertretung waren solche Vorabinformationen immer nur schwer zu bekommen.

Der Arzt hatte seine Untersuchung bei Lina abgeschlossen und fragte nach, ob er sonst noch behilflich sein könnte.

»Hier nicht, danke Doktor. Aber vielleicht schauen Sie einmal nach Herrn Quadflieg – ich denke, Lina hat ihm ziemlich eins mitgegeben. Außerdem könnte er unter Schock stehen. Das hier war seine Freundin.«

Sichtlich froh, das Zimmer verlassen zu dürfen, widmete sich der Arzt seiner neuen Aufgabe. Lina streckte den Kopf durch die Tür und fragte mit wackeliger Stimme, ob sie sich erst einmal anziehen dürfe. Der Arzt hatte ihren Hals in einen dünnen Verband gepackt, unter dem eine kühlende Salbe steckte. Sie schnüffelte kurz wie ein Hund.

»Ah, mal wieder E 605.«

»Woher weißt du das?«

»Es riecht noch nach Knoblauch. So hat das Zeug auch immer gerochen. Allerdings frage ich mich, wer Sekt trinkt, der nach Knoblauch riecht.« Kopfschüttelnd verließ sie das Zimmer.

Bruch starrte Krug an und schien schwer beeindruckt. Er selbst hatte dem Glas auf dem Fußboden und der fast leeren Flasche neben der Couch noch gar keine Beachtung geschenkt. In diesem Moment kamen Spurensicherung und Pathologe zur Tür herein. Krug überfiel Schwimmer und Albert sogleich mit all den Fragen, die er als Erstes geklärt haben wollte. Im Grunde ging es jetzt erst einmal nur um das »Wann?« und das »Womit?«. Aber das wollte er zumindest ansatzweise so schnell wie möglich wissen. Die Ermittler machten sich an die Arbeit und Krug und Bruch setzten sich an den Esstisch in der Küche. Als sie am späten Morgen auf dem Revier zusammengetroffen waren, hatten sie sich über die Ergebnisse ihrer samstäglichen Arbeit austauschen wollen. Sie hatten erst eine halbe Stunde zusammengesessen, als der Anruf aus der WG kam. Nun schloss Krug zunächst einmal seinen Bericht ab, den er schon vorhin begonnen hatte. Dann begann Bruch mit einer Zusammenfassung seines Tages. Pünktlich dazu kam Lina aus ihrem Zimmer zurück. Sie setzte sich neben sie, zog die Beine auf die Sitzfläche und schlang die Arme darum. Offensichtlich hatten sie die Ereignisse des Morgens doch etwas mehr mitgenommen, als sie selbst zugeben wollte. Um sie etwas aufzumuntern, bedankte sich Bruch bei ihr, dass sie so geistesgegenwärtig den Tatort abgesperrt hatte. Sie tat das mit einer Handbewegung als Kleinigkeit ab, jedoch konnte man an dem kurzen Lächeln ablesen, dass er ihr damit eine Freude gemacht hatte. Dann fing Bruch an, zu berichten.

»Von den sieben Damen habe ich gestern leider nur vier besuchen können. Alle anderen waren verreist oder wollten mich nicht empfangen, weil sie zum Friseur, zum Hundetrainer oder zur Botox-Behandlung mussten.«

»Haben die das so gesagt?«, fragte Lina ungläubig.

»Nein, aber wenn Sie die vier anderen gesehen hätten, hätten Sie auch diese Vermutung.« Lina gluckste und er fuhr fort. »Mit vieren konnte ich wie schon gesagt sprechen: Nellie Achter-Klotz, 48, Tamara Kent, 32, Zoe Mittenwald, 54, und Ann-Kathrin Lechner, 29. Mit allen hatte er eine Affäre. Das einzige Beuteschema, was ich dabei erkennen konnte, ist, dass alle vor Geld stinken. Entweder durch Alimente oder Erbschaften – richtig gearbeitet hat von denen noch keine. Was außerdem interessant war: Sie alle hatten das Opfer bei irgendwelchen VIP-Partys kennengelernt.

Wer sich nun fragt, wie ein Durchschnittsstudent in die teuersten Clubs hier in Mannheim, Frankfurt und Stuttgart kommt, ohne selbst VIP zu sein, dem sei gesagt, dass bei all diesen Partys sein spezieller Freund Mike Stehle die Einlasskontrolle beaufsichtigt hat. So weit, so gut. Das allein muss natürlich nichts bedeuten. Die Damen haben ihren neuen Lover Kaufmann in ihre Häuser eingeladen und für mehrere Wochen ging er dort ungehindert ein und aus. Dann folgte entweder eine Party, auf der teurer Schmuck, Uhren oder Münzen abhandenkamen oder ein Einbruch, während die Hausherrin und ihr Gigolo außer Haus waren. Dass Kaufmanns Fingerabdrücke seinerzeit überall zu finden waren, wurde also mit der Liaison erklärt. Die Abdrücke von Stehle wurden nur bei den Partys gefunden – und das wurde auch nicht weiter verfolgt, da es allen Beteiligten nur natürlich erschien, dass der Sicherheitsbeauftragte hier und dort etwas anfasste. Denn als solcher war Stehle jedes Mal angeheuert worden. Ich hoffe für ihn, dass er sich keine Arbeitszeugnisse hat ausstellen lassen. Nur wenige Wochen darauf folgte dann auch meist schon die Trennung. Doch die Damen sind noch heute voll des Lobes über ihren Verflossenen und haben nie auch nur im Entferntesten daran gedacht, dass der ›süße, unschuldige Thomas‹ etwas mit der Sache zu tun hatte.«

Lina schnaubte verächtlich, bereute es jedoch sofort wieder, als sich ihr Hals bemerkbar machte. Sie bedeutete den Männern, kurz zu warten, bevor sie in ihr Zimmer verschwand. Sie kam mit den Briefen zurück, die sie am vergangenen Abend untersucht hatte und schnell fand sie heraus, dass alle Damen ihrem Liebsten auch schriftlich Liebe und Treue geschworen hatten. Sie sortierten sie auf den Stapel, der die eindeutig zuordenbaren Briefe enthielt.

»Na schön. Wir können zwar nichts beweisen. Aber es ist doch sehr wahrscheinlich, dass Kaufmann und Stehle ein kleines Verbrecherpärchen waren. Allerdings bringt uns das für den Mordfall wohl gar nichts. Denn ich gehe stark davon aus, dass der Mörder von Kaufmann und der Mörder von Bruckner ein und dieselbe Person sind.«

»Ja, leider. Ein ganzer Tag Arbeit für die Katz.«

»Das können Sie so nicht sehen. Für Herrn Stehle wird die Sache bestimmt noch ein Nachspiel haben.«

Das konnte Bruch nur bedingt aufheitern. Während sie auf die ersten Resultate von der Spurensicherung und dem Gerichtsmediziner warteten, bereitete Lina ihnen einen Schoko-Milch-Shake zu. Da sie selbst nichts Warmes trinken wollte, schlossen sich die beiden Herren ihrem Getränkewunsch an. Für eine Weile saßen sie schweigend da und nuckelten an ihren Strohhalmen. Dann kam Schwimmer für eine erste kurze Zusammenfassung aus dem Zimmer.

»Dirk ist sich fast sicher, dass es wieder E 605 war. Einen Schnelltest kann er hier vor Ort zwar nicht machen, aber er ist sich trotzdem recht sicher. Und ich denke das auch. Die Leiche sieht der des anderen verdächtig ähnlich. Außerdem kann ich mir nicht vorstellen, dass jemand viele verschiedene sofort tödliche Substanzen bei sich bunkert. Eine sollte wohl reichen, wenn sie zuverlässig ist. Aber ich will keine Vermutungen anstellen. Die Schlussfolgerungen überlasse ich lieber euch.«

»Aber woher sollte das kommen? Sie haben die Flasche doch Freitagnacht mitgenommen, oder?« Bruch konnte nicht glauben, dass das tatsächlich ein zweites Mal passiert war.

»Selbstverständlich. Da wird sich der Mörder wohl schon vorher einen kleinen Vorrat abgezwackt haben. Und noch etwas ist interessant: Wir haben unter ihren Nägeln Hautfetzen und etwas Blut gefunden. Allem Anschein nach hatte sie sich mit jemandem hangreiflich gestritten.«

»Und was meinst du, wie lange sie schon tot ist?«, hakte Krug nach.

»Seit ein Uhr würde ich sagen. Plus oder minus zwei Stunden. Ist eine Affenhitze da drinnen. Da geht das mit der Leichenstarre recht fix.«

»Danke dir, Hartmut!«

Schwimmer nickte und verschwand wieder im Zimmer. Wieder herrschte Stille. Diesmal wurde sie von Lina durchbrochen.

»Sie hatte sich gestern Abend eingeschlossen. Das haben die anderen erzählt und«, sie senkte ihre Stimme, »ich habe es auch gehört. Habe sie nämlich gestern Abend noch durch einen kleinen Türspalt belauscht.« Und Lina berichtete von den Ereignissen des Vorabends.

»Also muss sie ihren Mörder selbst hereingelassen haben, denn heute früh war nicht abgeschlossen«, schloss Krug.

»Entweder das oder sie hat vergessen, wieder abzuschließen, nachdem sie noch einmal draußen war.«

»Wieso sollte sie noch einmal rausgegangen sein?«

»Weil sie erstens ein Mädchen ist: Die müssen ständig aufs Klo. Und weil sie – zweitens – bei ihrem Abgang keine Sektflasche in das Zimmer getragen hat – zumindest habe ich das nicht gesehen. Sie muss sie sich später geholt haben. Oder der Mörder hat sie mitgebracht.«

»Was denkst du?« Krug wusste, dass Lina die Sache richtig einschätzen würde.

»Ich denke, dass sie am Freitagabend tatsächlich etwas gesehen hat, dessen Bedeutung ihr erst später klar wurde. Und ich denke, dass sie mit ihrer Andeutung gestern Morgen in Wahrheit den Mörder erpresst hat und der das auch richtig verstanden hat. Ich denke, dass sie ihn oder sie als neue Einnahmequelle auserkoren hatte und daher die Chance nutzte, Tobias zu sagen, was sie in Wirklichkeit von ihm hielt: ›Ich will dich im Dreck winseln sehen, denn da gehörst du hin!‹ So etwas sagt man nicht zu jemandem, von dem man eigentlich nur eine Entschuldigung will. Denn wir dürfen bei ihren ganzen familiären Tragödien und dem Mitleid, was wir unterschwellig für sie empfinden, nicht aus den Augen verlieren, dass Stella-Claire ein berechnendes, manipulatives Miststück war, dem es Freude bereitete, andere Menschen zu quälen. Eine Erpressung hätte wunderbar ihrem Naturell entsprochen. Aber leider hat sie – wie immer – ihren Intellekt über- und ihren Gegner unterschätzt.«

Für ein paar Augenblicke herrschte wieder Ruhe.

»Ich denke, wir sollten unsere möglichen Mörder alle gemeinsam hier in der Küche befragen. Dann sparen wir uns Arbeit. Und vielleicht haben wir ja Glück und sie belasten sich gegenseitig. Und vielleicht zeigt uns der eine oder andere ja auch ein paar hübsche Kratzspuren, die uns unsere Suche erheblich erleichtern würden.« Bruchs Vorschlag war äußerst willkommen, denn alle drei fühlten sich schlapp und hätten keine fünf Einzelbefragungen mehr durchgestanden.

Dreiundzwanzig

Nach und nach versammelten sich alle in der Küche. Max und Dunja hatten sich angezogen, ebenso Samira und Damian – auch wenn diese beiden mittlerweile Klamotten der anderen beiden tragen mussten. Der Einzige, der immer noch in Morgenmantel und Bettschuhen durch die Gegend schlurfte, war Tobias. Sein Gesicht war unrasiert, sein Haar verstrubbelt, seine Augen blutunterlaufen. Er kauerte auf seinem Stuhl und nuschelte anhaltend zusammenhanglose Sätze vor sich hin. Dabei zuckte er in unregelmäßigen Abständen mal mehr, mal weniger zusammen. Wenn sie ihn nicht gekannt hätten, hätten sie ihn wohl alle für einen Penner gehalten. Der Einzige, bei dem sein Auftreten kein Mitleid erregte, war Krug. Sein Zorn auf diesen gewalttätigen Schlappschwanz, der seine kleine Lina angegriffen hatte, war einfach noch zu groß. Er machte Tobias eine klare Ansage.

»Eine falsche Bewegung oder ein falsches Wort und ich lasse dich in Handschellen packen. Hast du verstanden, Bürschchen? Selbst wenn du nur einen bösen Blick in die Runde wirfst, habe ich dich schneller an deinen Scheiß-Stuhl gekettet, als du ›Abschaum‹ sagen kannst, klar? Hörst du mir überhaupt zu?«

Nein, offenkundig hatte Tobias nicht ein Wort von Krugs kleiner Ansprache mitbekommen. Erst jetzt, als der Polizist fertig war, bemerkte er überhaupt, dass jemand direkt vor ihm stand. Er schaute hoch und blinzelte Krug mit verklebten, verheulten Augen an. Der Arzt hatte ihn aus seinem Zimmer begleitet und winkte Krug nun zu sich.

»Der Tritt und der Schlag haben keinen bleibenden Schaden angerichtet. Aber das ist nur das Äußerliche. Der junge Mann steht unter Schock. Er sollte dringend eingehender untersucht werden, wenn Ihre Befragung vorbei ist.«

»Ist er überhaupt im Stande, irgendetwas Sinnvolles beizusteuern?«

»Oh ja, ich habe ihm etwas zur Beruhigung gegeben und seitdem brabbelt er ohne Unterlass. Das Mittel wirkt rund drei Stunden. Der erzählt Ihnen alles, was Sie wissen wollen.«

»Sehr schön.« Krug klatschte laut in die Hände, verabschiedete den Notarzt und wandte sich augenblicklich seinen Verdächtigen zu, die alle in einem Halbkreis um den Küchentisch herum saßen. Er selbst hatte sich vor dem Tresen postiert, Bruch zu seiner Linken. Lina hatte sich auf die Arbeitsplatte hinter dem Tresen gesetzt und harrte als graue Eminenz im Hintergrund der Dinge, die nun kommen mochten.

»Fangen wir mit einer simplen Frage an: Was haben Sie gestern Abend von circa 22 Uhr bis heute Morgen gegen zwei Uhr getan? Frau Weber?«

»Samira und ich waren in meinem Zimmer.«

»Schon ab zehn Uhr? Und die ganze Nacht? Sie sind nicht irgendwann noch einmal ins Bad gegangen? Oder haben sich noch etwas zu essen geholt?«

Die beiden sahen sich noch einmal an, überlegten kurz und fügten dann hinzu, dass sie beide sehr früh müde waren und dementsprechend früh zu Bett gegangen sind.

Krug wandte sich Max und Damian zu und bekam dort die gleiche Antwort. Allein ihm fehlte der Glaube. Mit einem Seufzer wandte er sich an Tobias. Er erwartete fast, etwas von Bienen und Butterblumen erzählt zu bekommen, doch Tobias schwafelte jetzt Zeug, das sogar Sinn ergab.

»Sie will mich ja gar nicht verlassen. Sie sagt ja, dass sie mich liebt. Aber nicht vor den anderen. Ist ihr wahrscheinlich ein bisschen peinlich. Sie will immer keine Küsschen und so vor anderen. Sagt, das gehört nach Hause und nicht vor die Tür. Aber ich gehe noch einmal nachts zu ihr und sie sagt, dass sie mich liebt. Okay, ich muss etwas nachhelfen, weil sie ist schon manchmal ein kleines Biest. Sie kratzt und haut mich, guck!« Mit diesen Worten krempelte Tobias seinen Ärmel hoch und legte drei lange Striemen frei. »Und immerzu sagt sie, ich soll sie allein lassen. Aber ich höre nicht auf sie und bleibe da. Ha, damit hat sie nicht gerechnet! Ich bin total cool und kann mich durchsetzen. Das gefällt ihr. Denn sie sagt dann, dass sie mich liebt und dass sie morgen wieder zu mir kommt. Aber jetzt will sie ausnahmsweise mal allein sein. In Ruhe lesen und so. Das verstehe ich natürlich. Ist auch mal schön, allein zu sein. Also gehe ich wieder zurück. Hallo, Max. Na, auch noch so spät wach. Gute Nacht. Morgen koche ich lecker Nudelsuppe. Mit Himbeereis …« Und Tobias entschwand wieder in seine eigene, kleine Zauberwelt.

Alle Augen waren nun auf Max gerichtet, der diesen Unsinn dem kranken Hirn seines Mitbewohners zuordnete. Lina hatte bereits seit Beginn der Befragung schwer mit sich gerungen, um ihre Fassung nicht zu verlieren, doch nun platzte ihr der Kragen: »Zu eurer aller Information. Ich habe gestern Nacht drei Mal mein Zimmer verlassen: In der letzten Werbepause meines Films bin ich aufs Klo gegangen. Das war kurz nach zehn und als ich meine Zimmertür öffnete, wurde schnell die Zimmertür von Max zugeschlagen. Dann habe ich mir noch eine DVD angeschaut, die ich kurz vor zwölf unterbrochen habe, um mich schon einmal fürs Bett fertig zu machen. Als ich gerade die Badtür schließen wollte, konnte ich sehen, wie Tobias aus der Abstellkammer zurück in sein Zimmer huschte. Und zu guter Letzt konnte ich eine ganze Weile nicht einschlafen und bin gegen halb zwei noch einmal aufs Klo gegangen. Als ich wieder aus dem Bad kam, sah ich, wie sich Dunjas Tür schloss. Also tut bitte nicht so, als wären wir hier im Seniorenheim, wo um zehn alle schlafen gehen.«

Wenn sie es nicht sowieso schon geplant gehabt hätte, hätte sich Lina spätestens jetzt eine neue Wohnung suchen müssen. Max, Damian, Dunja und Samira blickten sie alle fassungslos und zornig an. Von nun an war sie offiziell der Verräter, für den sie sie ohnehin schon die ganze Zeit hielten. Einzig Tobias summte eine leise Melodie und beobachtete eine kleine Fliege, die unentschlossen um die Deckenlampe kreiste. Dunja hatte sich zuerst wieder unter Kontrolle und versuchte eine Erklärung.

»Samira ist Schlafwandlerin. Sie macht das nicht oft. Aber nach der ganzen Aufregung ist es wohl nicht verwunderlich, dass es letzte Nacht passiert ist. Ich bin nachts aufgewacht und sie war nicht mehr da. Da bin ich sie suchen gegangen.«

»Und wo war sie?«

»Direkt vor meiner Tür. Sie kratzte vollkommen in Trance an der Tür der Abstellkammer. Ich habe sie weggezogen und wieder in mein Zimmer geschafft. Aber als ich das heute Morgen von Stella-Claire hörte, habe ich es mit der Angst bekommen und mir gedacht, es wäre vielleicht sicherer, wenn ich das nicht erwähne. Schließlich ist sie meine Schwester und ich wollte sie nicht in Gefahr bringen.«

»Sie oder sich selbst?« Krug wollte gar keine Antwort auf diese Frage haben und fasste stattdessen bei Samira nach. »Wie oft wandeln Sie im Schlaf, Frau Weber?«

»Ich weiß es nicht. Als Jugendliche mussten sie mich einschließen, damit ich nicht jede Nacht abhaue. Dann habe ich eine Therapie gemacht und es wurde wesentlich besser. Ich hatte schon gehofft, dass es ganz vorbei ist.«

»Wann war es das letzte Mal?«

»Das ist bestimmt schon acht, neun Jahre her.«

»Können Sie sich an etwas erinnern?«

»Nein, ich weiß noch nicht einmal mehr, wann ich eingeschlafen bin. Ich fühle mich furchtbar. Fast als hätte ich einen Kater.«

»Nun gut, da hätten wir also eine schlafwandelnde kleine Schwester, um die man sich Sorgen gemacht hat. Und was haben die Herren für eine Ausrede parat?«

»Gar keine. Wir können Ihnen nur die Wahrheit anbieten. Wir sind in Thomas' Zimmer gegangen, weil wir schauen wollten, ob die Bilder da noch irgendwo herumliegen. Dann hätten wir sie zusammen mit den anderen vernichten können und niemand hätte je etwas erfahren. Aber wir haben sie nicht gefunden.«

Die beiden Mädchen schauten zuerst sich, dann Max fragend an. Die Fragen, was das für Bilder seien und was ans Licht kommen sollte, schwebten mitten im Raum. Krug war hingegen außer sich: »Für wie blöd halten Sie uns eigentlich? Denken Sie ernsthaft, dass wir Beweismittel einfach so an einem Tatort zurücklassen? Das kann doch wohl nicht Ihr Ernst sein. Sie brechen in ein versiegeltes Zimmer ein und wollen einfach mal so nebenbei ein paar wichtige

Beweismittel vernichten? Damit haben Sie sich strafbar gemacht! Und wofür? Nur um so eine unwichtige, lapidare Sache zu vertuschen? Das kommt doch früher oder später sowieso heraus. Wenn Sie nur ein bisschen mehr Mann wären, hätten Sie allen Beteiligten ohnehin schon längst reinen Wein eingeschenkt. Meine Güte, gehen jahrelang zur Schule und in die Uni und haben doch nur bunte Knete im Hirn ...«

Den letzten Satz hatte er für sich selbst gebrummelt, dennoch hatten ihn alle verstanden. Da er keine Anstalten machte, sich wieder zu beruhigen, führte Bruch die Befragung fort. »So, das waren jetzt die Male, die von Frau Stark beobachtet worden waren. Gibt es vielleicht noch andere Ausflüge, von denen Sie uns hier berichten möchten?«

Keiner sagte etwas, was Bruch nur ein genervtes »Habe ich auch nicht erwartet« entlockte. Sie waren schon wieder mit ihrem Latein am Ende. Jetzt konnten sie nur hoffen, dass die Spurensicherung ein paar Erkenntnisse liefern konnte. Wohin die Hautfetzen unter den Nägeln führten, wussten sie nun. Aber ob das für eine Mordanklage reichte? Schließlich hatte Stella-Claire den Sekt freiwillig getrunken – zumindest hatte es bisher den Anschein, denn sie hatten keine offensichtlichen Spuren von äußerlicher Gewalteinwirkung gefunden. Lina saß in ihrer Ecke und dachte angestrengt nach. Sie brauchte nur noch ein winziges Detail und das Puzzlespiel würde passen. Doch woher dieses kommen sollte, wusste sie nicht.

Plötzlich setzte draußen ein ungeheurer Wind ein. Er pfiff an den Oberlichtern vorbei und rüttelte an den Dachziegeln.

Lina und Krug hatten es beide gehört: In Thomas' Zimmer war das Fenster zugeschlagen. Doch wie konnte dort ein Fenster zuschlagen, wenn sie am Vortag alles dicht gemacht hatten? Im Radio hatten sie gehört, dass eine Gewitterfront über die Stadt hinweg ziehen würde und hatten vorsorglich das Fenster geschlossen. Wieso konnte es nun also zuschlagen? Zeitgleich stürmten sie in das Zimmer. Und als Antwort auf ihre Fragen, bot sich ihnen ein bizarres Bild.

Vierundzwanzig

In Thomas' Zimmer herrschte absolutes Chaos. Beim Öffnen der Tür stoben zahllose Daunen auf. Große, schwarze Federn lagen auf dem Boden und dem Bett. Der Bereich um das Fenster herum triefte vor Wasser. Trotz des dicken Teppichbodens hatte sich eine Pfütze vor dem Fenster gebildet. Einer der Vorhänge hing schwer herunter, der andere klebte an der Wand, wo sich ein hässlicher Fleck um ihn herum auf der Tapete ausgebreitet hatte. Aufgeschreckt von den unangemeldeten Besuchern ließen zwei Krähen einen abscheulichen Krächzlaut los, bevor sie sich vom Bett aus in Richtung Fenster und ab in die Lüfte schwangen. Erst nachdem diese beiden großen Vögel abgehoben hatten, erkannten Krug und Lina ein weiteres Detail in diesem ganzen Chaos: Der weiße Satinbettbezug – oder besser das, was von ihm übrig war – war getränkt mit Blut. Das Bett sah aus wie ein Schlachtfeld. Kopfkissen und Decke waren in Fetzen gerissen worden. Das Blut war bereits getrocknet und hinterließ schwarzrote Flecken, an denen hier und dort weiße Federn festklebten. Beim näheren Hinsehen erkannten beide, dass nicht nur Blut über das Bett verteilt worden war. Zwischen Matratze und Bettgestell hatte sich ein kleines Stückchen Fleisch geklemmt, das die Krähen wohl übersehen hatten. Auch auf dem Boden fanden sich einzelne Fasern. Lina wurde bei diesem Anblick und ihrer eigenen Vorstellung, wie das Blut und das Fleisch dorthin gelangt waren, schlecht. Sie verließ fluchtartig das Zimmer und rannte ins Bad. Die Toilette erreichte sie nicht mehr, so dass sie sich auf halbem Weg ins Waschbecken übergeben musste.

Nur mit Mühe und höchster Willenskraft schaffte sie es, danach wieder in Thomas' Zimmer zurückzukehren. Vor der Tür machten alle Mitbewohner lange Hälse, um auch etwas von dem mitzubekommen, das sich in dem Zimmer abspielte. Einzig Tobias schien von dem Treiben unbeeindruckt und fragte nur teilnahmslos, ob denn schon wieder jemand gestorben sei.

»Verzieht euch, ihr Aasgeier!«, schnauzte Lina ihre Mitbewohner an. Sie alle hatten in den letzten beiden Tagen Respekt vor ihr gelernt: Wenn schon nicht vor ihrer Person, so doch zumindest vor ihren guten Beziehungen zu den Gesetzeshütern. Also kuschten sie und setzten sich wieder zurück an den Esstisch.

Krug hatte mittlerweile Schwimmer als Berater hinzugezogen. Als Lina eintrat, hörte sie gerade noch, wie Schwimmer bestätigte, dass an Stella-Claire keinerlei Stücke fehlten. Er kniete sich neben das Bett und untersuchte die Fleischstücke und das Blut genauer. Nach circa einer Minute wandte er ihnen sein Gesicht zu. Er grinste. »Wenn ich wetten müsste, würde ich auf Rindergulasch tippen. Rindergulasch und rote Grütze, um genau zu sein.« Ohne eine weitere Nachfrage ging Bruch aus dem Zimmer.

»Wollte einer von Ihnen heute ein Rindfleischgericht kochen?« Aus den verdutzten Gesichtern, die ihn vom Esstisch anstarrten, löste sich Dunjas, die bestätigte, dass sie abends Tafelspitz machen wollte. Ein Blick in den Kühlschrank verriet, dass sie das Suppengrün wohl allein kochen müsste. Das Kilogramm Rindfleisch war verschwunden.

»Wer wusste, dass das dort lag?«

»Jeder, der in den Kühlschrank geschaut hat.«

»War ja klar. Und, vermisst jemand eine Schüssel mit roter Grütze?«

Max bestätigte, dass ihm wieder einmal die selbstgemachte rote Grütze seiner Großmutter gemopst worden war.

Bruch ging zurück in das Zimmer von Opfer Nummer eins und berichtete den anderen, was er draußen in Erfahrung gebracht hatte. Die Blässe war inzwischen wieder etwas aus Linas Gesicht gewichen, nachdem sie herausgefunden hatten, dass es kein Blut und kein menschliches Fleisch waren, die sie kurz zuvor hatte sehen müssen. Doch sie wirkte sehr angespannt und äußerst konzentriert. Die Männer in der Runde sinnierten darüber, warum in diesem Zimmer solch ein Durcheinander veranstaltet worden war.

»Das ist doch wohl offensichtlich. Die Frage ist nur: Warum musste er sterben? Oder besser – warum jetzt?« Lina sprach mit sich selbst und beachtete die erstaunten Gesichter der anderen gar nicht mehr. »Ich brauche alles, was wir in Thomas' Zimmer gefunden haben. Und ich muss nachdenken. Ich muss das alles ordnen. So viel Rot. So ein Chaos. So ein Chaos im Kopf.« Ohne jegliche Erklärung ließ sie die drei Männer stehen, ging in ihr Zimmer und verriegelte die Tür.

Alle drei hatten Lina hinterhergestarrt, als hätten sie noch nie einen Menschen gesehen, der Selbstgespräche führte. Der Erste, der wieder zu sich kam, war Krug. Er frohlockte geradezu und erklärte Bruch und Schwimmer, dass das ein gutes Zeichen sei. Lina brauchte jetzt keine weiteren Informationen mehr. Sie war sich sicher, dass sie alles wusste, was sie wissen musste. Sie musste es nur noch in die richtige Reihenfolge bringen. Er schickte einen Polizisten auf die Wache, um all die Beweisstücke zu holen, die sie in Thomas' Zimmer gefunden hatten. Diese packte er in einen Beutel und klopfte an Linas Tür. Als keine Antwort kam, öffnete er einfach so und fand sie auf ihrer Couch sitzend. Nur halb nahm sie ihn überhaupt wahr. Jedoch bedankte sie sich durch einen kurzen Fingerzeig und zeigte ihm so an, dass sie die Lieferung mitbekommen hatte. Dann verließ er ihr Zimmer wieder und kehrte zu seinem Kollegen Bruch zurück. Dieser war von diesem Vorgehen alles andere als begeistert. Das hatte ihm gerade noch gefehlt, dass diese Göre seinen ersten Fall hier in Mannheim lösen sollte. Er konnte das auch gut ohne ihre Hilfe – wahrscheinlich sogar besser, weil er dann selbst Herr seiner Beweisstücke gewesen wäre und sie nicht nur dann und wann einmal kurz hätte anschauen können, wenn sie gerade kein anderer haben wollte. Es ärgerte ihn, dass er den ganzen Samstag einer falschen Spur nachgejagt war. Doch wer sagte eigentlich, dass diese Spur so falsch gewesen war? Er setzte Krug kurz darüber in Kenntnis, dass offensichtlich nichts aus dem Zimmer von Opfer Nummer eins gestohlen worden war. Oberflächlich war zwar alles in Chaos geraten, aber das hatten wohl die Krähen zu verantworten. Krugs Auflistung vom Vortag zufolge fehlte nichts – nur das, was sie selbst mitgenommen hatten, und was jetzt bei Lina im Zimmer lag.

Während sich sein Partner über Linas »Hilfe« maßlos ärgerte, war Krug glänzender Laune. Offenkundig hatte er nicht vor, auch nur noch einen Handstreich Arbeit zu tun. Er war felsenfest davon überzeugt, dass ihm Lina die Lösung auf einem Silbertablett servieren würde. Doch so leicht wollte sich Bruch noch nicht geschlagen geben.

»Wollen wir uns vielleicht auch noch selbst auf Mördersuche begeben? Was halten Sie davon, wenn wir noch einmal alles zusammentragen, was wir wissen. Die Fakten liegen offen auf dem Tisch. Was Ihre Frau Stark kann, können wir ja wohl dreimal.«

»Unterschätzen Sie meine kleine Lina nicht. Die hat eine Intuition und eine Allgemeinbildung, da sehen wir beide alt gegen aus. Trotzdem ist das eine gute Idee: Wir stellen selbst ein paar Vermutungen auf und schauen dann, wer am Nächsten dran ist. Fangen Sie an!«

»Gut. Dann fangen wir – wie immer – mit Schmack-Lübbe und seinem Freund an. Die sind beide prädestiniert für die beiden Morde. Von denen kann jeder einzeln zugeschlagen haben, oder sie haben es zusammen durchgezogen. Ich tippe darauf, dass sie zusammengearbeitet haben. Sie scheinen mir sehr vertraut. Einer von beiden mischt das Gift in Kaufmanns Glas und wird dabei von Opfer Nummer zwei beobachtet. Diese erpresst die beiden. Dass sie jemanden erpresst hat, steht für mich außer Frage, wir haben es ja von Zeugen bestätigt bekommen: ›Ich habe Dinge erkannt, die ihr noch nicht einmal glauben würdet, wenn sie euch ins Gesicht springen.‹ Das war eine offensichtliche Erpressung. Aber Sie haben die Sache ja leider auf sich beruhen lassen. Sei's drum. Sie erpresst die beiden und wird dafür vergiftet. Das klingt für mich ziemlich logisch.«

»Und welche Beweise haben Sie?«

»Schmack-Lübbe ist erpresst worden. Beweise dafür mit samt seiner Aussage haben wir. Das ist ein starkes Motiv. Das Geständnis käme, wenn ich ihn nur ein paar Stunden auf dem Revier verhören würde. Da bin ich mir ganz sicher.«

»Also legen Sie sich fest?«

»Zu 90 Prozent, ja!«

»Und die restlichen zehn?«

»Da bin ich noch unentschlossen. Quadflieg hat Kaufmann gehasst. Zu Recht, wenn man bedenkt, dass der über seine Freundin hergefallen ist und diese der Sache nicht abgeneigt war. Er hat Angst, sie an seinen Nebenbuhler zu verlieren, und schafft diesen aus dem Weg. Wobei ich weiterhin der Meinung bin, dass er eher zuschlagen als vergiften würde. Aber gut, wer weiß schon, was sein krankes Hirn denkt.«

»Aber wenn er Kaufmann umbrachte, um seine Freundin nicht zu verlieren, warum tötet er dann seine Freundin?«

»Im Affekt?«

»Im Affekt schüttet man doch kein Gift in eine Sektflasche! Im Affekt schlägt man zu. Es kann aber auch sein, dass sein Hass so groß war, dass er das alles akribisch geplant hat. Die Affäre ist schon mehrere Wochen her. Er hatte alle Zeit der Welt, alles vorzubereiten und zu durchdenken. Wer sagt denn, dass er Frau Bruckner seit diesem Vorfall nicht genauso sehr hasste, dass auch der Mord an ihr geplant war. Vielleicht wusste sie ja überhaupt nichts und wollte sich nur aufspielen. Vielleicht war ihr Tod bereits vor Freitagabend beschlossene Sache. Zuzutrauen wäre es Herrn Quadflieg. Seine Rolle als geschockter Freund hat er meiner Meinung nach vorhin etwas zu perfekt gespielt.«

Mit diesen Ausführungen hatte Krug seinen Kollegen ganz aus dem Konzept gebracht. Dennoch wollte er noch nicht aufgeben. »Und die beiden Mädels haben es auch faustdick hinter den Ohren. Die eine ist gemeingefährlich und hatte mit Sicherheit eine Schweinewut auf Opfer Nummer eins. Entweder hat sie sich einfach nur rächen wollen oder ihn so sehr geliebt, dass sie ihn an keine andere verlieren wollte oder sie hat kurz gerechnet, dass sie mit der Halbwaisenrente besser auskommen würde, als mit dem Unterhalt, den Kaufmann nie gezahlt hätte. Die andere ist meiner Ansicht nach etwas zu sehr um das Wohl ihrer Schwester besorgt, als dass sie zulassen würde, dass ihr Kaufmann irgendwie wehtut. Vielleicht haben die es ja auch zusammen gemacht? Aber das Vorgehen wäre bei allen Parteien gleich. Gift in Kaufmanns Glas, ein nächtlicher Besuch bei Frau Bruckner und prost!«

Da Krug nichts sagte, fuhr Bruch unbeirrt fort: »Last, not least haben wir unseren Herrn Stehle, einen Schläger, der sich mit Kaufmann über Beute oder andere ›geschäftliche‹ Dinge gestritten haben könnte. Er ermordet ihn. Doch als seine Fingerabdrücke genommen werden sollen, gerät er in Panik und will fliehen – wodurch er sich erst recht verdächtig macht. Selbstverständlich muss er mit jemandem zusammengearbeitet haben. Vielleicht ja sogar mit Opfer Nummer zwei, das sich vor lauter schlechtem Gewissen selbst das Leben genommen hat. Oder mit den beiden Herren, weil ihn Kaufmann bei der Erpressung von Schmack-Lübbe übergehen wollte und er es ihm so auf diesem Weg heimzahlen wollte. Oder mit den beiden Mädchen? Vielleicht ist er ja strenggläubig und denkt, dass ein Vater zu seinem Kind gehört und es nicht verlassen sollte.«

Krug kratzte sich an der Stirn. »Sehen Sie, deswegen wollte ich das alles nicht noch einmal durchkauen. Die Schlussfolgerungen werden immer kurioser und abstruser. Keine Beweise. Nur Mutmaßungen und zusammengeschusterte Halbwahrheiten. Rauchende Köpfe. Und wir sind keinen Schritt weiter. Glauben Sie mir: Das Beste ist es, wenn wir auf Linas Urteil warten. Sie wird uns Beweise und einen schlüssigen Tathergang liefern.«

»Aber es kann wohl kaum unsere Aufgabe sein, in Esszimmern zu sitzen und darauf zu warten, dass ein Außenstehender unsere Arbeit macht ...« Er wollte noch mehr sagen, doch in diesem Moment streckte Lina ihren Kopf aus der Tür.

Fünfundzwanzig

Sie versuchte eine halbe Stunde lang, die Polizisten zu überreden, dass sie auf gar keinen Fall an der Aufklärung des Falles teilhaben, geschweige denn diese leiten wollte. Mit Engelszungen redete sie auf die beiden ein, denn sie fand, dass sie selbst nicht berechtigt war, Anschuldigungen auszusprechen und Schlussfolgerungen zu ziehen. Sie war keine Polizistin und wollte daher auch nicht die Verantwortung tragen. Doch beide Kommissare lehnten es schlichtweg ab, diese Aufgabe für sie zu übernehmen. Dafür hatten sie Motive, die unterschiedlich nicht hätten sein können. Krug wollte, dass derjenigen Ehre zuteilwurde, der sie auch gebührte. Er war nicht im Mindesten daran interessiert, sich als Held der Stunde aufzuspielen, wo die Arbeit doch jemand anderes gemacht hatte. Er gönnte Lina ihren Triumph, selbst wenn sie ihn gar nicht als solchen ansah. Krug wusste, dass ihr mit einer erfolgreichen Lösung dieses Falls Tür und Tor zu einer Karriere geöffnet wurden, an die sie bisher noch gar nicht gedacht hatte, für die er sie jedoch als bestens geeignet befand. Unternehmensberatung war einfach nichts für sie. Sie war die Tochter ihres Vaters und damit Höherem als der Profitgier globaler Großkonzerne verpflichtet. Bruch hatte hingegen andere Gründe für seine ablehnende Haltung: Er glaubte nicht, dass dieses Schulmädchen auch nur ansatzweise begriffen hatte, wie der Job eines Polizisten funktionierte, und damit nicht die Spur einer Chance hatte, den Fall erfolgreich zu lösen. Und er wollte sich mit Sicherheit nicht zum Horst machen, indem er eine falsche Lösung zum Besten gab, an die er selbst nicht glaubte. Ganz abgesehen davon, dass er keine Lust hatte, in einer Schmierenkomödie mitzuspielen, bei der er nur der dumme August war, der blöd den Text aufsagen musste, der ihm zugeteilt worden war. Sollte sich diese Frau Stark doch selbst zum Affen machen und ihre dummen Ideen allein vortragen – wenn sie stark genug dafür war.

Lina hatte unterdessen große Lust, alles hinzuschmeißen und die beiden selbst weiterrätseln zu lassen. Sollten die sich doch allein den Kopf zerbrechen! Die würden schon wiederkommen, wenn sie nicht weiterkämen. Und dass sie nicht weiterkämen, war sowieso klar, weil sie nicht das wussten, was Lina wusste. Außerdem wussten sie nicht, wie sie den Mörder zu einem Geständnis zwingen konnten, weil sie ihn einfach nicht so gut kannten, wie sie selbst. Und zu einem Geständnis mussten sie ihn bringen, denn die Beweise allein reichten nicht aus. Alles, was sie hatten, waren bestenfalls Indizien. Diese blöden Sturköpfe! Es hatte keinen Zweck, sich zu wehren. Das hatte Lina schon nach fünf Minuten eingesehen und trotzdem weiterargumentiert und gekämpft. Schlussendlich gab sie auf. Sie sagte den Polizisten, wann sie alle Verdächtigen in der Küche zusammentrommeln sollten. Dann ging sie zurück in ihr Zimmer, um sich peinlich genau auf den großen Schlussakt vorzubereiten.

Nachdem Lina die Tür hinter sich zugemacht hatte, wählte Krug sofort die Nummer des Präsidiums und sagte dort Bescheid, dass Mike Stehle in zwei Stunden an den Tatort gebracht werden müsse. Man wollte hier die Geschehnisse rekonstruieren und dies verlangte seine Anwesenheit. Dann wählte er die Nummer von Staatsanwalt Henrik Anderson und bat ihn, um 18 Uhr in der Wohnung seiner Patentochter zu sein. Er deutete kurz an, dass Lina eine Lösung auf ihre Fragen gefunden zu haben schien, nannte jedoch keine weiteren Details. Auch vermied er das Wort »Patentochter« oder Linas Vornamen ganz bewusst, denn Anderson hatte ihm verraten, dass er Bruch am Freitagabend über seine Beziehung zu Lina Stark im Unklaren gelassen und ihn nur generell in die Schranken gewiesen hatte. Diesen Trumpf wollte Krug daher noch nicht so schnell aus der Hand geben. Und mit einem Blick auf seinen neuen Kollegen erkannte er, dass dies eine weise Entscheidung gewesen war. Bruch hatte einen hochroten Kopf bekommen und aus seinem Hemdkragen dampfte es förmlich hervor. Krug hatte sein Telefonat gerade durch ein Drücken der entsprechenden Taste beendet, da wetterte Bruch auch schon los.

»Ich kann einfach nicht glauben, dass sie diesem Mädchen solch eine Plattform bieten. Gut, sie kennen sie von früher und sie ist die liebe, kleine Tochter ihres Ex-Partners. Aber das macht sie noch lange nicht zur Polizistin. Sie machen sich ja absolut lächerlich, wenn Sie dieser Göre die Aufklärung dieses Falls anvertrauen. Und dann auch noch den Staatsanwalt dazu bitten! Ist das wirklich Ihr Ernst? Wenn die Sache in die Hose geht, sind wir beide geliefert.«

Bruch wollte noch weitermachen, doch Krug schnitt ihm das Wort ab. »Junge, zerbrechen Sie sich mal bitte nicht meinen Kopf! Ich weiß genau, was ich tue. Und gelinde gesagt pfeife ich auf Ihre Meinung zu diesem Thema. Bislang haben Sie noch nicht viel Brauchbares zu diesem Fall beisteuern können. Das kann man von Lina jedoch nicht behaupten. Mal ganz abgesehen davon, dass die Kleine ein absolutes Superhirn ist und diesen Fall auf jeden Fall gleich lösen wird. Sie können das nicht wissen, da Sie sie nicht kennen. Und deshalb soll das auch nicht Ihre Sorge sein. Ich vertraue ihr und ich bin es immer noch, der die Ermittlungen hier leitet. Also werden Sie sich wohl mit meinem Urteil zufriedengeben müssen, auch wenn es Ihnen schwerfällt.«

»So etwas Unprofessionelles ist mir in meinem ganzen Leben noch nicht untergekommen. Solche Methoden gibt es in Hamburg nicht …«

»Dann schlage ich vor, dass Sie wieder dahin zurückgehen sollten. Ach nein, stimmt ja, geht ja nicht! Die wollen Sie ja nicht mehr haben. Nach allem, was ich darüber gehört habe, waren Sie denen da oben auch eine Spur zu professionell, oder? Wie wäre es also, wenn Sie etwas weniger professionell und dafür eine Spur menschlicher werden und sich einfach auf die Erfahrung eines älteren Kollegen verlassen, der nichts weiter will, als Sie in Ihre neuen Aufgaben in der neuen Umgebung gut einzuführen? Und nebenbei einen Mordfall zu lösen …«

»Wenn Sie denken, dass ich mir dieses Affentheater ansehe, dann haben Sie sich gehörig geschnitten.«

Krug hatte an und für sich nicht auf seine Chefrolle pochen wollen. Er mochte solch alberne Machtspielchen ganz und gar nicht. Doch dieser unerzogene Bengel ließ ihm keine andere Wahl: »Doch, mein Lieber, genau das werden Sie tun. Sie werden sich dieses Affentheater anschauen. Und zwar weil ich es Ihnen sage: Schließlich bin ich immer noch Ihr Vorgesetzter. Vergessen Sie das nicht!«

Bruch wollte nur raus und eine Zigarette rauchen. Er schlug die Hacken aneinander, salutierte, sagte stramm »Ja, Sir!«, machte auf dem Absatz kehrt und verließ die Wohnung.

Sechsundzwanzig

Um 18 Uhr des kalten, verregneten Sonntagabends hatten sich alle in der Küche der Wohnung versammelt. Lina war bereits eine viertel Stunde früher aus ihrem Zimmer gekommen und hatte ihre Notizen und verschiedenen Indizien geordnet. Das alles hatte rund drei Minuten gedauert und seitdem hatte sie ihre Unterlagen an die hundert Mal von der einen Seite des Tisches auf die andere und wieder zurück geschoben, alles immer wieder neu geordnet, durchgeblättert und ständig geprüft, ob sie auch wirklich nichts vergessen hatte. Sie saß am Esstisch und trommelte nervös mit den Fingern auf der Platte. Das war eben doch etwas anderes, als vor einhundert unmotivierten, desinteressierten Studenten ein Referat zu halten. Die hörten einem sowieso nicht zu. Aber hier ging es buchstäblich um Leben und Tod. Sie musste noch einmal auf die Toilette – das dritte Mal in der letzten halben Stunde. Auf dem Weg dorthin lief sie Henrik Anderson in die Arme, doch beide verrieten durch keinerlei Zeichen, dass sie sich mehr als gut kannten. Anderson war hoch gewachsen und hatte blondes Haar, dessen Schwund bereits deutliche Geheimratsecken auf seiner Stirn hinterlassen hatte. Selbst an einem Sonntagabend hatte er einen seiner maßgeschneiderten Anzüge angezogen und das Einstecktüchlein lugte perfekt aus der ihm zugewiesenen Tasche hervor. Krug und er begrüßten sich herzlich, dann verzogen sie sich in den hinteren Teil des Zimmers, wo Krug ihm erklärte, wer sich alles in dem Raum befand. Alle Mitbewohner – sofern noch lebendig – waren anwesend und auch Mike war pünktlich in die Wohnung im Dachgeschoss geschafft worden. Er trug weiterhin Handschellen, da er noch auf dem Weg hierher zu flüchten versucht hatte. Tobias war sein Paar bislang erspart geblieben, da er sich in den letzten Stunden ruhig verhalten hatte. Kurz nach der Befragung in der Küche war er eingeschlafen und erst als Krug an seine Zimmertür trommelte, um alle in die Küche zu rufen, war er aufgewacht. Er saß da und starrte vor sich hin, schien im Großen und Ganzen jedoch wieder recht klar zu sein. Er saß auf einem der Stühle, die im Halbkreis um den Esstisch verteilt worden waren und starrte auf das rechte, vordere Tischbein. Rechts neben ihm hatte man Mike platziert, neben diesem saßen Dunja und Samira. Links neben Tobias hatten sich Max und Damian niedergelassen. Diese hatten den ganzen Nachmittag mit Dunja und Samira zusammengesessen und ihnen erklärt, was es mit den Bildern und den Heimlichkeiten auf sich hatte. Max war erleichtert, dass er es nun seiner besten Freundin gestanden hatte, und diese Erleichterung war ihm anzumerken. Selbst wenn sie ihn in Handschellen aus der Wohnung direkt aufs Schafott geführt hätten, hätte das seinen Tag nicht mehr versauen können. Samira hatte den beiden Jungen im Gegenzug die »frohe Kunde« ihrer Schwangerschaft überbracht, was jedoch mit weniger Jubelgeschrei quittiert wurde. Den restlichen Nachmittag verloren sie sich in wilden Spekulationen darüber, was Lina eigentlich genau mit der Polizei zu laufen hatte und warum sie alles daran setzte, die gesamte WG hinter Schloss und Riegel zu bringen. Am Ende waren sie sich einig, dass sie sie von nun an alle hassen würden.

Lina kam von der Toilette zurück und blickte in die Runde. Nicht nur die Verdächtigen waren in der Küche, sondern auch der halbe Polizeiapparat Mannheims. Bruch hatte sich in die hinterletzte Ecke zurückgezogen und blickte sie genervt und angewidert an. Krug unterhielt sich mit Anderson und im kleinen Flur zwischen Küche und Abstellzimmer standen eine Handvoll Beamte von der Spurensicherung, die ihre Arbeit im Nebenzimmer schon vor einer ganzen Weile beendet hatten und nun auf einen Showdown hofften. Für gewöhnlich sammelten sie nur die winzigen Puzzelteile, die dann später mit viel Glück ein großes Ganzes ergaben. Aber bei einer Aufklärung waren sie bisher noch nie dabei gewesen. Lina spürte den Druck wachsen. Ganz sicher würde sie sich in den nächsten Minuten übergeben müssen. Krug kam zu ihr, tätschelte ihr die Schulter und murmelte ihr »Viel Erfolg!« zu. Dann drehte er sich in Richtung Hörerschaft um, bat alle Anwesenden, still zu sein, und zog sich selbst hinter den Küchentresen zurück.

Linas Halsschlagader klopfte so stark, dass es sie wunderte, dass die anderen das Pochen nicht hörten. Sie räusperte sich und spürte wieder den Schmerz in ihrem Hals. Sie war gespannt, wie lange sie überhaupt sprechen konnte. Die ersten Sätze ihres kleinen Monologs hörte sie gar nicht, so nervös war sie. Nach wenigen Minuten hatte sich ihre Angst aber gelegt und sie redete und argumentierte, als hätte sie niemals etwas anderes getan. Anderson sah seine nächste Star-Staatsanwältin vor sich stehen, Krug die kommende Polizeipräsidentin.

»… weil einfach jeder einen Grund hatte, Thomas zu töten. Samira war stinksauer, weil er sie einfach hängen lassen wollte. Dunja war stinksauer, weil er ihrer Schwester das antun wollte und weil er sie selbst monatelang schamlos ausgenutzt hatte. Max wurde von Thomas erpresst und Damian wollte seinen Freund beschützen. Tobias war krankhaft eifersüchtig – damit hätten wir sogar ein Motiv für beide Morde. Und Mike hatte allem Anschein nach krumme Dinger mit Thomas laufen, über die sie sich gestritten haben könnten. Doch eigentlich hat ihn nur sein eigener Fluchtversuch verdächtig gemacht. Jeder der hier Anwesenden hatte also ein Motiv. Und jeder hatte mehr als genug Gelegenheit, das Gift in Thomas' Glas zu schmuggeln oder die Gläser am Tisch zu vertauschen. Auch Stella-Claire hätte jeder aus dem Weg räumen können – entweder allein oder in Koproduktion mit seinem jeweiligen Zimmerkameraden. Doch was wir an Motiven und Gelegenheiten zu viel haben, haben wir an Beweisen leider zu wenig. Was die Polizei mit Sicherheit wird beweisen können, sind die kriminellen Machenschaften von Thomas und Mike. Nellie Achter-Klotz, Tamara Kent, Zoe Mittenwald, Ann-Kathrin Lechner: Mit diesen ehemaligen Freundinnen von Thomas hat Kriminalkommissar Bruch gestern gesprochen. Ihre Initialen und die weiterer Damen finden sich in dieser speziellen Ausgabe des ›Kleinen Prinzen‹ wieder.«

An dieser Stelle hob sie das Beweisstück nach oben. Anderson platzte dabei fast vor Stolz.

»Die Beamten sollten noch einmal in Erfahrung bringen, was genau gestohlen wurde, denn ich denke, dass die Buchstaben in der zweiten Spalte eine Art Code für das Diebesgut sind. Für dich ist übrigens auch schon eine Spalte reserviert, Samira. Wolltest du ihn demnächst bei euch daheim vorstellen? Wie dem auch sei: Ich denke, dass Thomas in der dritten Spalte vermerkt hat, wann er das Zeug verkauft hat und in der vierten für wie viel Geld. Sie sehen, dass die letzten beiden Spalten nicht überall ausgefüllt sind. Das würde bedeuten, dass das Zeug noch irgendwo herumliegt. Da es nicht hier war, könnte es bei Mike daheim sein oder in Thomas' Bankschließfach. Aber das werden die Herren der Polizei mit Sicherheit überprüfen. Doch selbst wenn wir das alles beweisen können, gibt uns das noch lange keinen Aufschluss über den Mord. Auf gut Deutsch: Mike können wir nichts anhängen – am allerwenigsten den Folgemord an Stella-Claire, da er da bereits im Gefängnis saß.«

Obwohl er die ganze Zeit betont cool auf seinem Stuhl gesessen hatte, war Mike die Erleichterung anzumerken. Lina nahm einen großen Schluck aus ihrer Wasserflasche und fuhr fort.

»Als nächsten heißen Kandidaten hatte ich die ganze Zeit Tobias gehandelt. Eifersucht war schon immer ein starkes Motiv. Und die Hautfetzen unter Stella-Claires Nägeln und sein gleichzeitiges Geständnis, dass sie sich gestern Nacht mal wieder gestritten hatten, haben ihn selbstverständlich noch verdächtiger gemacht. Trotzdem kann ich ihm nicht nachweisen, dass er das Gift in ihren Sekt und Thomas' Glas gemischt hat. Es scheint noch nicht einmal logisch zu sein, da er sich in den letzten Tagen als hochgradig jähzornig entpuppt hat und solch ein Wesenszug wohl eher einen Mord durch Erschlagen oder Strangulation erwarten lassen würde. Und ich fürchte auch, dass ich allen anderen den Mord an Thomas nicht werde nachweisen können. Es gibt einfach keine Beweise dafür, dass ihn jemand töten wollte.«

Alle Anwesenden sahen zuerst Lina, dann sich gegenseitig ratlos an. Krug verlagerte sein enormes Körpergewicht unruhig von einem Bein auf das andere. Auch Anderson schien ein wenig nervös. Einzig Bruch fand Gefallen an der Szene: Aus seiner Ecke ließ er ein höhnisches Schnauben hören.

»Aber ich muss das auch gar nicht beweisen, weil er gar nicht getötet werden sollte. Es war ein Versehen, weil mal wieder sämtliche Gläser durcheinandergeraten waren. Nein, auch Stella-Claire war nicht das eigentliche Opfer. Das hatte sie wohl selbst auch schon nicht mehr geglaubt, denn warum hätte sie sich sonst der Gefahr aussetzen und allein schlafen sollen. Jedoch hatte sie wohl etwas gesehen. Etwas, das ihr zunächst völlig natürlich vorkam, dass sie im Nachhinein jedoch stutzig machte. Doch anstatt zur Polizei zu gehen, wollte sie ihr Wissen lieber zu ihrem Vorteil nutzen. Wozu Gerechtigkeit, wenn man stattdessen ordentlich abkassieren konnte? Das war leider der vorherrschende Charakterzug von Stella-Claire. Und die Person, die einmal mehr darunter leider sollte, war Dunja Weber!«

Siebenundzwanzig

Nicht jeder begriff sofort, dass dieses »darunter leiden« weniger nach Mitleid heischen als eine Mörderin enttarnen sollte. Die Einzige, die es in der ersten Sekunde verstanden hatte, war Dunja. Das war der letzte Beweis, den Lina gebraucht hatte. Dunja starrte sie an. In ihrem Blick lag eine Mischung aus blankem Hass und schierer Verzweiflung. Ein Teil winselte »Bitte, bitte, bitte tu es nicht«. Der andere vervollständigte den Satz »… oder ich reiße dir die Eingeweide heraus und verfüttere sie an die Krähen«. Sie sagte kein Wort. Die anderen Mitbewohner hatten nach und nach begriffen, was Linas letzte Worte zu bedeuten hatten und starrten sie mit offenen Mündern an. Doch keiner wagte den kleinsten Laut, so dass Lina nach einer Weile fortfuhr.

»Meiner Ansicht nach war der Mord nicht weit im Voraus geplant worden. Ich gehe davon aus, dass Dunja erst am späten Freitagnachmittag ihren Plan gefasst hatte. Samira hatte ihr erst an diesem Tag von ihrer Schwangerschaft erzählt.«

»Aber du widersprichst dir ja selbst! Eben hast du noch gesagt, dass du nicht beweisen kannst, dass sich Dunja an Thomas rächen wollte und nun behauptest du es trotzdem. Du hast doch gar keine Beweise dafür. Das hast du eben selbst gesagt.« Max war Dunja als tapferer Ritter in schillernder Rüstung zur Seite gesprungen und offensichtlich bereit, bis zum Letzten für sie zu kämpfen. Dunja selbst machte keine Anstalten, sich zu verteidigen.

»Stimmt, ich habe keine Beweise, dass sie Thomas umbringen wollte. Wieso hätte sie das auch tun sollen? Sie hat ihn heiß und innig geliebt.« Nachdem es im gesamten Raum still geworden war, fügte sie etwas leiser hinzu: »Wahrscheinlich mehr als all seine Gespielinnen zusammen und mehr als ihm lieb sein konnte. Denn sie war sogar bereit, zu töten, um ihn für sich zu gewinnen. Denn nicht er sollte dem Gift zum Opfer fallen, sondern ihre eigene Schwester Samira.«

Samira lachte hysterisch auf, jedoch nur kurz. Bis sie erkannte, dass ihre Schwester noch immer kein Widerwort geben wollte. »Das ist nicht wahr, Dunja? Das ist doch unmöglich wahr?« Doch Dunja rührte keinen Muskel. Lina ließ sich von diesem Schauspiel nicht beeindrucken und zog einige Blätter aus ihrem Stapel. Sie hielt sie kurz hoch und begann zu lesen.

»›... Ich liebe Dich mehr als mein eigenes Leben. Ich würde alles für Dich tun. Ich bin auch nicht eifersüchtig auf all Deine Frauen. Habe ruhig Deinen Spaß, tob Dich aus und lebe Dein Leben. Doch am Ende wirst Du sehen, dass ich die Einzige bin, die Dich glücklich machen wird. Die ganzen Frauen haben nichts zu bedeuten, denn eines Tages wirst Du mich mit anderen Augen sehen und dann wird unsere gemeinsame Zukunft beginnen.‹ In einem anderen Brief heißt es: ›Ich bin immer nur jedermanns bester Kumpel, doch ich weiß, dass du eines Tages mehr in mir entdecken wirst. Ich dränge Dich nicht. Solange Du frei und ungebunden bist, wirst Du zu mir finden. Und binden wirst Du dich nie – dafür werde ich sorgen.‹ Von dieser Art

Briefe habe ich sieben Stück in Thomas' Fundus gefunden. Sie sind zwar nicht direkt mit Dunjas Handschrift geschrieben, geschweige denn unterschrieben, jedoch ähneln sich einige Buchstaben sehr. Ein Experte für Handschriften sollte das bestätigen können. In dem einen Brief haben wir auch das eigentliche Motiv für den geplanten Mord erfahren: ›Ich werde dafür sorgen, dass du dich niemals bindest.‹ Ein Kind wäre jedoch ein äußerst starkes Bindemittel gewesen. Und das hat Dunja gefürchtet. Denn selbst wenn Thomas nicht mit Samira zusammengekommen wäre, wäre er nicht mehr ungebunden gewesen und Dunja hätte ihn nicht mehr für sich allein gehabt. Also musste das Kind verschwinden. Und dafür musste Samira sterben. Ich denke, dass die Wut, die Dunja in diesem Moment auf ihre Schwester gehabt haben dürfte, die schwesterlichen Gefühle ausgeschaltet hat. Sie musste dieses Kind loswerden. Sie konnte wohl kaum darauf hoffen, dass Thomas sein Kind im Stich lässt, aber dann mit dessen Tante den Rest seines Lebens verbringen wird. Also hat sie sich am frühen Abend das Insektengift beschafft. Das war nicht weiter schwer, denn im Bad war sie allein und konnte sich unbemerkt eine kleine Ampulle abzapfen. Zur Sicherheit nahm sie gleich etwas mehr mit, denn sie konnte ja nicht wissen, wie viel tödlich sein würde. Die Zusatzportion erwies sich jedoch als überaus nützlich, denn so konnte sie Stella-Claire auch noch einen kleinen Cocktail mixen. Als dann alle in der Küche zu Abend gegessen haben, hat sie das Gift in Samiras Trinkglas getan. Auch das war leicht, da der Küchentresen die Sicht auf alles dahinter verdeckt. Aber leider ist sie dabei wohl von Stella-Claire beobachtet worden. Dies nicht ahnend, brachte sie die Gläser an den Tisch. Doch dann geschah etwas Unvorhergesehenes – auch wenn sie diese

Wahrscheinlichkeit in ihre Planungen hätte mit einbeziehen müssen, weil es einfach schon immer Verwechslungen mit diesen bescheuerten Gläsern gegeben hat. Die Gläser wurden vertauscht und Thomas starb anstelle Samiras.«

Für eine Weile war es still in dem Zimmer. Dann ergriff wieder Max das Wort – doch diesmal wandte er sich an Dunja. »Ist das wahr? Warst du wirklich in diesen abscheulichen Kerl verliebt.« Sie sagte nichts und jeder in dem Zimmer erkannte das als ein »Ja« an. Doch damit war nur ihre Verliebtheit bewiesen, der Mord noch lange nicht. Lina fuhr fort.

»An dieser Stelle möchte ich mich dem Schicksal Stella-Claires zuwenden. Sicher. Jeder hätte gestern Abend Gelegenheit gehabt, in die Abstellkammer zu gehen und ihren Sekt mit einer unbekömmlichen Dosis E 605 zu versehen. Aber es wäre schon sehr dreist gewesen, wenn derjenige oder diejenige das zu einer Zeit gemacht hätte, als sich alle anderen Mitbewohner noch in der Wohnung herumtrieben. Ich persönlich gehe daher davon aus, dass Stella-Claire erst nach Mitternacht umgebracht wurde, als die Küche nicht mehr so hoch frequentiert war. Ich denke auch, dass Samira zu dieser Zeit schon tief und fest geschlafen hat. Da fällt mir ein: Könntest du den Kriminaltechnikern vielleicht eine Urinprobe mitgeben und dir von Dr. Schwimmer Blut abnehmen lassen? Ist nur so eine Vermutung.«

Samira sah sie mit großen Augen ungläubig an. Doch nachdem sie sich an ihre Schwester gewandt hatte, die weiterhin nur wie ein Ölgötze dasaß, ergriff sie zornig das Becherchen, das ihr bereits entgegengestreckt wurde und machte sich auf den Weg zur Toilette. Nach ein paar Minuten brachte sie den Becher zurück, durch dessen milchige Wände es nun gelblich schimmerte und knallte ihn auf den Esstisch. Sie krempelte sich energisch den Ärmel ihres Pullovers hoch und warf ihren Arm auf den Küchentresen. Schwimmer eilte mit seiner Kanüle herbei und zapfte ihr eine geringe Menge Blut ab. Nachdem dieses Prozedere abgeschlossen war, fuhr Lina mit einer Erklärung für das alles fort – auch wenn sich jeder im Raum mittlerweile denken konnte, wozu das gut sein sollte.

»Entschuldige bitte die Unannehmlichkeiten, doch ich denke, dass du gestern Nacht unter Drogen gestanden hast, da du den nächtlichen Ausflug deiner Schwester nicht mitbekommen solltest. Schlafwandeln, obwohl du eigentlich geheilt warst? Wenn das von den schlimmen Erfahrungen kam, hätte es doch auch schon in der Nacht von Freitag auf Samstag passieren müssen, oder? Ein Katergefühl am Morgen, obwohl du in deinem Zustand mit Sicherheit nichts getrunken hast? Das hört sich meiner Meinung nach sehr verdächtig an. Nur zur Sicherheit sollten wir das überprüfen.« Samira hatte Arme und Beine verschränkt und schaute zornig zur Decke. Ob sie auf Lina oder auf ihre Schwester sauer war, konnte Lina nicht sagen.

»Die Testergebnisse werden uns Aufschluss bringen. Wenn sie positiv sind – und davon gehe ich aus, denn Dunja hat schon allein von Berufswegen immer allerhand narkotische Mittel im Haus und zur Hand –, haben wir einen direkten Anhaltspunkt dafür, dass Dunja in der letzten Nacht etwas vorhatte, das ihre Schwester nicht mitbekommen sollte. Doch der Mord war nicht das Einzige, was Samira nicht bemerken durfte. Als Zweites wäre da noch der nächtliche Ausflug in Thomas' Zimmer zu nennen. Dunja, sagt dir der Begriff ›Himmelsbestattung‹ etwas?«

Dunjas Fassade schien zu bröckeln. Zwar starrte sie weiterhin nur den Türgriff eines bestimmten Küchenoberschranks an und sagte kein Wort, jedoch hatte Lina ein winziges Zucken in ihrem linken Augenlid bemerkt. Samira hatte sich unterdessen etwas aufrechter hingesetzt. Sie schien krampfhaft zu überlegen, wo sie dieses Wort schon einmal gehört hatte. Lina half ihr und allen anderen auf die Sprünge.

»Himmelsbestattungen werden in manchen Teilen der Erde auch heute noch vorgenommen. Beispielsweise in Indien oder Teilen der arabischen Welt. Als ich das Chaos heute Morgen gesehen habe und sich glücklicherweise herausstellte, dass dort kein menschliches Fleisch an die aasfressenden Krähen verfüttert worden war, erinnerte ich mich daran, was ich vor vielen Jahren im Ethikunterricht gelernt hatte: Es gibt Völker auf der Welt, die ihre Toten in ihre Einzelteile zerlegen und sie dann den Vögeln zum Fraß vorlegen. Diese Völker denken, dass nur so die Seelen der Toten befreit werden könnten. Eine Erdbestattung, so wie wir sie vornehmen, ist bei ihnen die größte Schande und nur für schlimme Verbrecher bestimmt, die sich auf gar keinen Fall in die Lüfte verstreuen dürfen. Eine kurze Internet-Recherche lieferte mir den Beweis für etwas, das ich ohnehin schon vermutet hatte: Auch die Parsen gehören zu den Völkern, die diese Art der Bestattung bevorzugen. Ich kann mich erinnern, dass Dunja mir einmal ganz stolz erzählt hatte, dass Freddy Mercury auch ein Parse war, so wie ihre Mutter. Es gebe wohl nicht mehr viele Menschen, die dieser Glaubensrichtung angehörten. Damals hatte sie sich auch etwas darüber beschwert, dass sie so westlich erzogen worden war – mehr Einflüsse aus der Kultur ihrer Mutter hätten ihr sehr gut gefallen. Dies ließ mich schlussfolgern, dass Dunja den alten Bräuchen sehr verbunden ist. Dennoch begriff ich noch immer nicht den Sinn dieses symbolischen Akts. Offenkundig hatte jeder in dieser WG eine Scheißwut auf Thomas. Warum sollte dann jemand so eine Aktion durchziehen? Da fielen mir wieder die Briefe ein, die wir in Thomas' Zimmer gefunden hatten, und ich suchte nach denen, die mir schon gestern aufgefallen waren: nicht unterschrieben, aber offensichtlich von jemandem, den Thomas kannte. Eine kleine Notiz, die mir Dunja einmal an die Tür geklemmt hatte und die ich erst letzte Woche beim Ausmisten und Packen der Umzugskartons wiedergefunden hatte, brachte mir den nötigen Beweis. Dunja hatte die Briefe geschrieben. Also war sie die Einzige von euch, die Thomas nicht tot sehen wollte – und sie war diejenige, die ihn umgebracht hat. Ironie des Schicksals.«

Sie wandte sich an Dunja. »Ich finde es eine schöne Geste, dass du eine Luftbestattung für ihn organisiert hast. Es muss schwer für dich gewesen sein, zu wissen, dass du die Erdbestattung nicht verhindern kannst. So wolltest du wenigstens symbolisch einen anständigen Abschied von deinem Thomas nehmen. Er sollte nicht einfach verscharrt werden wie ein Hund. Dafür hast du ihn zu sehr geliebt.«

Sie war direkt vor Dunja stehen geblieben, die mittlerweile nicht mehr nach oben schaute, sondern einen Punkt auf dem Fußboden fixiert hielt. Lina legte ihr die Hand auf den Kopf und streichelte ihr schönes schwarzes Haar. »Um deine Haare habe ich dich schon immer beneidet.« In diesem Moment brach Dunja unter Tränen zusammen. Keine Minute zu früh, denn Linas Stimme war während ihres gesamten Vortrags immer wackeliger geworden. Sie brauchte dringend eine Auszeit.

Achtundzwanzig

Dunja weinte wie ein kleines Kind. Sie schluchzte und japste nach Luft und versuchte dabei alles auf einmal zu erzählen. Lina musste sie zunächst beruhigen. Sie hatte sich vor sie hingekniet, streichelte über ihr Haar und machte immer wieder »sch« – warum gerade diese Buchstabenkombination beruhigen wirken sollte, fragte sie sich jedes Mal. Und jedes Mal war sie überrascht, dass es tatsächlich half. Dunja wurde Schritt für Schritt ruhiger, bis sie schlussendlich wieder halbwegs normal atmete. Samira war mit ihrem Stuhl unterdessen immer weiter Richtung Wohnungstür gerutscht und hatte so einen Abstand von über einem Meter zwischen sich und ihre Schwester gebracht. Sie betrachtete Dunja mit einer Mischung aus Verwirrung und Abscheu. Doch noch bevor sich ihre Schwester in irgendeiner Weise erklären konnte, sprang Samira auf und schrie sich die ganze Wut von der Seele, die sich dort seit einigen Minuten angesammelt hatte.

»Du Freak! Du beschissenes Monster! Du hast mich schon immer gehasst. Was kann ich dafür, dass du scheiße aussiehst und ich nicht? Was kann ich dafür, dass die Nachbarskinder lieber mit mir spielen wollten? Was kann ich dafür, dass die Männer zu mir kommen und nicht zu dir? Trotzdem habe ich dich immer in Schutz genommen. Trotzdem habe ich dir geholfen, Freunde zu finden. Selbst deinen Macker hast du mir zu verdanken. Und wie bekomme ich es gedankt? Indem du mich umbringen willst! Klasse, danke! Du emotionaler Krüppel! Schaffst es noch nicht einmal, deiner eigenen Schwester zu erzählen, dass du in jemanden verliebt bist. Ich hätte doch niemals was mit Thomas angefangen, wenn ich das gewusst hätte. Nein, stattdessen schreibst du alles in dein bescheuertes Tagebuch. Ist dir schon einmal in den Sinn gekommen, dass du vielleicht selbst daran schuld bist, dass du niemanden hast? Dein Freund verdrückt sich, sooft er nur kann. Deine Freunde kannst du an einer Hand abzählen. Selbst zu deinen Eltern hast du keinen Kontakt. Und warum? Weil du dir in deiner Rolle als armes, vernachlässigtes, hässliches Entlein gefällst. Nur bei mir denkst du, dass du dich als Retter und Beschützer aufspielen kannst. Schließlich bin ich ja klein und gebrechlich und unbedarft. Aber ich sag dir was: Du warst noch nie mein Beschützer! Ich habe mein Leben schon immer selbst im Griff gehabt. Dazu brauchte ich noch nie einen Freak wie dich. Ich habe immer nur dir zuliebe dieses Scheiß-Spiel mitgespielt …«

»Jetzt reicht es!« Max war aufgestanden und hatte sich neben Dunja gestellt. Die Unterbrechung hatte Samiras Redefluss gestoppt. Doch sie hatte ohnehin nichts mehr zu sagen.

»Du hast recht. Es reicht. Es ist Schluss. Ein für alle Mal.« Mit einem Blick auf Krug fügte sie hinzu: »Brauchen Sie mich hier noch?« Da als Antwort lediglich ein Kopfschütteln kam, holte sie ihre Sachen aus Dunjas Zimmer und verließ die Wohnung. Hinter ihr knallte die Tür ins Schloss.

Da sie nun alle anderen Anwesenden nicht mehr brauchten, wurden Damian und Tobias in ihre Zimmer und Mike zurück auf die Wache verfrachtet. Auch die Polizisten der

Spurensicherung zogen sich zurück. Das Spektakel war vorbei, der Rest war nur noch Routine – und die mussten sie sich nicht antun. Davon hatten sie in ihrem eigenen Job genug. Max ließ sich jedoch nicht abschütteln. Er hatte sich neben Dunja gesetzt und hielt nun ihre Hand. Da sie ihre Aussage sofort machen und nicht erst noch auf einen Anwalt warten wollte, funktionierten sie den Esstisch zum Vernehmungstisch um und stellten das Tonbandgerät in der Mitte auf, das Krug vom Präsidium hatte mitbringen lassen. Auf der einen Seite saßen Max und Dunja, auf der anderen Krug und Bruch. Linas Arbeit war getan und so zog sie sich zusammen mit Anderson hinter die Theke zurück und setzte sich auf die Arbeitsplatte. Bruch hatte kaum den Aufnahmeknopf gedrückt, da startete Dunja von ganz allein mit ihrem Geständnis.

»Alles, was Lina gesagt hat, ist wahr. Ich war schon immer in Thomas verliebt gewesen. Schon seit dem Tag, an dem er eingezogen ist. Ich habe ihm gleich beim Möbeltragen geholfen und habe ihm etwas zu essen gemacht. Von da an ging es immer weiter: Ich habe seine Pakete von der Post abgeholt, ihm immer eine Extra-Portion mitgekocht, ihm Geld geliehen, wenn er wieder einmal knapp bei Kasse war. Einmal habe ich sogar eine seiner Freundinnen abgelenkt, so dass er erst einmal eine andere Affäre aus seinem Zimmer schaffen konnte. Das hat mir alles nichts ausgemacht. Ich habe mir immer gesagt, dass wir uns nur noch nicht gut genug kennen. Wenn er mich erst richtig gut kennen würde, dann würde er erkennen, dass wahre Liebe wichtiger ist als gutes Aussehen. Ich gebe ja zu, dass ich schon ungeduldig war und etwas nachhelfen wollte. Deshalb habe ich die Briefe geschrieben. Und deshalb habe ich ihm den ›Kleinen Prinzen‹ zum Geburtstag geschenkt. Sie wissen schon: ›Man sieht nur gut mit dem Herzen, das Wesentliche ist für die Augen unsichtbar.‹ Sie können sich nicht vorstellen, wie enttäuscht ich war, als er Lina erzählte, dass er mein Geschenk nur als Untersetzer benutzte. Ich denke nicht, dass er auch nur einmal hineingesehen hatte. Aber selbst das hat mir nicht die Augen geöffnet. Ich hatte immer Ausreden für ihn parat. Ich habe ihn niemals als schlechten Menschen gesehen. Daran konnte auch Samiras Schwangerschaft nichts ändern. Ich glaube, ich habe wirklich erst begriffen, dass er ein Arschloch war, als Sie mir erzählt hatten, dass er mit Stella-Claire im Bett gewesen ist. Mir hatte er immer gesagt, dass er mich unterstützt und auf meiner Seite ist. Mir hatte er immer versichert, dass er sie auch nicht mehr in der Wohnung haben wollte. Aber damit wollte er mich wohl nur milde stimmen – oder besser: spendabel. Erst als Sie mir das sagten, habe ich es verstanden. Aber da war es schon zu spät.«

Sie hielt kurz inne und fragte, ob sie ein Glas Wasser bekommen könnte. Lina reichte ihr eines der unglückbringenden Gläser und eine volle Falsche Wasser. Dann fuhr sie fort.

»Samira hat mir am Freitagnachmittag erzählt, dass sie von Thomas schwanger ist. An alles, was zwischen diesem Zeitpunkt und Thomas Tod geschah, kann ich mich nur noch verschwommen erinnern. Fast so, als hätte man das Objektiv einer Kamera unscharf gestellt. Es hört sich komisch an, aber ich sah Samira nicht mehr als meine Schwester. Sie war irgendeine x-beliebige Schlampe, die mein Leben zerstört hatte. Ich kann mir einfach nicht erklären, wie ich so austicken konnte.« Sie fing wieder an zu weinen, schnäuzte in ihr Taschentuch, fuhr dann jedoch sehr schnell fort.

»Meine Schwester schmiedete einen Plan, wie sie Thomas ihre Schwangerschaft schonend beibringen wollte. Ich hörte kaum zu. Aber ich weiß noch, dass ich dabei sein wollte, wenn sie es ihm sagte. Doch das hielt sie einerseits für zu verdächtig, andererseits wollte sie keinen Außenstehenden dabeihaben. Das waren ihre Worte. Ich war eine Außenstehende. Ich weiß noch, dass ich innerlich schrie: ›Du Sau bist hier die Außenstehende. Du hast dich in Thomas' und mein Glück eingemischt!‹ Danach ging ich auf die Toilette. Nachdem ich mich übergeben hatte, suchte ich in dem Schrank unter der Spüle nach einer neuen Tube Zahnpasta – und stieß auf das Insektengift. Von der Arbeit hatte ich einmal ein paar kleine, wiederverschließbare Phiolen mitgebracht. Ursprünglich, um meinem Freund kleinere Mengen des ein oder anderen Medikaments mit auf seine Reisen zu geben. Die waren auch im Badezimmerschrank. Ich zog mir ein paar Einweghandschuhe an und schüttete drei Phiolen voll. Die sind so klein, dass ich sie in den Taschen meines Pullovers verstecken konnte. Dann habe ich abgewartet, dass Samira ihren Plan ausführt. Sie wollte auf jeden Fall in der Küche essen – egal, wie ihr Gespräch mit Thomas laufen würde. Irgendwann zwischendrin mischte ich das Mittel in ihr Glas. Na ja, den Rest kennen Sie. Es kam zur Verwechslung und plötzlich lag mein Thomas tot auf dem Boden. Wenn es wenigstens die bescheuerte Stella-Claire gewesen wäre. Dann wäre das Folgeproblem gelöst gewesen, noch bevor es aufgetreten wäre, und es hätten nicht zwei Menschen sterben müssen.«

Sie schien in ihre eigenen Gedanken verstrickt. Doch die Polizisten hatten es nicht eilig. Sie würde weitererzählen, wenn sie so weit war. Max streichelte immer noch sanft über ihre Hand. Die Tränen, die ihm bereits über die

Wange gelaufen waren, hatte nur Lina gesehen. Schließlich hatte Dunja ihre Gedanken genug geordnet und konnte weitersprechen.

»Ich wurde erst wieder klar im Kopf, als Samira wie eine Verrückte heulte. Auf einmal war dieser Beschützerinstinkt wieder da, den ich schon seit dem Tag ihrer Geburt gefühlt habe. Sie war schon immer so klein und zart gewesen. Aber wahrscheinlich hat sie recht: Sie ist viel stärker, als ich glaube. Na ja, muss man wohl auch sein, wenn einen die eigene Schwester vergiften will. Auf jeden Fall wurde ich wieder klar, als ich Samira tröstete. Und ich habe in meinem gesamten Leben noch nie solche Schmerzen gehabt wie an diesem Abend. Ich glaube wirklich, dass dort ein Monster aus mir herausgebrochen kam, ganz so wie Samira es vorhin gesagt hat. Ein Monster, das mich unter seine Kontrolle gebracht hatte. Und dann, nachdem es sich wieder verzogen hatte, hinterließ es eine zerstörte, leblose Hülle. Von da an interessierte mich nur noch die Frage, was ich tun könnte, damit Samira niemals etwas von diesem Mister-Hyde-Anfall erfuhr. Denn ich wollte sie nicht töten. Oh Gott! Nein, ich schwöre, das wollte ich nicht! Ich wollte sie wieder beschützen und ihr helfen, das Baby aufzuziehen. Ich wollte sehen, wie das Kind von Thomas aufwächst, und es so sehr lieben, wie ich ihn geliebt habe – natürlich auf eine andere Art! Aber dann kam Stella-Claire und drohte, alles zunichtezumachen. Den Spruch, den sie gestern Morgen losgelassen hatte, hat ja jeder mitbekommen. Doch der Blick, den sie mir kurz darauf zugeworfen hatte, war nur für mich bestimmt gewesen und sagte, dass sie Bescheid wusste. Ich wollte wirklich niemanden mehr töten. Das müssen Sie mir glauben! Aber was sollte ich denn machen? Sie drohte, alles meiner Schwester und der Polizei zu erzählen. Damit hätte ich nicht mehr für Samira da sein können. Das konnte ich nicht zulassen. Also ging ich zu ihr. Sie hatte gesehen, dass ich etwas in ein Glas gemischt hatte, hatte am Freitagabend jedoch gedacht, dass es mein eigenes Glas gewesen wäre. Aber dann hatte sie darüber nachgedacht und sich überlegt, es auf einen Erpressungsversuch ankommen zu lassen. Und ich Trottel habe selbstverständlich angebissen! Sie verlangte, dass ich aus der Wohnung ausziehen und ihr mein gesamtes Erspartes überweisen sollte. Sie selbst wollte gar nicht mehr hier und bei Tobias bleiben, nachdem ich ihr das Geld geschickt hätte. Sie wollte mit meinem Ersparten und den 500 Euro, die ich ihr außerdem jeden Monat überweisen sollte, in ihre eigene Wohnung ziehen. Aber ich sollte unbedingt noch vor ihr gehen, damit jeder sehen könne, wer der Sieger sei. Was für eine Hexe! Sie hatte sich eine Flasche aus meinem Sektvorrat genehmigt und davon schon fast alles getrunken. Dementsprechend angeheitert war sie. Als sie nicht hinsah, schüttete ich den Inhalt der beiden Phiolen, die ich noch übrig hatte, in ihr Glas. Die war so blau, die hat das ganze Glas auf ex getrunken und erst bemerkt, dass das ein Fehler war, als sie schon nicht mehr atmen konnte. Ich bin nicht stolz auf das, was ich getan habe. Aber um die ist es wirklich nicht schade.«

Damit schloss Dunja ihre Ausführungen ab und sagte von nun an kein einziges Wort mehr. Max rannen die Tränen nun mittlerweile ungeniert auf beiden Wangen herunter. Er sah sie ungläubig an und brachte nur noch ein Flüstern zustande. »Du warst immer meine Heldin, meine moralische Siegerin.« Er schluckte. »Bis eben. Pass auf dich auf!« Er stand auf, gab ihr einen letzten Kuss auf die Stirn und verschwand in sein Zimmer. Dunja und Tobias wurden von der Polizei mitgenommen. Die eine wegen Totschlags, versuchten Mordes und Mordes. Der andere sollte sich noch einmal äußern zu dem Vorwurf der Körperverletzung und des tätlichen Angriffs auf Frau Lina Stark.

Epilog

Am Montag erhielt Lina einen erlösenden Anruf ihres neuen Vermieters: Die Wohnung war fertig und frei und sie könnte sofort die Schlüssel haben. Das ließ sie sich nicht zweimal sagen. Ein kurzer Anruf bei ihrem Chef genügte und sie konnte ihren Urlaub eine Woche vorverlegen. Zum Glück hatte sie gerade kein wichtiges Projekt laufen. Auch die Möbelpacker ließen sich von Samstag auf Dienstag umbuchen, so dass sie Dienstagmittag alle Zelte in ihrer alten WG abgebrochen hatte und ausgezogen war. Die Schlüsselübergabe mit Tobias machte sie zwischen Tür und Angel – immer schön darauf bedacht, einen der stämmigen Möbelpacker als Zeugen und möglichen Lebensretter in ihrer Nähe zu haben. Er sprach es zwar nicht offen aus, aber er machte sie für das ganze Chaos in seiner Wohnung verantwortlich. Weniger für die beiden Morde – das wäre ja auch noch schöner gewesen –, sondern vielmehr für die Folgen der Aufklärung: Ein Mitbewohner war tot, die zweite saß im Kittchen, Lina selbst wollte sowieso ausziehen. Das bedeutete, dass er nun insgesamt vier der fünf Mietanteile an den Vermieter abdrücken musste, da er selbstverständlich noch keine Nachmieter gefunden hatte. Dein Problem, dachte sich Lina wenig mitleidig. Jemand, der ihr erst zwei Tage zuvor die Kehle zusammengedrückt hatte, brauchte nicht auf ihre Anteilnahme hoffen. Also übergab sie ihm ihre Schlüssel, forderte ihre Kaution auf Heller und Pfennig zurück, schnappte sich Clarence, den sie sicher in seinem Transportkorb verstaut hatte, und verließ um viertel nach eins die Wohnung. Auf dem Weg nach unten lief sie Max über den Weg, der offensichtlich ebenso wüste Rachegedanken zu hegen schien wie Tobias. Immerhin hatte sie seine beste Freundin hinter Schloss und Riegel gebracht. Doch bis gestern hatte sie noch nicht einmal gewusst, dass sich die beiden tatsächlich so nahegestanden hatten. Wahrscheinlich war das ihnen selbst bisher entgangen. Sie sagte freundlich »Tschüss«, wie es sich für zivilisierte Menschen schließlich gehörte, bekam jedoch keine Antwort. Stattdessen trat Max in Richtung des Katzenkorbs aus. Doch damit hatte er es übertrieben. Lina drehte sich um und verpasste ihm eine schallende Ohrfeige, die ihm die Tränen in die Augen trieb. Mit jedem Menschen, sogar mit ihr selbst, hätte er das machen dürfen. Aber nicht mit Clarence! Wenn jemand Hand (oder Fuß) an ihren wehrlosen Kater legte, wurde sie zur Furie. Sie sah Max einfach nur an und sagte kein Wort. Er kuschte unter ihrem Blick und ging die Treppe weiter nach oben, während er sich die Wange rieb.

Bereits am Mittwochabend hatte sie alle Kisten ausgepackt und deren Inhalte verstaut. Gerade einmal 24 Stunden nachdem die Möbelpacker alles an seinen Platz gestellt hatten, strahlte ihre neue Wohnung im kuscheligen Lindenhof einen wohnlichen Charme aus. Ihr selbst war diese Gegend wesentlich lieber als die Lage ihrer alten Bleibe. Die Quadrate der Innenstadt erreichte sie durch eine kurze Straßenbahnfahrt oder einen 20-minütigen Spaziergang – doch trotz der verkehrsgünstigen Lage verströmte diese Gegend das entspannende Gefühl des Lebens in der Vorstadt. Die Rheinnähe und zwei Zimmer, Küche, Bad ganz für sie allein taten ihr Übriges. Auch Clarence fühlte sich schon wie zuhause und hatte bereits die Fensterbank im Wohnzimmer als seinen neuen Lieblingsplatz auserkoren. Es fehlten zwar noch einige Möbel, die erst in den kommenden Wochen geliefert werden sollten, jedoch fühlte sie sich behaglich genug, Kriminalhauptkommissar Krug auf ein Gläschen Wein einzuladen. Pünktlich um acht Uhr klingelte es an der Tür und der Eingeladene brachte selbst auch noch eine Flasche mit.

»Hey, ich hatte doch dich eingeladen! Zwei Flaschen für zwei Personen? Na, das kann ja lustig werden!«

»Und ich habe sogar einen ganzen Liter mitgebracht – ein besonders edles Tröpfchen Marke Pennerdiesel.«

»Na dann, prost!«

Beide hatten sich auf diesen Abend gefreut. Einerseits wollten sie ihre verloren gegangene Beziehung wieder aufleben lassen. Sie kannte nicht viele Menschen, mit denen sie sich gerne umgab. Und auch er war seit dem Tod seiner Frau immer mehr zum Einsiedler geworden. Außer seiner Arbeit hatte er nicht mehr viel, was ihn vom Alleinsein ablenkte. Auf der anderen Seite brannte Lina selbstverständlich darauf, die Neuigkeiten ihn ihrem »ersten Fall« zu hören, wie sie ihn insgeheim nannte. Und Krug war heilfroh, das Ganze mit einem Menschen besprechen zu können, der nicht ganz so starrköpfig war wie sein neuer Kollege.

»Ist es denn immer noch so schlimm mit ihm?«

»Nein, ich will mich ja gar nicht beklagen. Wir haben uns zusammengesetzt und uns lange unterhalten. Ich glaube, ich habe ihm klarmachen können, dass es für ihn vorerst kein Zurück gibt und er das Beste aus seiner derzeitigen Situation machen muss.«

»Hat er erzählt, was in Hamburg vorgefallen ist?« Lina mochte ein klar denkendes Mädchen sein, aber gegen ein bisschen Klatsch und Tratsch hatte sie noch nie etwas einzuwenden gehabt – solange es nicht sie selbst betraf.

»Ja. Aber ich erzähle es dir nur, wenn du es wirklich einhundertprozentig für dich behältst. Auch ihm gegenüber machst du bitte keine Andeutungen.«

»Ich glaube nicht, dass ich den wiedersehen werde.«

»Sag niemals nie: Der nächste Mord, bei dem wir deine Hilfe brauchen, lauert vielleicht schon um die nächste Ecke. Na ja, auf jeden Fall ist es tatsächlich so, wie ich schon aus meinen Gesprächen mit meinem Hamburger Kollegen herausgehört hatte. Er wusste zu viel. An und für sich war das eine absolut banale Sache: Im Zuge einer Beschattung hat er einen Senator beim Seitensprung mit der Frau eines Polizeidirektors erwischt. Das war es auch schon. Seinem Vorgesetzten war die Sache jedoch so peinlich, dass er Bruch von dem Fall abzog. Schlimmer noch: Er traute Bruch nicht zu, dass er dichthalten könne, und vermutete, dass dieses Detail aus seinem Privatleben die Runde im Präsidium machen würde. Also schlug er ihm einen Wechsel in eine andere Stadt vor. Bruch hat es nicht direkt ausgesprochen, aber ich denke, dass dieser Vorschlag wohl eher ›Erpressung‹ genannt werden dürfte. Entweder du gehst und nimmst die Beförderung mit oder du kommst niemals über deinen aktuellen Status hinaus.«

»Und warum hat er das nicht einfach jemandem erzählt?«

»Das wäre für seine Karriere auf das Gleiche herausgekommen. Polizisten verpfeifen sich nicht gegenseitig, wenn es um solche ›Kleinigkeiten‹ geht. Stefan wusste genau, was das für ihn bedeutet hätte.«

»Aber das erklärt noch lange nicht, warum sich ›Stefan‹ hier mit jedem anlegen muss. Und seit wann seid ihr eigentlich per Du?«

»Seit diesem Gespräch. Ich habe ihm erklärt, dass ich das Arbeiten angenehmer finde, wenn ich einen vertraulichen Umgang mit den Kollegen pflege. Da kann ich besser nachdenken. Er hat zugestimmt – wenn auch nur halbherzig. Aber das ist immerhin ein Schritt in die richtige Richtung. Und das mit dem flegelhaften Benehmen bekommen wir auch noch aus ihm heraus. Er ist verbittert. Das wird sich schon legen.«

»Na gut, dein Wort in Gottes Ohren!«

Dann kamen sie endlich auf Dunja und ihre beiden Morde zu sprechen. Lina konnte es immer noch nicht fassen. Dunja war immer ein so liebes Mädchen gewesen, das keiner Fliege etwas zuleide tun konnte. Bei ihren Streitereien mit Stella-Claire war sie absolut im Recht und selbst da hatte sie sich immer fair verhalten. Krug erzählte Lina, dass sie das Tagebuch von Dunja gefunden und ausgewertet hatten. Sie war wirklich bis über beide Ohren in Thomas verliebt gewesen.

»Die Art, wie sie geschrieben hat, erinnert an einen verliebten, realitätsfremden Teenager, der von einem Popstar träumt. ›Wenn er mich nur kennen würde, würde er sein perfektes Modell verlassen.‹ Es ist verrückt, dass sie das tatsächlich geglaubt hat.«

Lina glaubte jedoch nicht, dass Dunja wirklich damit gerechnet hatte, irgendwann einmal mit Thomas zusammenzukommen. »Sie hat es niemals wirklich erwartet. Dafür war sie sich viel zu sehr ihrer Situation und ihres Aussehens bewusst. Es war ein Traum, in den sie sich meiner Meinung nach immer weiter hineinsteigerte, nur um nicht mit ihrer Wirklichkeit konfrontiert zu werden. Ich mache das auch ab und an. Aber ich suche mir immer wieder neue Schauspieler, Sänger oder Sportler aus. Das ist so weit weg von jeglicher Realität, dass ich aus solchen Träumen immer ganz leicht wieder aussteigen kann. Aber wenn dein personifizierter Traum in der gleichen Wohnung wohnt und jeden Tag um dich ist, kann da ganz schnell eine Besessenheit draus werden.«

»Aber so schlimm kann es ihr doch nicht gegangen sein. Immerhin hatte sie doch einen Freund und so hässlich ist sie doch gar nicht.«

»Das hat sie aber ganz anders gesehen – und von ihrer Umwelt auch immer anders gezeigt bekommen. Ihr Freund war da auch keine große Hilfe: Der ist die meiste Zeit des Jahres auf hoher See und auch sonst nicht unbedingt jemand, durch den man sein Selbstbewusstsein steigern kann. Außerdem war er sich ihrer sicher, weil er der Meinung war, dass sie sowieso kein anderer nimmt. Und das hat er sie auch immer spüren lassen. Glaube mir, sie hat sehr unter der Meinung anderer gelitten.« Und Lina erzählte Krug davon, wie Dunja ihr einmal erzählt hatte, dass sie kaum Kontakt zu ihren Eltern habe. Dies war vor allem einer Äußerung ihres Vaters geschuldet, die Dunja im Alter von zwölf Jahren belauscht hatte. Damals hatte sich ihr Vater bei ihrer Mutter gewundert, dass sie beide doch ganz gut aussähen und er sich nicht erklären könne, wie so etwas wie Dunja dabei herauskommen konnte. Aber glücklicherweise hätten sie ja noch Samira. Diesen Sonnenschein könnte man wenigstens vorzeigen.

»Deswegen wusste ich auch, welche Wirkung es hätte, wenn ich ihr sagen würde, dass ich einen Teil von ihr schön fände – ganz egal welchen. Das war das Einzige, was sie schon immer hören wollte, und wohl auch das Einzige, was niemals jemand zu ihr gesagt hat. Ich habe ein ziemlich schlechtes Gewissen, dass ich sie so ausgetrickst habe. Aber ihre Haare fand ich wirklich schon immer toll. Viel schöner als die von Samira.«

»Die hat sie übrigens gestern besucht. Sie haben sich recht lange unterhalten und Samira hat ihr wohl verziehen. Die beiden müssen wirklich eine starke Beziehung haben, wenn sie selbst so etwas übersteht.«

»Das ist schön. Sie braucht jemanden, an den sie sich klammern kann. Sonst ist sie verloren.«

Dann lehnten sie sich zurück. Clarence sprang auf den Couchtisch, räkelte sich unter dem warmen Schein der Tischlampe und leistete ihnen Gesellschaft. Krug und Lina tranken ihre beiden Flaschen Wein und noch eine weitere aus und erzählten sich alles, was sie in den Jahren ihrer Trennung voneinander verpasst hatten.

*Lina Stark, Conrad Krug und Stefan Bruch
werden zurückkehren in:*

Zuckertod
Lina Starks zweiter Fall